台湾文学ブックカフェ〈3〉

短篇小説集

プールサイド

編者
呉佩珍
白水紀子
山口守

訳者
三須祐介

LITERATURE FROM TAIWAN

作品社

台湾文学ブックカフェ〈3〉短篇小説集

プールサイド

もくじ

ぺちゃんこな　いびつな　まっすぐな

陳思宏

陳思宏（ちん・しこう、チェン・スホン）
一九七六年生まれ。二〇〇四年よりドイツ在住。俳優、記者、作家。長篇小説に『態度』、『亡霊の地（鬼地方）』、短篇小説集に『爪が長くなる世代（指甲長花的世代）』、『キャンプファイアの幽霊（營火鬼道）』、『アレルギーを治す三つの方法（去過敏的三種方法）』、散文集に『ベルリン反逆（叛逆柏林）』、『ベルリン反逆・続（柏林繼續叛逆）』、『九番目の身体（第九個身體）』などがある。台湾文学賞、九歌年度小説賞、林栄三文学賞などの受賞歴がある。

「ぺちゃんこな　いびつな　まっすぐな（平的 歪的 直的）」◉初出＝『自由時報』文芸欄　二〇一二年十二月二十四〜二十六日　使用テキスト＝『去過敏的三種方法』（九歌、二〇一五）所収のもの

1　ぺちゃんこな

大立《ダーリー》の見ている世界が、突然ぺちゃんこになってしまった。

クラスメイトとハリウッドのヒーロー物のコミック映画を観に行ったとき、彼は3D眼鏡をかけたが、拳が彼の顔に振りかかってくることはなかった。隣の同級生はスクリーンから飛びだす銃弾を身体を揺らしながら避《よ》けていたが、彼はただ静かにぼうっと座っているだけだった。

「さっきのやつはマジですげえな！　3Dの効果はマジでリアルだったよ。おまえどうしてそんなに落ち着いてるんだ。おれたちが大騒ぎしてはしゃいでるときに、あっちのほうでブスッとしちゃって。なんなんだよ。おまえにラブレターをよこした女の子のことでも考えてたのかよ？」映画が終わると、彼といっしょに学校の代表チームでバスケットボールをしている同級生が言った。

彼は苦笑いした。たぶん、運が悪かっただけだよ。壊れた3D眼鏡を選んでしまっただけだと思う。彼は拳で相手の胸を打ち、わざと凶悪そうな顔をして言った。「おまえにマジの3Dの拳をお見舞いしてやる！」あれ、どうして目の前のこの同級生の顔がぺらぺらの紙のように、ちっとも立体感がなくなってしまったんだろう？

美術の授業で、女教師が全体を五つの組に分け、とびだす絵本の製作に取りかからせた。彼は仲のいい何人かの男子とすぐに組になり、片足に重心をかけてだらしなく立ったまま、背の低い美術教師を見下ろして、いつもの脅迫めいた口調で言った。「おれたちはおれたちで組になります。おれたちを他のバカどもといっしょにしないでくださいね」彼は自分がまた少し背が伸び、女教師のほうはさらに背が低くなったようで、ぺちゃんこになったことに気づいた。彼ら男子数名はハサミとのりを使い、てきとうに切り貼りして、おっぱい本を作ろうと考えた。本を開くと胸の大きなかわいこちゃんが飛びだしてくる仕掛けだ。彼はかわいこちゃんの小さなビキニを担当したが、色や輪郭はすべて視界の中にあるのに、すべてが平坦で、太陽の光が当たっても影を作らない。ぺちゃんこ、確かにぺちゃんこだ。そのクラスの男子がぎゃあぎゃあ騒いでいる立体のおっぱい少女も、彼の眼には、しなをつくったその媚態で本から飛びだすことはない。彼女は、本の中で平らに横たわっているままだ。もしかすると、眼鏡を作りに行くべきだろうか。いや、でも数日前にクラス全体の視力検査をやったばかりで、看護師のおばさんは彼にこう言ったのだ。

「視力はとてもいいわね。どうりでバスケットボールが上手なわけよね」

放課後、自転車で帰宅する際、彼はわざわざ遠回りして、隣のクラスの女子が住む田舎の路地を進んだ。よく考えてみると、視力の低下は、ちょうどここから始まったようだ。もしかすると、あの女子生徒からなにか答えを見つけられるかもしれない。

ここは島嶼《とうしょ》の中部にあるちいさな田舎町で、住民の多くが農業に従事し、鉢植えや花卉《かき》をつくっていた。女子生徒の家では菊を育てていて、一家で菊畑のそばの農舎に住んでいた。女子生徒は学校の成績がトップで、大都市へ越境して名門高校に出願するつもりらしい。彼女の成績は優秀で、スピーチや辞書引き、作文のコンクールではいつも一位となり、学校を代表して都会へ行き他の学校との大会に参加して、黄金に輝くトロフィーをしょっちゅう持ち帰った。全校集会で優秀な生徒を表彰するときには、女子生徒は舞台に上がって一等賞の賞状をもらうのだが、舞台の下ではくすくす笑いが止まらない。大立も舞台上で賞状をもらうときには、彼女の後ろに並ぶ。彼は舞台下の生徒たちに呼応して、わざと忍び笑いが口から出るのにまかせ、さらに大げさな咳でそれをごまかそうとした。

女子生徒は各方面ですばらしい成績をあげたが、でも学校のスターにはなれなかった。彼女の頭が禿げている、ただそれだけのせいで。

遠くからでも、彼女の頭皮ははっきりと見えた。彼女は落ち着いて舞台上で賞状を受領したが、顔にはまったく表情はない。もしも彼女の頭が海原であれば、あちこちに塊になっている薄い頭髪は、ヨーロッパでありアジアでありアフリカである。

学校じゅうが彼女のことを、小禿禿《おはげちゃん》と呼んだ。

学年全体の成績ランキングで、小禿禿の順位はいつも彼よりもひとつ上回っていた。英語の教師は言った。「大立や、級長のきみはいつも英語で負けているんだよ。あと少しで学年のトップが我々のものになるんだ。負けてばかりはだめだぞ、隣のクラスのあの小……」教師が女子生徒のあだ名を言い終わらないうちに、クラスじゅうが笑いに包まれた。彼もいっしょに笑った。

彼は小禿禿が嫌いだった。顔はあんなにも美しいのに、異形のような禿げ頭が恐ろしい。校内で出くわすと、彼はわざと大声で叫ぶ。「禿《チュ》……ニジア！　禿《とつ》……然行かねばと気づきました。禿《と》……書館は今日は閉館です」それから男子たちといっしょに騒ぎ、女子生徒を嘲り笑った。その日彼は英語教師の家で補習が終わったあと、左折しないといけないところでなぜか右折してしまい、しばらくしてようやく自分が道に迷ってしまったことに気づいた。入り組んだ田舎の産業道路はよく似ていて、周囲はぜんぶ田畑で、目印になる道路標識もない。彼が一面の菊畑を通り過ぎたとき、自転車が突然パンクしてしまった。

「チクショウ！」彼は口汚い言葉を使う時、右腕をいつもわざとらしく大きく振る。テレビの有名なトーク番組でゲストがいつもそうやって汚い言葉を使うのをかっこいいと思っていたのだ。けれども同時に、父親のことも思い出す。空が暗くなると、近くで犬が吠え始め、真っ暗な闇が訪れても、目を覚ますはずの街灯はまだ寝床でぐずぐずしている。花畑ではシャーシャーという音がしている。

突然、菊畑を明るく照らすたくさんの電球が全部点いて、昼間が再び訪れた。彼はパンクしてしまった自転車を道路の脇に置き、畑のあぜに腰かけた。それからカバンから弁当を取り出して鶏のもも肉を食べ始めた。このとき、花畑には人も車もまったく通らず、すべてがひっそりと静かだった。灯りの海のもと、弁当の中の鶏ももはとりわけつややかで、たまらなく旨かった。するとシャーシャーという音が近づいてきて、彼の頭にはおばけのイメージが召喚された。赤い幽霊の影が花のなかから姿を現し、彼は大声で叫んで、弁当を花畑のなかに落としてしまった。なんだ、隣のクラスの禿げ頭の女子生徒じゃないか。赤い洋服を着て、花畑のなかを教科書片手に見回りながら、小さな声で本文を暗唱していた。

「このクソ禿げ頭め！　びっくりさせやがって！」

赤い服の女子生徒は灯りのもと、怒気を含んだまなざしで、表情はゆがみ、手の指は頭皮の上をゆっくりと動き、伝説の悪霊そのものだ。

「おまえのせいで鶏ももを畑に落としちまったじゃねえか。弁償しろよ。クソ禿げ頭」

女子生徒は花が植わっているなかに後ずさり、灯りのスイッチを見つけると、パチッと音がして、菊の花の上の大海原のような灯りが一瞬で消えた。追い払われていた暗闇がすばやく反撃するなか、闇の中に座っている彼は、眼が乾くのを感じた。暗闇の中を手探りで、自転車を引き、遅くなってようやくあの彼を待っていてくれる人間のいない家に帰りついた。

彼は今日も花畑のそばに座っている。夕陽が空を赤く染め、雲は悶々と燃えている。彼は、目の前の花畑のすべてがぺちゃんこになっているのを確かめた。ここ数日自転車に乗っていて、もう何度も転んでいる。すべての物事が立体感を失い、彼の世界はへたくそなデッサンとなりはて、輪郭と色しか備えておらず、陰影や明暗、奥行きや遠近感のすべてが失われてしまった。代表チームの練習で、チームメイトがボールをパスしてきても、彼はじっと動かず、胸にボールが当たってしまう。立体感を失い、まったくプレイできなくなってしまった。嘘をついて、風邪を引いたふりをするしかない。

彼は畑のそばに座って、よく思い出してみた。あの晩小禿禿におどかされて、翌日には視力がおかしくなった。それから、国語の授業の後、世界はさらにぺちゃんこへと変わっていったのだ。

国語教師は添削済みの作文を返し、数名の特定の生徒を黒板の前に呼び出して、かんしゃく玉を破裂させた。「あなたたちは文のひとつもまともに書けやしない。発音記号で文を書いてきた人までいる。発音記号がお気に入りなのね。だったら親愛なる生徒であるあなたたちにテストしてあげる。自分の氏名を黒板に書いて、その横に正確な発音記号を書きなさい」

うなだれて元気のない生徒たちは、ゆっくりと黒板に自分の名前を書いた。

陳明義《チェンミンイー》、チョン、ミー、イー。（教師は言った。「ミー！　あなたは小学校を卒業してるの？」）

鄧麗茹《トンリールー》、トン、リー、ルン。（教師は言った。「ルン？　あなたが恥ずかしくなくても、ご両親の代わりに悲しんであげるわ」）

王暁慧《ワンシアオフイ》、ハオ、ビー、ラン。（大立は座席から跳びあがり、腹を抱えて笑った。「ハオ、ビー、ラン！

ハハハハハ！　おれたちこれからあいつのことハオ、ビー、ランて呼ぼうぜ！　さあ、いっせいの、ハオ！ビー！　ラン！」）

授業の後、彼は何人かのダチと修正液で王暁慧の椅子の背に、HBL = Hao Bi Lang と書いた。その瞬間から、王暁慧は自らの名前を失い、ＨＢＬになった。

ＨＢＬの母親は媽祖《まそ》廟の門前で塩酥鶏《イエンスージー》〔鶏肉や野菜を揚げて味付けしたもの〕の商売をしていた。放課後、ＨＢＬは制服を着たまま、屋台の裏で甜不辣《ティエンプラー》〔さつま揚げや大根などを煮たおでん風の食べ物〕や米血糕《ミーシュエカオ》〔豚や鴨の血を餅米に混ぜてかためたもの〕を切るのを手伝っていた。油の煮えたぎった熱々の鍋に、彼女は客が選んだ食材をすばやく入れていくので、白い制服のブラウスにはいつも大きな油じみがついていた。

その日の夕方、彼は廟の門前に弁当を買いに行くと、隣にＨＢＬの家がやっている屋台が出ていた。ＨＢＬは地面に座り込んで野菜を洗い、母親は大声で怒鳴っている。「自分が父親のいない子だってことわかってるのかい。勉強もろくにしないでさ。先生から電話があったよ。おまえは発音記号すら書けないって！」

ＨＢＬはとても物静かな女子だ。二年間同じクラスだったが、大立は彼女がただの一文もまともな言葉を話すのを聞いたことがない。彼女はいつもクラスでビリの成績で、数学の点数はひと桁だった。

「聞いてるのかい？　もっと早く野菜を洗えないの。切らないといけない鶏肉がまだたんとあるんだよ！」

ＨＢＬの母親の顔は油でてかてかに光り、叫び声が媽祖廟のなかに響きわたる。ちょうどポエ[*1]を投げていた参拝客が振り返ってＨＢＬを見た。ＨＢＬはこの時、大立を目にすると、猫のように眼を細め、それからまた向きを変えて鶏肉を切り続けた。

翌日、グラウンドで四〇〇メートルリレーの練習をしているとき、大立は何度もバトンを落とすだけでなく、他の走者とぶつかってしまった。昼に弁当を食べていると、揚げた鶏ももを地面に落としてしまった。午後、数学の教師が黒板に答えを書くようにと指示すると、額が黒板にぶつかり、チョークが折れた。

この時、闇夜が菊の花畑に近づいてきた。そろそろ小禿禿が農舎から出てきて灯りを点けるはずだ。

大立は突然思い出した。彼の世界をぺちゃんこにしてしまった、もうひとつの出来事だ。

彼はバスケットボールの学校代表の主将で、勉強もでき、背も高い。女子生徒が書いて寄こすラブレターを毎日のように受け取った。ある日、男子の一群がからかって言った。「よお！　男子も女子もおまえのことを愛してるんだろ！」というのは、彼がてきとうに投げ捨てたそれら匿名のラブレターが同級生に見つかり、何通もの手紙の筆跡が、クラスのある男子生徒のものと完全に一致したのだ。

その男子生徒は、みんなから娘娘《ニャンニャン》と呼ばれていた。大立くらいの背丈だがガリガリで、声もか細く柔らかだった。

娘娘はクラスの女子とは仲がいいので、男子は彼のことを女っぽいと笑い、体育の授業ではわからないように彼を押し倒すと、女子たちはみんな立ち上がって男子と言い合いをする。娘娘は国語の教師の助手で、教師の代わりに板書しているとき、ラブレターの文字とまったく同じことに気づかれたのである。

大立は何度もからかわれ、ついに爆発した。彼は廊下で娘娘を押し倒し、警告するように言った。「おれの十メートル以内に近づいたら、おまえをぶっ殺す。くそゲイめ」

彼はそのラブレターを教師のところに持っていって告げ口し、娘娘は国語教師助手の地位をすぐに取り

＊1　民間信仰で占いをしたり神託を得たりするのに使う木製半月状で二つで一組の道具。

上げられ、教室の隅のゴミ箱のそばに席を移動させせられた。ちょうどＨＢＬの前で、大立からは十メートル以上離れていた。

その実、娘娘を押し倒した時、奥行きや明暗のすべてが娘娘といっしょに倒れていった。すべてが、まるっきりのぺちゃんこになってしまったのである。中間試験で、彼は初めて全クラス一位の座を守ることができなかった。級長である彼は、なんとクラスでビリから三番目になったのである。娘娘と小禿禿は同点で、学年で同列一位となった。

彼は花畑のそばに座り、世界がぺちゃんこに変わりはてた経緯《いきさつ》を思い出していた。突然、シャーシャーという音が聞こえる。小禿禿は懐中電灯を手に農舎から出てきて、菊畑を照らした。

彼はもう我慢できなかった。きっと医者に診てもらわなければ。このぺちゃんこの世界は、ほんとうに苦しすぎる。けれども、誰が彼を連れて行ってくれるのだろう。

彼が目を閉じると、石鹼とシャンプーの匂いが近づいてくる。小禿禿は風呂上りだった。

「陳小粒《チェンシャオリー》」

小禿禿が彼に話しかけたのはこれが初めてだ。

「知ってる？　みんながあんたのこと小粒《シャオリー》って呼ぶようになったこと。米へんの粒《リー》だよ。陳大立はあんなに背が高いのに、あそこは赤ん坊より小さいんだってね。バスケチームの男子が言いふらしてるよ。あんた、もう主将じゃないんだってね」

彼には目を開ける勇気がなかった。目を開けてしまったら、ここで起きていることのすべてがすっかりほんとうのことになってしまうのが怖かったのだ。菊畑の灯りの海が、彼のまぶたを突きさすので、眼がひどく熱い。まさか。彼は自分じしんに驚いた。まさか泣きたかったのかよ。

「ようこそ、小粒粒《シャオリーリー》。いまからあんたは、私たちと同じ仲間だよ」

2　いびつな

いびつだった。

小粒は寝室で、鏡に映った自分の下半身を見つめながら思った。「おれのははじめっからでかいじゃねえか！　ただ……なんというか……いびつに見えるだけなんだよ……」

彼の世界がぺちゃんこになった後、クラスじゅうに支持されていた級長は、クラスメイトからこそこそと噂話をされるかっこうのネタになりはてたのだった。女子生徒が正面から歩いてくると、こっそり彼の股間のあたりを盗み見て、忍び笑いをしながら離れてゆく。バスケットボールのコーチは、しばらく休んで「風邪」が治ったら、またいつでも戻ってくればいいと言った。以前は彼に群がっていた同級生たちは、いまはもうあまり話しかけてもこない。前は彼によく殴られていた男子生徒は、いまやバスケ学校代表チームの主将となり、クラスの級長を選びなおすべきだとみんなの前で担任に提案した。

小粒の母親が学校にやってきて、事態はさらに悪化した。

担任が彼女を学校に呼び出して懇談し、大立が小粒になりはてた原因を探ろうとしたのである。担任は、長い時間かけてようやく、村長を通じてこの郷《むら》には住んでいない小粒の母親と連絡をとれたのだった。ちょうど授業中で、小粒の母親は後方の入口から彼の名前を呼んだ。「大立、大立、あたしよ。ママが来たわよ」

クラスじゅうの視線が瞬く間に機関銃のように掃射され、小粒は沈黙したまま被弾した。小粒の母親は、肌の色が黒く、顔の彫りも深い。話すとひどい訛りが出る。実は、小粒の母親は台湾人ではなく、ベトナム人かタイ人らしい。いずれにせよ、よそ者なのだ。

「何しに来たんだよ?」小粒は廊下に走り出て、うつむき加減に母親と話をした。母親はとても小柄で、痩せていて、ぺちゃんこで、見知らぬ人のようだった。

あっという間に、生徒たちの口から流言が繰り出された。小粒の家庭について、それぞれがみな新しい物語のバージョンを持っていた。「彼の肌が黒くて薄汚いのは、母親がタイ人労働者だったからなんだな」「違うよ。先生が言うには、ベトナム人なんだって。あいつの父親にカネで買われてきたベトナムの花嫁さ」「あいつの母親の中国語はひでえな。職員室の先生は誰も理解できないよ」「あいつの父親も不法外国人労働者らしいぞ」「どうりであいつの見た目はおれたちと違うんだな」

その晩、小粒は母親といっしょに食事をした。母親はもう長いこと帰ってはこず、定期的に生活費を彼の口座に振り込んでくるだけだった。母親は南部に働きに出ていて、週末もアルバイトをしているので、帰ってくる時間がまったくないのだ。前回母親が言っていたのは、現場の親方にずいぶん世話になっていて、その人がいなければ、たぶん生活費も送れないということだった。

母子は向かい合って座り食事をした。小粒はしばらくの間、学校での不愉快なできごとを忘れて、満足そうにご飯をかき込んだ。この部屋にはひさしぶりに自分以外の音がしている。彼は同級生を家に連れてきたこともないし、ひとりで暮らしていることは、彼だけの秘密だった。

母親はその晩のうちに家を出て、南部に働きにいってしまった。母親は見たところとても疲れていたので、自分の世界が突然ぺちゃんこになり、いびつになってしまったことを伝えようとはしたが、それは彼女が耐えられる負荷をゆうに超えている。最近起きたことを母親に話したら、彼女は倒れ込み、二度と起き上がれなくなるのではと、彼は心配したのだ。

夏休みがひたひたと近づき、期末試験に気をもみ始める。彼はだんだんとぺちゃんこの世界に慣れていった。この新しい人生は、わりと平穏だった。授業が終われば席に座って英単語を覚えた。席替えで、彼はＨＢＬ、娘娘、ゴミ箱と近くなった。この教室の辺境に座っているのは、みな担任の目にはいびつでゆがんだ生徒たちだった。いびつな者はまとめておいて、成績のよい「まとも」な生徒の邪魔をせず、問題が起きなければそれでよい。放課後は、帰宅してからひとりでテレビを観る。でも静かな夜はたいてい、自転車に乗って菊畑に行き、畑のそばに座って、蚊を追い払いながら、数学の公式を暗記した。どうしてここに来ようと思うのか自分にもわからないが、ここに座っていると、それほど孤独を感じることはなかったのである。

夜、教科書を持って畑を見回っているとき、小禿禿はたまに小粒を見かけた。最初は彼にはまったく注意も向けず、古文を暗唱する際に「小粒粒はまことに力無し」という一句をこっそり挿入するくらいだった。けれども言葉による報復では彼女に快感をもたらすことはない。彼女は小粒を観察し始めた。すると、彼のまなざしは攻撃的でもないし、図体は大きいくせに動きは不器用で、蚊の一匹もつぶせないことに気づいたのだ。

ある日、小粒は尋ねた。「この問題、できる？　おれたちのクラスの先生は学校の授業ではちゃんと教えてくれないのに、放課後、自分の塾でだけコツを教えているんだ。だけどおれはもう塾には行っていないんだよ」

小禿禿が突然手のひらを高く上げ一気に振り下ろすと、小粒のほっぺたはじんじんと熱くなった。鮮血をたっぷり吸った蚊の死骸が、彼の右の頬にくっついていた。

「目が覚めた？　あんたをリフレッシュさせてやったわよ。あんたのために蚊をぶってやったのに、問題の解き方まで教えてくれって言うの？　私たちそんなに仲良かったっけ？」小禿禿は持っていた教科書を置き、手を小粒の身体に近づけてぬぐうと、小粒の白いシャツにはいびつな血痕が残った。「どの問題よ？　早くしてよ」

小粒は小禿禿の頭脳が驚異的で、天才的な暗記力があり、数理についてもまったく問題はないことに気づいた。小禿禿のほうは、小粒は大立よりもずっと可愛らしいし、畑のそばに座って数学の解き方を彼女に尋ねる態度は謙虚で礼儀正しく、言葉の最後には必ず「ありがとう」をつけることに気づいた。

「なんでおまえの家ではこんなに電気を浪費して、たくさんの電灯を使ってるんだ？」

「光は開花を遅らせるためよ。あんたそんなことも知らないのね」

「ああ、最近気づいたんだ。おれはもともとバカだったんだって」

小禿禿が彼と一緒に畑のそばに座るときはいつも、英単語のカードを手にしていた。小禿禿の禿げ頭は、彼女じしんのせいだと、彼は気づいた。小禿禿が集中して勉強しているとき、眉をひそめては、右手で頭皮をつかみ、指で髪の毛を絡めて力いっぱい引っこ抜く。それを口に入れて、細かく咀嚼してから呑み込むのである。夜の菊畑には、電灯のジージーという音と蚊のブンブンという音がするだけだった。頭髪は指で力いっぱい頭皮から剝がされると、かすかだが凄みのある引き裂く音が、花畑のなかをうろうろとする。小粒がいちばん気持ち悪いのは、髪の毛を咀嚼する音だ。歯がゆっくりと髪をこすると、彼の腕は鳥肌でいっぱいになる。でも幸いなことに蚊が多いので、腕の鳥肌は蚊に刺された痕と並び、小禿禿は気づかないはずだ。

期末試験の前には、小禿禿は腰かけを二つ持ってきて小粒と一緒に畑に座り、翌日の試験に備えた。ふたりはいっしょに愛玉《オーギョー》〔冷たいゼリー状のデザート〕を食べ、公式を暗記できているか互いにテストし合った。突然、小禿禿の父親が農舎から出てきた。手には酒瓶を持って、小禿禿に近づく。小粒さえ何かがあるのではと疑うほど、父と娘の距離は近すぎた。彼女の父親はポケットから万金油《タイガーバーム》をとりだした。「これを探していたんじゃないのか？　おまえの布団の下にあったよ。早く寝ろ」それから小粒を一目見て、テレビの音がやかましく響く農舎に戻っていった。

小禿禿は指を万金油に力を込めて突っ込み、ひとかたまりの白いクリーム状のものをほじって、直接身体や頭皮に広く塗りつけた。彼も同じようにしたが、万金油が涙腺を起爆させ、花畑全体にピリピリする刺激が広がった。

「私がこんなにまじめに勉強しているのはね、一刻も早くここを出ていきたいからなんだ。遠ければ遠いほどいい」

万金油で湿りけを帯びた頭髪がひとつかみ、小禿禿の口の中に入っていく。

期末試験の成績が発表され、すべてはまるで以前に戻ったように、小禿禿は学年で一位となり、ほとんどの教科で満点だった。小粒はすぐその後に続き、娘娘は三位である。担任は尋ねる。「席替えが必要か？」彼は前の席の娘娘に目をやった。彼の後ろはなかなかいい。わからないことをたくさん質問することができる。娘娘は作文が得意で、エッセイや小説を読ませてくれる。後ろの席のＨＢＬにはよく勉強を教えてやっている。そしてＨＢＬはおいしい塩酥鶏を持ってきてくれる。そこで彼は微笑んで首を横に振った。この席がいいのだ。バスケットボールのコーチは言った。「夏休みも集中練習をするぞ。来週の月曜日、バスケットコートで待ってるからな」彼は首を横にも縦にも振らなかったが、心臓が胸の中ですばやく鼓動した。彼の身体が嫌だと言っているのである。同級生たちはまた彼に話しかけるようになり、大立と呼んだが、彼はちゃんと返事もせず、ただずっとありがとうと言い続けていた。

すべては、まだぺちゃんこのままだ。そして彼はいびつなままだった。小粒としての毎日は、その実それほど悪くはない。

夏休みの最初の週末、母親が帰ってきた。父親に署名してもらいたい書類があるのだが、父親はようやくそれに同意したそうだ。「あたしたちいっしょに父ちゃんのところに行きましょう。あんたがいれば、きっと署名してくれるからね」母親の言葉が前とは変わったことに彼は気づいた。とても流暢《りゅうちょう》で、しかも島嶼南部の訛りだった。少し肉付きがよくなって、顔には笑みも浮かんでいる。

「あたしの親方はね、料理が上手なのよ！　次はあの人といっしょに帰ってくるから、あんたにも食べさせてあげる、いいでしょ？」

彼の記憶にあるのは、痩せこけた印象の母親だが、いまはこんなにもきれいになった。小さい頃、彼が母親と麵を買いに屋台に行くと、店主は何度も、「台湾語も中国語もできないのか？」と言った。それから向きを変えて馴染みの客に大声で言うのだ。「ベトナムから買われてきたねえちゃんは、まっくろけーで、ぶさいくだ」母親には聞き取れなかったかもしれないが、彼には理解できた。でも店主はあきらかに母親のことを美人だと思っていて、いつも胸やお尻をじろじろ見ていた。あの頃、父親はまだまともだった。たまに彼と母親を連れて麺の屋台で夕食をとったものだ。そしてその後おかしくなってしまった。

彼といびつな同級生たちは、媽祖廟の門前で食事をする約束をした。ＨＢＬは揚げた甜不辣をひと盛、小禿禿は手作りの檸檬《レモン》愛玉、娘娘は鍋いっぱいの緑豆湯〔緑豆で作った甘いしるこ。冷やして食べることが多い〕をそれぞれ持ち寄った。彼はなにも作れないので、食べるほう専門だ。夏休みの午後、媽祖廟の参拝客は少なく、香炉も冷え切っていた。ＨＢＬの母親は屋台のそばの寝椅子でいびきをかいている。彼らは石の獅子像のそばの階段に座り、食べてはおしゃべりした。

「塩酥鶏売りを一日でいいから休みたいなあ」ＨＢＬが言った。

「花畑の見回りのいらない一日が切実にほしい」小禿禿が言った。

「まだ夏休みの補習があると思っただけで吐きそう。こっそり台北に行ってぶらぶらしたいな。ねえ、大学はみんなで台北に進学しようよ」娘娘は言った。

彼は思った。もともと、このちっぽけな場所は夏の天気と同じようにうっとうしい。いびつな者たちはみんな出ていきたいのだ。もしかすると、ここではいびつな者と見なされていても、外の世界ではいびつでもなんでもないのかもしれない。

彼は大きく口をあけて冷たい緑豆湯を呑み込み、体内に冷蔵庫を作ってみたが、真夏は相変わらず肌をほしいままに突き刺す。遠くに見えるのは、すべて平坦な田畑と平坦な家屋だ。彼は言った。「おれと一緒に、父さんに会いに行かないか。母さんと一緒に列車で行くんだ。一緒に行こうよ。一日だけ」

遠くから涼風が媽祖廟に吹き込み、ＨＢＬの母親の眼を覚ました。香炉にはまた火花が飛び、廟の神様も昼寝から目覚めたようだ。階段に座って食べている子どもたちに向かって叫んだ。「ここでものを食べたらだめよ！」

みんなが食べ物を片付けたころ、誰もが沈黙のままだった。けれども、小粒の招待をみんなが受け入れたことは、互いにわかった。

「どこに行ってあんたの父さんに会うの？　前に噂があったけど、あんたの父さんは精神病院にいるって」小禿禿は尋ねる。

彼は小禿禿をじっと見つめた。太陽が斜めから彼女の顔に射していて、禿げた頭皮を光らせていた。彼は彼女の顔に、立体の陰影を少し見たように感じた。けれど、確信はない。その陰影は、すぐに消えてしまった。

「いや、監獄のなかさ」

3　まっすぐな

その道路は、視界のいちばん右端から、視界のいちばん左端までまっすぐ延びており、果てしなく、完全な直線だった。

朝早く、小粒、小粒の母親、小禿禿、娘娘、ＨＢＬは駅で列車を待っていた。みんなはよく眠れていなかった。寝床いっぱいのドキドキと興奮の針に、一晩じゅうもんどりうっていたのだ。駅はとても粗末な造りで切符売り場すらなく、駅名の標示は破損し、プラットホームは穴だらけだった。いちばん遅い列車だけしかここには停まらない。鈍行列車が停まっても乗降客はまれだった。

この日、ひとりのベトナムの母親が、四人の中学生を連れて始発の列車に乗り込んだ。車掌が切符を売りに来ると、小粒の母親は全員分の切符を買うと言い張った。「あんたたちには息子が世話になってるし、感謝したいんだよ。あとで到着したら、あたしは息子と中に入るから、あんたたちは外で待っていてね。この子の父親との面会が済んだら、いっしょにかき氷を食べに行くわよ」

列車は島嶼中部の平原をゆっくりと進んだ。道中に通り過ぎる稲田の風景は、実際には彼らの家のそばの田野とよく似ていた。けれどもこの中学生たちはめったに遠出をしないので、揺れる列車に眠気を催されても、みんなはできる限り目を覚ましたまま、ひとつひとつ見知らぬ駅の名前を黙読し、乗降する人々を観察した。列車がにぎやかな都会へと入っていくと、人々の身に着けているのは流行の衣服となり、立ち居振る舞いもあかぬけてくる。茶色い髪に白い肌の外国人がふたり乗車して、はるか遠いところの言葉でおしゃべりしている。長いこと英語を勉強してきたのに、この中学生たちは耳を集音マイクのように大きくしても、一語も聞きとることができない。

「まったく聞きとれない」小禿禿は舌を出して、小声で言った。

「もしかしたら英語じゃないかもね」娘娘が言う。

「ベトナム語かなあ。陳小粒、あんた通訳してよ」ＨＢＬは眼に笑みを浮かべて、小粒を見つめた。

列車では、みんながいつもとは違うことに、小粒は気づいた。小禿禿は夏の麦藁帽をかぶり、美しい顔立ちで、手はもう頭髪をつかんだりはしていない。娘娘はもう小粒を盗み見るようなことはなく、視線ははるか遠くを見つめていた。油じみのついていないＨＢＬはとても可愛く、えくぼがはっきりしていて笑みが絶えない。実は明るい女子生徒だったのだ。

列車はゆっくりとにぎやかな都会を離れ、郊外へと向かっていく。各駅停車の鈍行なのでスピードも緩慢だ。都会を離れるとみな眠りについたが、小粒だけは目を覚ましていた。乗り過ごしてしまうのが心配だったのだ。窓の外には壊れはてたトタンでできた工場が続き、遠い空には何機かの軍用機が飛んでいる。もうすぐ父に会うのだ。でも父にどんな言葉をかければいいのだろう。

父は物静かな農夫だった。小柄で、右足を少し引きずっていて、あまりしゃべらない。稲を育て、稲穂がたっぷりと金色に輝くと、真っ黒な顔にほんの少し笑みがこぼれる。一家三人は、親戚や隣近所との行き来はあまりなく、父の兄弟がたまにお茶や酒を飲みに来るくらいだった。そのおじたちは、小粒がずっと後にようやくその意味を理解したゆがんだまなざしで、いつも母親を見つめていた。

父がおかしくなり始めたのは、彼が中学に上がる夏のことだった。祖母が亡くなり、葬儀の費用を兄弟みんなで負担しようとしたが、父の兄弟は、父がすべてを負担するべきだと譲らなかった。ベトナムの花嫁を買ったカネは、祖母が生前出したものだが、他の兄弟が嫁を望んでも、一銭も援助してはくれなかったのだ。その後は遺産の分配だ。ふだんは楽しく酒を酌み交わす兄弟は、カネを目の前にして、酒杯を割り互いの服をつかみあって、子どものころの喧嘩まで蒸し返して泥仕合となった。騒ぎは村の役場でも続き、調停が失敗して、さらに調停が続くことになった。すべては先祖が遺した壊れはてた三合院〔中庭を囲んで三方に家屋が建っている伝統的な建築様式〕のためだった。調停の結果が出ると兄弟たちはみな現金を欲しがり、遺産の家屋をそそくさと売り払って、それぞれ分け前を取っていった。けれども先祖の位牌を誰も引き取ろうとはしなかった。結局、父が位牌を引き取り、しきたりに従って母親に祀らせるようにしたのである。

ある日、母親が祖先を祀るやり方が父親の言いつけ通りには完全にはなっていなかったことで、父が足を蹴り上げると、地面に置かれ熱くなっていた香炉が母親に向かって飛んでいった。

それ以降、父はもう物静かな農夫ではなくなってしまった。口からは絶えず汚い言葉が飛び出し暴力を振るった。父は母親を殴りながら、こう叫んでいた。「おまえのせいだ！　ぜんぶおまえのせいだ！」

暴力を振るうたびに、彼は父親に外から鍵をかけた部屋に閉じ込められてしまう。母親の身体の傷痕から、あれはげんこつでやられた痕、これは父親の脚の痕だと推測するしかなかった。

中学の新学期が始まった日、父はいなくなった。畑仕事を投げ捨てて、家じゅうのたくわえを全部引き出して、出ていったきり二度と帰ってはこなかった。

次に父の消息を聞いた時には、もう監獄のなかだった。警察によると殺人罪らしい。母親はそれを聞いてずっと泣いていた。ベトナムに電話をかけて、電話に向かって声を張り上げて泣いた。けれども小粒は泣かなかった。彼の背丈はどんどん伸びていき、身体もたくましくなった。頭にずっと浮かんでいたのは、父親が脱獄して家に戻り、彼ら母子《おやこ》を殺すというイメージだ。でも彼はいまや父親よりもたくましくなり、むかし鍵をかけて閉じ込められた部屋のドアはもう彼によってはずされていた。

ようやく駅に到着した。みんなは腰を伸ばし、あくびをしながら列車を降りた。たっぷり眠ったので、これから監獄へと向かうのである。

それは小さな街だった。母親はこの時ようやく、親方が車で彼らを迎えに来てくれる約束なのだと言った。でなければタクシーを呼ばなければならず、無駄遣いになってしまう。彼らは駅のそばで冷たい飲み物を買い、母親について駅を離れた。静かな街のなかを通り過ぎ、道路の脇で親方が迎えに来るのを待った。

母親は携帯電話を手に親方に連絡したが、出ない。何度か試すと、伝言メモにつながってしまう。母親は額の汗の粒をぬぐって緊張しながら言った。「面会時間は決まっているから、遅刻はしないでね。だけどだいじょうぶだいじょうぶ、かなり早く着いたから、まだ時間はあるわ」

彼らは樹木の下で待っていた。まっすぐに延びる道路はどこまでも続き、車はヒューヒューと音を立てている。アスファルトの道には陽射しが照りつけ熱気が立ちのぼっている。母親は気をもみながら行き来する車両を見つめ、一台のトラックを探していた。親方は母親にこう言ったのだ。今日は中部に荷物を輸送するので、ついでに監獄まで連れていってやる。道すがらなんだよ。駅から出てきたところの道路で待ち合わせよう。着いたら携帯で連絡する。

彼はまっすぐの道路を見つめていた。右へあるいは左へと道路に沿ってまっすぐに行ったら、どこにたどり着くんだろう。道路の果てに監獄はあるのだろうか。それは彼らが行きたい場所なのだろうか。でも、彼らはどこに行きたいのだろう。

「おばさん、喉が渇いたよ、水はもう飲んでしまったんで。このあたりにコンビニがあるか探しに行ってもいいですか?」小禿禿は道路脇の工場が集まったあたりを指さして言った。

「いいわよ。みんなでいっしょに行ってらっしゃい。あたしはここであの人を待つわ。そんなに遅くならないでね」

中学生たちは、連れ立って小さな街の工場が集まっているほうへ進んでいった。入口には壊れた看板が掲げてあり、文字が脱落し「業区」の二文字しか残っていない。以前はきっとなんとかという工業区だったのだろう。青空のてっぺんには幾筋もの細長い雲がたなびき、何機もの飛行機が猛スピードで飛び去っていった。

工業区のなかには数十軒もの大型のトタン張りの工場があったが、機械の動く音は少しもせず、すべてが静まり返っていた。雑草が生い茂り、大型の機械は工場の外に放置され、いくつかの工場のシャッターは閉じることもなく、口を開けたままの怪獣のようだ。外から工場の中を眺めると、まっくらでひっそりしており、まるで足を踏み入れたらたちまち暗闇に巻き込まれてしまいそうだ。床面には大きな黒い油じみがあり、空気にはひからびて冷たくなった機械の匂いが漂っていた。人っ子一人いない。

「ここにコンビニがあるわけないよね！　おばけしかいないよ。こんなところに店を開くのはバカだけだよね」ＨＢＬは言った。

「どうしてここの大工場はみんなもぬけの殻なんだろう？」小粒が尋ねる。

「ぜんぶ大陸に引っ越したのさ。母さんは前に靴下工場で働いていて、一生そこで働きたいと思っていたけど、突然、経営者たちはみんな大陸に行ってしまったんだ。おばさんたちは全員失業したってわけさ」娘娘は言う。

彼らは工業区のなかを歩き回った。廃墟のなかでは時間は遅くなり、夏の炎天下は工業区の外に閉め出されているようで、気温はだいぶ低い。みんなは冒険しているような感覚で、おばけたちが壊れた窓から彼らをちょうど覗き見しているかのようだった。地面には注射器が積みあがっていて、ゴミが焼けた痕跡もあった。

「そろそろ帰るとしよう。母さんと親方がおれたちを待ってるはずだよ」小粒はみんなを促した。でもその実、彼はこの時帰りたいと思ってはいなかった。あのまっすぐの道路を歩きたくなかったし、父親に会いに監獄には行きたくなかったのだ。ここはいい。まるで漫画の中によく出てくるパラレルな時空間で、彼らがやって来たあの田舎から外に放り出され、この斬新な世界のなかにいれば、誰にも見つかることはない。

彼らは、誰が最初に道路脇の大樹のもとに戻れるか、競走することにした。最初に小粒の母親に触れた者が勝ちで、みんなに飲み物をおごってもらえる。彼らは工業区の中で走り始め、傾いた看板を飛び越え、死に絶えた機械を避けていった。足音と笑いあう声が工場の中に響き、工業区のおばけたちは彼らに驚いて逃げ出してしまった。彼らがここを占領したのである。小粒は何度も転んでしまった。彼の世界はぺちゃんこで、他の者のように近道に回り込むことができない。工業区の出口と自分との間を結ぶまっすぐなルートを見つけ出し、駆け抜けるしかない。

突然、すべての機械が目を覚ました。

至近距離から、機械のエンジン音が轟轟と響いてくる。

強大な熱風が襲いかかり、トタンの建物は低い唸り声をあげた。

蔦の絡まる重機が声を上げ、さびついた紡織機が回り始める。

競走している中学生たちは本能に促されるまま、一刻も早くこの工業区を離れようと足取りを速めた。

小粒は地面の廃棄物にひっかかって倒れてしまうと、全員の叫び声が彼の耳に届いた。その叫びはまっすぐに彼を射抜いたが、彼は立ち上がることができなかった。

機械の音が急速に迫り、工場が揺れた。彼は立ち上がろうとしていた。

爆発。

ひとかたまりの火球が、廃棄された紡織工場で爆発した。何秒間かの爆発で、小粒は塩酥鶏の気持ちがどんなものかようやくわかった。工業区全体が油鍋になり、煮えたぎる空気が人間をあぶり、彼の肌はたちまちカリカリの黄金色《こがねいろ》になった。叫び声は爆発によってすべて聞こえなくなり、彼は目を開くことができない。目の前にのり状の塊があって、呼吸もできなかった。

すべてが、燃え始めたのだ。

彼は地面に横たわり、頑張って目を開けようとした。空に、この油鍋の工業区とつながっている、ひとすじの垂直の雲が見えた。美しくまっすぐな雲。

体格のよい娘娘が機械を押しのけ、カリカリに揚がった小粒を背負って工業区からとびだした。

その日、親方は現れず、彼らは監獄には行かず、父親は署名をせず、競走の勝者はいなかった。夏休みじゅう、彼らはずっと病院で過ごしたのだった。

病院でテレビを見て、彼ら塩酥鶏たちは、実は軍用機墜落事故に遭遇したと知ったのである。

病院はいい。クーラーはあるし、夏休みの補習もない。彼らいびつな者たちは、病院の中にほんとうのパラレルな時空間を見つけたのである。

何年も経った後、大人になった彼らは故郷に帰り葬儀に参列した。

斎場の小禿禿の遺影は、過度に修正され、黒々としたたっぷりの長髪になり、微笑む口元が誇張されすぎている。娘娘は何冊かの小説を出版し、ＨＢＬは香港へ嫁ぎ、三人の子をもうけた。小粒はといえば、彼の世界は後に立体へと回帰して、株の投資に失敗し、離婚して、失業中である。この菊畑に帰って葬儀に参列した彼は、失って久しい安定感を見つけられたのだった。もしかすると、しばらくはここに住むかもしれない。

小禿禿は彼女の父親に殺された。彼女は性暴力の証拠をもって告訴していた。けれども父親が、彼女が街で落ち着いて暮らしていたマンションを見つけ出し、エレベーターの脇で待ち伏せしたのである。

かつての同級生たちは菊畑のそばに座ったが、ふさわしい話題が見つからない。菊畑はとことん荒れ果ててしまい、たくさん灯っていた電灯も割れてしまっている。娘娘の額にはやけどの痕があるが、それは小粒を救った証《あかし》だ。HBLはふくよかになり、えくぼも見えなくなりそうだ。陳大立は記憶の回転速度をいちばん遅くなるよう調整して、みんなでいっしょに監獄に行ったあの日を再生した。

燃え盛る工業区を逃げ出した後、彼らは全員身を寄せ合って、まっすぐな道路の脇に立ち、めらめらと燃える炎を見つめていた。ひとすじのゆっくりと消えゆくまっすぐな煙が、空と工業区をつないでいる。煙は垂直の階段のようにすばやく昇っていき、もうひとつの別の世界に到達する。小禿禿の麦藁帽がいつのまにかなくなり、頭皮はやけどしていた。小禿禿の頭皮はほんとうに地図のようで、髪のあるところが陸地だ。

小粒は小禿禿の後頭部を指さして言った。「おい見ろよ、この髪の形は台湾みたいだな」

小禿禿は突然大声で泣き始めた。彼女は力いっぱいその台湾のような髪を引っこ抜いて、口のなかに入れる。そして泣きながら言った。「いっしょに工業区に戻ってくれない？　ねえいいでしょ？　私は嫌、嫌なの。家に帰りたくないの」

プールサイド

鍾旻瑞

鍾旻瑞（しょう・びんずい、チョン・ミンルイ）
一九九三年生まれ。二〇一五年、本作で林栄三文学賞を受賞。
一九年に最初の短篇小説集『流星観測の正確な方法（觀看流星的正確方式）』を刊行。

「プールサイド（泳池）」◉初出＝『自由時報』文芸欄　二〇一五年十二月十三～十五日　使用テキスト＝『觀看流星的正確方式』（九歌、二〇一九）所収のもの少年はまだ覚えている。大学に進学するあの夏休み、なぜかはわからないが、たくましくなりたいという欲望が芽生えたのである。なにもすることがない日は、ジムに行ってさまざまなウェイトトレーニングをするようになった。ジムの月会費は高くはないが、安くもない。そこで少年は家のそばの私営プールの夏期監視員に応募することにした。水泳部にいた経歴で彼は楽々と採用された。昔コーチに言われて取りに行った監視員の免許が、思いがけず役に立ったわけだ。監視員のシフトは午前、午後、夜間に分かれていて、午前は論文を執筆中の大学院生が取り、夜間はプールの管理人（退職した中年）が自らお出ましだ。少年にはほかの選択肢はなく、午後のシフトを選ばざるを得なかった。彼は朝、ジムでトレーニングをして、昼食をとるとプールへとやってきた。これもなかなかいい。間にやり過ごす必要のある時間の空きがないからだ。

その院生は大柄な男だ。少年の目測ではたぶん一九〇センチ余りで、手足は長く、よく鍛えられていたが、いつも猫背で、上半身は裸で水着をはき、監視員席に座って分厚い書物、なんだか難しそうな理論書を読んでいた。毎日出勤する少年が監視員席の下から声をかけると、院生はゆっくりと梯子《はしご》伝いに下りてくる。少年は彼の臀部《でんぶ》と太ももの筋肉が上下に動くのを見つめた。院生は分厚い眼鏡をかけ、眼はレンズの奥で小さく縮こまっている。彼らは互いの名を知らなかったので、院生は勝手に彼を後輩と呼ぶことに決めた。「後輩、今日はほんとうに暑いな」とか「後輩、どこの大学に受かったんだ」とかいうように。

以前から少年は見た目で人を判断しており、院生の不器用な様子を見て、おそらくそんなに賢くはないだろうと思っていたので、彼とのおしゃべりはいつも億劫だった。けれどもあるとき、見た目では文学とは縁がなさそうな院生が、なんと英文学専攻だと知り、そこで興味津々に尋ねてみた。「どうして英文学を研究しているんですか。小説が好きなんですか」院生は答えた。「大学に入るまでおれは小説なんて読まなかったよ」少年は続けた。だけど大学院にまで入ったんだから、きっと好きになったたってことでしょうね。だが院生は答えた。「そういうわけでもないんだ」

院生は大学入試の成績は決して悪くはなかったが、選択肢に恵まれた最優秀というわけでもなかった。文系科目がわりと秀でていた彼は、入試の成績で英文科に入ることになった。はじめは勉強が苦痛でたまらなかった。数百年も前に書かれた、言葉も現在とはかなり異なる文学を読むことを余儀なくされるのは、必然的に修行で経文を唱えるようなものだったからだ。そしてある日、ガールフレンドと別れた彼は、気持ちが落ち込み、教室で教授に口答えしてしまった。自分が学んでいるものにどんな意味があるのかわからない、と。教授はおだやかに言った。英文科で学べる最大のものは作品の読解だろう。もしも人生を巨大な作品と見なせるならば、あるいは人生の神秘を解き明かすことができるようになるかもしれない。それが文学の意義なんだ。

院生の父親は、彼がまだ小さいころ、川辺で釣りをしていて、突然増水した流れに押し流されてしまった。彼の母親は一日じゅう泣きはらし、まるで涙が永遠に尽きないかのようだった。後にうつ病と診断され、ひどいときは幻聴も聞こえた。小さいころから母親を見てきた彼は、生きることの難しさを思うようになった。つかんだ幸せを一瞬で失ってしまうこともありうると考えたら、どうしても愉快な気分にはなれず、人生にどんなにいいことが起こっても、いつも戦々恐々として、心の底から喜ぶことができなかった。けれどもあの日、教授の話を聞いて豁然と悟ったのだ。もしも人生という尽きることのない作品を読み解くことができたならば、母親や自分を救う方法を見つけられるかもしれない。それでずっとがんばって今日まで勉強を続けてきたのだった。

院生は話を終えると、椅子を指さした。「きみが上がる番だ」そして猫背のまま身体を揺らしながら立ち去った。院生はいつもこうだ。スラスラと自分の言いたいことをぜんぶ話したら、背を向けて去っていく。こんなに詳しく院生の話を聞いたのは初めてだった。少年は彼の後ろ姿を見て、猫背の人というのは、もしかすると背負っているものがずっしりと重いのかもしれないと思った。

少年は監視員用の椅子のてっぺんに上がった。プールはこの高級マンションに付属しているのだが、プールの建物は独立していて、採光がとてもよく、屋根の設計は太陽光をまず屈折させてから取り込む仕様になっており、光は粒子のようになる。この小さな光の粒の一つ一つが壁面に跳ね返ってから室内に入ってくるところを、少年は想像してみた。このように迂回する方式のおかげで、泳いでいる人々は知らぬ間に背中が焼け焦げるような感覚にはならないのである。

五時になるとプールの管理人が現れ、少年は仕事あがりの時間だとわかる。そこで高椅子の席を交代する。少年は仕事が終わるとゴーグルと水泳帽をつけてコースに飛び込み、何往復か泳ぐのを習慣にしていた。それが一日で一番のお気に入りの時間だった。水の中ではいつも、自分がほんとうに海中の魚から徐々に進化してヒトになったのだということをつくづく信じることができた。これこそが彼がこんなにも水に好感を抱く理由である。泳いでいると心拍数が上がり、水中では自分の心拍音が耳に届くのだ。ドクン、ドクン。その音は彼を安心させた。

プールから上がると、更衣室の鏡の前に立ち、一日の運動の成果を眺める。彼の肉体は少しずつ筋肉に輪郭がつき、立体的になってきた。こんなとき、彼は自分がこの肉体の所有者なのだと深く感じるのだった。

けれどもある日、仕事の後に泳いでいると、のびのびとくつろいだ雰囲気を突然感じることができなくなってしまった。空を背にし水底に顔を向けてプールの中を前進していると、背中がしびれるような感覚になるのだ。人間というのは他者の視線にとても敏感で、相手が自分を見ているのを目にしていなくても、ぼんやりとその視線を感じることがある。それは動物の原始的な本能だ。その日彼が感じた背中の違和はまさにそのような感覚で、自由形のターンをしている間、何度もプールサイドに視線を向けてみた。そして、彼がプールの中を行ったり来たりしているときに、誰かが彼の動きに合わせてプールサイドを行ったり来たりしているのに気づいたのだった。

自分で決めた最短距離、一五〇〇メートルに到達したとき、彼は泳ぐのをやめた。するとプールサイドに立っていた男が近づいてきた。軽い近視のせいで男の顔つきははっきりとはしなかったが、顔を上げじゅうぶんに用心しながら尋ねた。「何かご用ですか」男は彼を見ながら言った。「きみが泳いでいるのを何日も見ていたんだ。実にいい泳ぎをしているね」少年はどう返事すべきかわからず、顔をぬぐうと、水滴がまつ毛から下へと落ちた。彼は小さな声で答えた。「水泳部なんです」

男は続けて尋ねる。「きみは家庭教師をやっているの」高いところにいる男を、低いところから眺めていた少年は、強い圧迫を感じて言った。「プールを上がってからお話ししてもよろしいですか」男は頷いた。少年はプールサイドに両手をかけて、力を込めて水中から這い上がった。彼が水面から離れるとき、水は「ザァー」っと音を立てて彼の水着から流れ落ちた。水着はその瞬間水の浮力を失って肌にはりつき、彼の臀部や太ももに食い込むと、ペニスの形を浮かび上がらせた。彼は下半身の変化に気づき、急いで股間の生地を手で引っ張って緩めた。バツが悪そうに顔を上げると、男が彼の動きを見つめていることに気づいた。

プールから上がると、少年はようやく男の姿をはっきりと見た。男は体型にぴったりのスーツを着ており、どうやら仕事を終えたばかりのようだった。中年に差しかかりつつあり、顔の筋肉はハリを失い、細かいしわがあちこちに見えてはいるけれど、それがかえって男の、存在感の際立つ顔だちをずっと優しいものにしていた。若い時の男は、きっととてもハンサムだったのだろう。少年は思った。まさにモデルの容貌だ。だから裸のまま男の前に立っていると、恥ずかしさで赤くなってしまう。男は彼の居心地の悪さを感じ取っていたのかもしれない。そしてこんなふうに言った。「いい身体をしているね。鍛えているの」

がんばって鍛えた成果を見てもらえて、少年は自然とうれしさがこみ上げたが、その気持ちを抑えて繰り返す。「水泳部なんです」少年がもはや少年ではなくなったとき、二人が出会ったときの光景を思い出し、若い時の自分がおかしいほど単純だったと思うだろう。男の言葉は明らかに誘惑するときの決まり文句だったのに、彼を心からうれしくさせた。掛け値なしにその賞賛を受け取り、言葉の裏にある意味を解きほぐそうともしなかったのは、おそらく若さゆえのことに違いない。

男はこのマンションの住人で八歳になる息子がおり、水泳を習わせたいと思っている、と言った。けれども男の子は人見知りで、集団でやる水泳教室には通えない。家庭教師を引き受けてくれないだろうか。そして断る理由のない金額を提示した。少年はすぐには抵抗を感じなかった。高校の時も親戚の子どもを教えたことがあるし、いい仕事だろうと思い、頷いて承諾した。男は言った。「よかった。きみは五時に仕事が終わるんだよね。明日の五時に息子を連れてくるよ。きみの電話番号を教えてもらってもいいかな」少年は紙にメモしなくてもいいのかと尋ねると、男は「その必要はない。覚えられるから」と言った。そこで少年は口頭で自分の電話番号を伝えた。男は頷くと、背を向けて立ち去っていった。

少年にはどうしても解せないことがあった。それはつまり、男はどうやって彼に目をつけたのか、ということだ。彼は毎日プールにいるが、男が泳いでいるのを見たことはない。少年は男が彼に会ったときに最初に言った言葉を思い出していた。「きみが泳いでいるのを何日も見ていたんだ」まさか彼は毎日プールをうろうろして、泳いでいる人間を観察していたのだろうか。それとも息子の水泳コーチを探すために、わざわざふさわしい人間を探しにプールに来たのだろうか。ほかにもっと効率のよい方法はなかったのだろうか。

翌日の五時、男は男の子を連れてやってきた。男の子は小さくやせっぽちで、父親の顔を受け継ぎ、とても可愛かった。くりくりした眼で、ギュッと父親の手を握り、不安げに周囲を見渡している。少年と彼の目が合ったとき、緊張したのか視線を外した。まるで怯える動物のように。

男はコットンの普段着で、男の子の肩に手をやって、いささか厳しく揺すりながら、「先生に挨拶しなさい」と言った。男の子はほとんど聞こえないくらいの声でこんにちはと言った。男は困ったような表情で少年に向かって苦笑いした。まるで「きみに言ったとおりだろ」というように。少年は近づいてしゃがみこみ、名前を尋ねると、男の子は恥ずかしそうに答えた。自分の名前を口にするのにもきまり悪さを感じているようだ。少年は男の子に更衣室で水着に着替えてくるように言った。男の子は小刻みな足取りで立ち去った。男はまだそこに立ったままだ。少年は尋ねた。「息子さんについていってあげないんですか」

男は冷たく言い放つ。「その必要はないよ」

少年は簡単に準備運動をしてから、上着を脱いだ。服を脱ごうとしたとき、振り返ると、男は視線を動かさずにじっと彼を見つめていた。少年はゆっくりと水の中に入った。夏真っ盛りとはいえ、水温の冷たさは彼をまだぶるぶる震わせた。男の子は水着をはき、袋を提げて、更衣室から出てきた。痩せて小さな身体には、肋骨一本一本が皮膚の上に浮き出て、まるで列車の線路の枕木のようだ。少年が手招きすると、男の子は梯子のほうに向かったものの、プールの端で止まった。

少年がそばに近づいて、彼を落ち着かせながら「入ってみて」と言っても、男の子は断固として首を横に振る。少年が彼の足元まで近寄ると、こわばった四肢が目に入り、彼がもともと極度に水を怖がっているということにようやく気づいた。少年はなんとかして彼を安心させようとしたが、彼には妥協する気はないようで、拳をぎゅっと握ってプールサイドに立ち尽くしたままでいる。

「入るんだ」

男は壁際の椅子に座っていたが、その声は遠くからでも届くものだった。男の子は父親の声に身震いすると、ついに前に一歩踏み出した。少年は気まずそうに男の子と男を眺めながら、男の態度に驚いた。どんな状況であれ男はもっと優しくなったほうがいい。いまでこそ少年はこんなにも水泳を愛しているが、泳ぎを習い始めたばかりのころの水への恐怖がどんなものなのかを深く理解していた。その年、彼は七歳で、両親が小学校の水泳訓練クラスに参加させたのだ。プールは決して深くはなかったが、たった一二〇センチの幼い少年にとっては大海原のようなものだ。両の足先は底につかず、プールの縁をつかんだまま恐怖に涙するしかなかった。いま思い返すと、そのとき彼は人生で初めて死を意識したのだった。

男の子は身体の向きを変え少年に背を向けると、ゆっくりと梯子を伝って水の中へと入った。少年は背後から男の子のちいさな背中を支えながら、彼の筋肉のこわばりを感じ取った。緊張と低温の水の中に急に入ったせいで、男の子はぶるぶる震え始めた。上下の歯が互いにぶつかる音を発するほどの震えだった。少年は、水の中で動いてみるようにと促した。運動すれば熱エネルギーが発生するし、水の温度にも慣れる。男の子は彼の言葉に従い顔面蒼白のまま上下にジャンプしていると、ようやくだんだんと落ち着いてきて震えることもなくなった。けれども顔色は青白いままで、血の気を失ったようだった。少年は男の子に尋ねた。「だいじょうぶかな」男の子は彼を見つめたまま目に涙を浮かべて、おそらくは父親に聞かれたくないのだろう。唇の動きだけで伝えた。ぼくこわい。

少年は男の子の様子を目にして、胸に突然大きな温かいものが生まれ、思わず口に出した。「僕が守ってあげる」彼はこれまでどんな人に対してもこんな言葉を使ったことはない。けれどもそのとき、彼はその男の子とつながって、まるで時空を超えて過去の自分を守ってやれるような気がしたのである。

男の子ははじめひどく緊張し、自分の呼吸さえしっかりとコントロールできなかった。何度もむせて、プールの縁にはいつくばり、力いっぱいせき込んだ。幼い犬のような嗚咽《おえつ》を発しながら。こんなときはいつも、少年は一方では男の子を優しくいたわりながら、一方ではちらっと男の表情を観察した。けれども男はいつも冷たくこのすべてを眺めながら、心配しているような表情はまったく見せなかった。男の子は一定の時間の練習を経て、ついに水の中での感覚をつかみ、だんだんとのびのびできるようになった。たまにはやはりこわごわ少年の肩や腕を摑み、水中に沈むのを怖がっていたが、ようやく少年とまとまった会話ができるようになった。

授業の最後に、少年は男の子にいっしょにあることをさせた。二人はゴーグルをつけ、手をつなぎ、水面で息を吐き切ってから、後ろ向きに倒れてプールの底まで潜っていった。肺の空気がなくなり身体が浮力のほとんどを失うので、難なく潜っていけるのだ。二人はこうして水底にたどりつき、肩を並べてプールの底に座ると、男の子が手を恐怖で強く握りしめているのを感じた。男の子は四肢に力を入れて、両足を蹴って水面へと向かおうとする。少年はそっと彼の手を摑んで力を込め下へとひっぱると、男の子はゴーグルのレンズ越しにこわごわと少年を見つめた。少年は男の子に頷くと、二人は水中でその姿勢を十五秒間ほど保ってから立ち上がり、水面に浮かび上がって息をした。

少年はゴーグルを外して顔をぬぐい、振り返って男の子に尋ねた。「だいじょうぶかな。そんなにこわくなかっただろう」男の子はプールサイドに手をつき、少年がゴーグルを外すのを見て、自分のゴーグルも外した。長い時間ゴーグルをつけていたせいで眼のまわりには赤い丸印がついてしまい、レッサーパンダのようだ。男の子はひと息ついてから、震えてはいるがやや興奮気味の声でようやく答えた。「ぼくしんじゃうかとおもった」少年は言った。「でも僕ら二人とも死んでなんかないだろ」男の子は頷き、二人は笑った。

最初の水泳の授業はこうして終了した。少年は男の子といっしょに更衣室に行って水着を脱ぎ、シャワーブース越しに会話を交わした。男の子は恥ずかしがって自分から話題をふらず、ほとんど少年の質問に答えるというふうだった。二人がいっしょにプールを出ると、ちょうど夕陽が沈むころで、男が光を背に入り口に立って彼らを待っている姿は、影絵のようなシルエットになっていた。男が息子に尋ねる。授業は楽しかったか。男の子は少しためらってから、少年の方を見て、深慮遠謀の面持ちで頷いた。男は財布を出して、報酬を少年に渡し、言った。「ではこうすることにしよう。これからは毎日五時に授業を始めて、私がプールに来てきみに支払いをする。いいかな」少年が承諾すると、男は息子の手を引いて家の方へと歩いていった。

こうして、この仕事はこんなふうに少年の毎日の暮らしにささやかな変化をもたらした。そして少なくない額の収入も加わったのである。彼らは毎日こんなふうに授業を続け、男の子はだんだんと彼と打ち解けていった。少年が気づいたのは、男の子はもともと思っていたように人見知りでも物静かでもないが、ただ父親の前ではどうしてものびのびとおしゃべりができないということだった。男が授業を見に来るときもあれば、そうでないときもある。父親がいないとき、息子の言葉数は多くなり、明るくなって、胸の中にある思いを話したくなるようだった。

彼は少し心配していた。もしかすると男が暴力を振るっているのではないか、それが二人の張りつめたような関係の原因なのではないかとぼんやり勘ぐっていたのだ。だから授業の時にはいつも、男の子の身体に傷痕がないかこっそり観察した。けれども男の子は傷ひとつなく、そこには陶磁器のような清潔な白さと壊れやすい肌があるだけだった。おしゃべりのなかで少年は、男の子がふだん父親とどんなふうに過ごしているのか絶えず探りを入れもした。意外なことに、男の子はいつも父親への愛情を隠すことがなかった。父親の容貌のせいで、保護者会のとき、先生や同級生の母親たちがいかにその到来を待ちわびているかを話したものだ。男の子がそういう話をするときの得意満面な様子を見て、少年は理解した。男の子は男を仰ぎ見ているからこそ、どうしても緊張してしまうのだ。

男の子が自分の母親について話したことは一度もない。けれども男の子なら誰であれ、母親がいるものだ。少年はいつも微かな手がかりのなかにさまざまな可能性を見つけようとしていた（離婚したのか、亡くなったのか、それとも遠くで働いているのか）。しかしほんとうの答えは得られていない。それになにか秘密を知ってしまうのが怖かったので、尋ねる勇気もなかった。男の子の母親はいっしょに暮してはいないということしかわからなかった。

ある日の午後、少年はいつものように授業が始まるのを待っていたが、男の子は現れず、男だけがやってきて言った。「申し訳ない。息子が熱を出してしまって。今日は授業には出られないようなんだ」少年はだいじょうぶだと丁寧に答えた。「電話してくださればよかったのに」男は笑って言った。「だけど今日来たのは欠席願いのためだけじゃないんだ。きみに家に来てもらって夕食をごちそうしたいんだよ」

その時点で、少年が男の子のために授業を始めてもう一か月が経っていた。夏も真っ盛りとなり、タンクトップを着ている身体からは汗が滴っている。少年は思った。男について知っていることは多くない。知っているのは、男がインテリア・デザインの事務所を開いていること、年齢が三十歳余りということだけで、それ以外はまったくわからない。男は、むげに断れないような雰囲気を醸し出していた。少年は尋ねた。「水泳の授業のせいで風邪を引いたんでしょうか」男は答えた。「あの子はもともと身体が弱いんだ。水泳を習わせているのも、たくましくなってほしいと思ってのことでね」少年は男の端正な顔立ちを見つめながら訊いた。「お見舞いに行ってもいいでしょうか」

男はもちろんだと言い、少年はリュックを持つと、二人でいっしょにマンションの建物のなかへと入っていった。エレベーターに乗り、男の家に到着した。男は玄関に入るなり男の子の名前を呼んで、「先生がお見舞いに来てくれたよ」と言った。男の子の部屋に入るとぐったりとした男の子が彼に微笑んで言った。「せんせい、ごめんなさい」心のこもった謝罪だった。彼は手を振って「気にしないで。おだいじにね」と言い、デスクの前の椅子を引っ張って、男の子のベッドのそばに腰をおろした。男はドアのところに立って彼に言った。「私は食事の準備をするから、きみはここでこの子の相手をしてくれないか。あとでその分のお金を渡すよ」少年はその言葉を聞いてひどく穏当ではないと感じ、男の子の心が傷つくのではとても心配だった。少年が腰をおろしたのは、男の子のそばについていてあげたいと直感的に思ったからで、給料がもらえる仕事だなんて考えもしなかったのだ。どうやって誤解を解こうかと考えていると、男はもうドアを離れてキッチンへと行ってしまった。少年はため息をついて、男の子に言い訳するように言った。「お父さんに言われてきみの相手をしに来たんじゃないんだ。僕が来たかったんだよ」男の子は先生の緊張した様子を見て、ハハハと笑いだし、少年に言った。「せんせいだいじょうぶだよ。ぼくはなれてるから。パパはときどきいそがしくて、ぼくのあいてをするひまがないんだ」少年は男の子の鋭さと早熟さに驚いた。それでこう尋ねてみた。「僕以外にもきみには家庭教師がついているの」男の子は頷いた。

いつも顔色の悪い男の子は、発熱のせいか顔の血色がよくなり、つやつやと赤みがさしていた。少年は男の子の部屋を観察した。ドアのそばの姿見に自分が座っている姿が映っている。部屋のあちこちにはさまざまな恐竜の模型が置かれており、恐竜好きだとわかる。いい子にさえしていれば、月に一度好きな模型を選ぶ機会を父親からもらえるのだと男の子は説明した。男の子の枕もとには風景のポスターが一枚貼ってあり、下の方に書いてある英語の文字を見ると、それはスコットランドのネス湖だった。彼がポスターを見つめていると、男の子は言った。「そのみずうみにはきょうりゅうがいるんだ」少年は頷く。「知ってる。有名だよね」男の子は言う。「いつかおおきくなったら、みずがこわくなくなったら、あのみずうみにもぐっていって、きょうりゅうをさがすんだ」少年は笑って答える。「きみは恐竜にパクっと食べられちゃうのが怖くないの」男の子は眼をキラキラさせて言った。「たべられてもへいき。だってたぶんせかいでさいごのいっとうのいきたきょうりゅうなんだもん」

男の子は少年に尋ねる。「ぼくのおよぎはどうですか」少年は言った。「たまにまだ身体がこわばりすぎてしまう時があるね。水泳はほかのスポーツと違って、筋肉の緊張をほぐせばほぐすほどうまく泳げるようになるんだよ。でもきみはもう平泳ぎはマスターしたから自由形もきっとすぐにできるようになるよ」少年は手を伸ばし男の子の頭をポンポンしてあげた。その時彼の額がとても熱いことに気づき、水を飲むかと男の子に尋ねた。

男の子は水を受け取ると一口飲んで言った。「もうすぐぼくのたんじょうびなんだ。そしたら九さいになるよ」少年はからかうように言った。「それは僕にプレゼントを贈れっていうことかな」男の子はまた乾いた気持ちのいい笑い声をあげ、言った。「ちがうよ。せんせいは十八さいだよね。ぼくが九さいになったら、はんぶんのせんせいになるんだ」少年は彼の言った言葉について考えた。人間の年齢はかけ算で計算できるのだろうか。十八歳の人間は、九歳の二倍、成熟しているということだろうか。

男の子は続けて言う。「パパは三十六さいだよ。ぼくははんぶんのせんせいで、せんせいははんぶんのパパだね」この詩のような、意味の分からない言葉を聞いて、少年は心の中で繰り返した。ぼくははんぶんのせんせいで、せんせいははんぶんのパパだね。

「きみはかけ算をよく勉強しているね」少年は言った。

男の子の部屋を出ると、男はすっかり料理を準備していた。スパゲッティにとても高級そうなビーフシチューが添えられ、ワインも置かれている。男は少年がやってくるのを目にして、あっと声を上げてから言った。「きみが牛肉を食べるかどうか訊くのを忘れていたよ。だいじょうぶだよね」少年は答えた。「だいじょうぶです。でも僕のためにこんなにいい料理を用意いただかなくても」男は気軽に言った。「料理が好きなんだ。こんな煮込みをしたことがないんで、食べてみてくれるかな。私の実験品として」少年の耳に、実験品という言葉がなぜか鋭く刺さった。自分が敏感すぎるのかどうなのかはわからないが、言葉のなかにある種の侵略性を感じ取ったのだ。

男は彼に座るように言い、彼に訊くこともなくワインを注いだ。

少年は酒を飲んでから、牛肉をひとくち食べた。男は興味深げに彼に感想を求めると、少年は頷いておいしいですと言った。男は少年に、遠慮はいらない、感じたままを言えばいい、そして改善の余地を与えてほしいと言った。けれども少年の言葉はほんとうで、その牛肉はとても美味しかったし、これよりももっと上等で美味しい牛肉を食べたことがあるかどうかすら思い出せないほどだった。

男は手をもんで、満足げに言った。「では成功したということだね」それから食べ始めた。

食事の間、男は少年に、学校での生活やどんなクラブ活動をやっているのか、どこの大学に合格したのかなどと尋ねた。少年は訊かれるがままに正直に答えたが、そのやりとりのなかで、だんだんと恥ずかしくなってくるのを感じた。顔が赤くなり、それから男の眼をまともに見る勇気もなかった。男はその様子を見て、酒を飲ませすぎたからだと思ったが、しかし実際には少年はただ男の前で話す自分の生活が幼稚で愚かに聞こえるだけだったからだ。自分が学園祭のステージで出し物をしたことなど男がどうして関心を持つというのだろう。でも男はずっと興味津々の表情で少年の話を聞いていた。

夕食の後、男は残ったパスタにあっさりした味付けをして、男の子の部屋に持っていって食べさせた。それから寝るように言いつけて、部屋を出る前に厳しく言った。「十分後にまた来るからな、起きていたらだめだぞ」そしてドアを閉めた。少年は二人の様子を見て、とまどいを隠せなかった。男は父親の尽きせぬ優しさを持ちながら、同時にその言葉にはたまに無情さが顔を覗かせる。少年は進んで食器を洗うのを手伝おうとしたが男にやんわりと断られ、ひとりきまり悪く居間に取り残された。男は洗い物を終えると、財布から何枚かの紙幣を取り出して少年に手渡した。「息子に付き添ってくれてありがとう」

少年は手を振って断り、男に言った。「いつも息子さんの前で現金をいただくべきじゃないって思ってるんです。こういうのはよくないって」男はぽかんとして、紙幣を財布に戻すと言った。「きみの言う通りだ。でも私はね、息子には小さいころから知っておいてもらいたいだけなんだ。得られるものの多くは、なにかと交換することによってもたらされるということをね」少年はむっとして言った。「そうじゃないことだってありますよ。僕は今日、自分で望んで息子さんに会いに来たんですから」男は言った。「私の牛肉のためではなかったのか」

男は笑いながら後ろにもたれ、ぐったりしたようにソファーに腰かけると、二人は何秒間か見つめあった。少年はばつが悪そうに視線をそらして窓の外を眺めた。男は茶卓の上の小さな鉄製の入れ物を手に取って中に入っていた何枚かの紙と濃い褐色の木屑のようなものを広げた。男はそれを少し取って手の中でいじっている。少年は興味津々でその動きを見つめた。男は尋ねる。「欲しいか」少年は警戒心をいっぱいにして訊き返す。「それはいったいなんですか」

男は何秒間か動きを止めてから、深くて底の見えない美しい瞳で少年を見つめながら言った。「マリファナだよ」

少年はぎくっとして言葉が出てこない。男はしばらくしてからようやく軽い笑みを見せて言った。「ただのタバコだよ。吸うかい」少年は首を振った。「吸えないんです。タバコを覚えたら両親に怒られてしまいます」男は言った。「もう十八歳なんだ。やりたいことは自分で決めたらいいと思うよ」

返事を待たず、男はもう少年のためにタバコを巻くと目を閉じて、紙に糊のついた部分を舌で舐めた。まるで夢を見ているかのように。終わると、タバコを少年に手渡し、少年はそれを指で挟む。触るとじめっとするのは、男の唾液だった。少年がタバコを唇に咥《くわ》えると、男は自分の分も巻き、ライターを取り出して、二人のタバコに火をつけた。

少年のタバコに火がつかないので、男は少年に教える。「吸うんだ。そうすれば火はつくよ」少年は言われた通りにすると、タバコの煙が口の中に入ってくる。想像していた苦みとは違って、フルーツのような甘みがあり、少年は困惑したように眉を顰《ひそ》める。男は言った。「それはブルーベリー味だ」煙を吐くと続けて言う。「だけどさっきは吸い込んでいない、まず口の中に入れて、それから一気に肺の中に吸い込むんだ」

少年はそれを試すと何度かむせてしまったが、肺の中に吸い込むことには成功したはずだ。なぜならたちまち眩暈《めまい》を感じたからだ。男は訊く。「どうだい。どんな感じだい」少年は答える。「くらくらします」男は頷いて言った。「それでいい」少年はまた何度か試して、吸い込むのにちょうどいい量を調整できるようになると、もうむせることはなかったが、眩暈の感覚だけは残った。男は煙を吸いながら、少年がぼんやりとした幻の実験をするのを眺めていた。

男は尋ねる。「私のは別の味なんだが、試してみるかい」

だんだんと身体が漂うようになってきた少年は、目を閉じて答えた。「はい」

男は煙を吸い込むと、近づいていって、少年の唇に口づけた。

男の唇はとても柔らかく、少年は前に女の子とキスした経験があったが、目を閉じると両者にはそんなに大きな差はないように思えた。けれどもこのとき、少年のペニスは激しく勃起していた。男の口づけはとても長く、少年が彼の腕をつかむとようやく離れた。男のタバコは、ミント味だった。

二人の唇は離れ、少年は手にしているブルーベリー味のほうをまた吸ってから、男に言った。「僕はもう二度とタバコは吸わないと思います」男は不思議そうに尋ねる。「どうして」少年は答えた。「僕は水泳が好きなんです。もしも喫煙を続けたら、肺活量が減ってしまうと思うんです」半分まで吸ったタバコを、彼はつまんで消し、テーブルの上の灰皿に入れた。

男は言った。「少なくとももう経験はしたんだ。今後いつでもやろうと思えばできるさ」

少年はタバコを吸い終えた指を鼻に近づけて嗅ぐと、燻《いぶ》されたような匂いがした。ポップコーンのようでもある。頭のなかは眩暈のために動きが遅くなって、きちんと考えずに口が滑ってしまった。「あなたの奥さんはどこに」

問いが口から放たれると、空気中のなにかが微妙に砕けるのを感じた。男はずいぶん長い間返事をしなかったので、少年は後悔し始めた。それで謝ろうかと考えていると、男がようやく口を開いた。「彼女はここには住んでいない」男は前に進み、手に持っていたタバコを直接灰皿に捨て、それが中で煙を出すのに任せたまま表情も変えずに言った。「もう遅いから、帰ったほうがいい」

少年は気まずそうに立ち上がり、水泳の道具が入ったリュックを持って、玄関へと歩いた。男は言った。「疲れているから下まで送らないよ。来てくれてありがとう」

エレベーターのなかで、少年は短パン越しに自分の下半身に触れ、さっき起きたことはいったいなんだったのかと考えたが、混乱するばかりだった。彼はそんな混乱をタバコのせいにして、考えるのをやめてしまった。エレベーターはすばやく下降していったが、まるでさっきのあの部屋に魂を置いてきてしまったようだった。

もしも少年の眩暈がほんとうにニコチンによるものだとしたら、きっと量の多いものを吸ったということだろう。眩暈は何日もの間続くことになった。男と夕食をともにした翌日、ふだんからかたくなに守ってきた毎日のルーティンを破り、寝坊してジムに行くのをさぼってしまった。ぼんやりとしたままプールに入ると、院生が彼を見て声をかけ、高椅子から下りてきて彼に話しかけた。後輩やあ来たなあのな来週から学童保育所がプールを借り切ってこのあたりで水泳の授業をするんだよおまえの勤務時間にたぶん人数が多くなるから注意しろよ水泳帽をかぶらないまま子どもたちをプールに入らせないようになプールの中でおしっこをさせないようにな……

少年は、うん、ああと答えてはいたが、院生が何を話しているのかまったく耳には入ってこず、院生が手に持っていた本で軽く彼の頭を叩くまで、何の意味もない音にしか感じられなかった。院生は彼に尋ねる。「おまえ聞いてるのか。どこか悪いところでもあるのか」彼はようやく我に返ると、昨日は徹夜をしてとても眠いんですと出まかせに嘘を言った。それから監視員席に上がると、院生はとまどったように頭を掻き、背を向けて離れていった。

少年は監視員席に腰かけて、上下に揺れ動きたゆたう水面を見つめながら、前の晩のことを考えていた。ものごとは共同で記憶され、議論されて初めて、それはほんとうのことだと確定する。あの口づけから時間が経てば経つほど、それは錯覚に過ぎず、男は彼に口づけなどしていないのではないかと疑うようになった。このような錯覚というものは、一旦現れるとどこまでも膨らんでいく。そしてその後、少年はもう何が真実なのかわからなくなってしまった。

水泳の授業は数日間休みが続いた。男の子の風邪が治るのに数日は必要だったのだ。この間、少年の頭にはたまにこんな思いがよぎった。もうこれっきり姿をくらまそう。いっそプールの仕事を辞めてしまえば、もう二度と男と顔を合わせずに済む。けれども同時にまた男の子が興奮気味に、恐竜を探しに行くんだと語る表情を思い出し、仕事を手放すのが忍びないと感じた。ようやく男の子は回復すると、ひとりで授業にやって来た。少年を見つけると、興奮してこちらに突進し彼に抱きついた。少年はうれしくてほっとしたのだった。

子どもというのは新しいことを学ぶのがとても速いものだ。男の子はまもなく自由形をマスターし、まだたまに失敗したり水にむせたりはするものの、ようやく上手になりつつあった。男の子が水にむせて少年の前でせき込むたびに、少年は、あの晩タバコを覚え、こんなふうに慣れない感じで息が苦しくなったのをどうしても思い出してしまう。彼は無意識に二つのことがらを結びつけていた。

男は長いこと少年の前に姿を現さなかった。二人が再びつながったのは、ある週末のことだった。監視員のバイトもなく、水泳の授業もない日の夕方、少年は男からの電話をとった。男はリラックスした様子で少年を夕食に誘った。男の声は自然な感じではあったが、しかし言葉の背後には明らかに何かが隠されていた。少年は前回の経験があったので、今回はおそらくなにかが起きるだろうと予想はできた。彼は電話でのやり取りの中に危険の暗示を嗅ぎ取ってはいたが、彼の内部にあるドキドキする本能に従って、男の誘いを承諾した。どうにかなりそうになったとしても、しょせん部屋には男の子もいるのだし、おそらく口づけ以上のことを、男がするはずはないだろう。

しかし、その晩少年が男の家に入ると男の子がいないことに気づき、どこに行ったのかと慌てて尋ねると、男は言った。「今日は息子の誕生日でね。母親のところでお祝いしているんだ」少年はこの時ようやく男の子の誕生日を知った。男の子は今日九歳になったのだと彼は思った。同時に、男の子の不在によって、今夜何かが起こることは明確になったと感じた。少年が着いたとき、男はもう夕食を準備していた。今回は家庭料理ではあるものの、それでもじゅうぶんに高級で、食器や色のコントラストには少しも隙がなかったが、男は申し訳なさそうな表情で言った。「ほんとうに申し訳ない。週末はいつも平日に余った食材でてきとうに作っているんだ」けれども少年には、男がふだんの料理で緊張をほぐそうとしているようにしか思えなかったし、彼らは互いに二人の間の空気が決して単純なものではないことを知っていた。

夕食のあいだじゅう、少年はずっとおどおどしていた。鼓動はいつもよりずっと速く、これから始まろうとしている、まったく経験のないことへの不安を抱いていた。けれども、男のほうも決して彼よりもくつろいでいるようには見えなかったし、その一挙手一投足は本来の自信を失っていた。このことの前では、二人とも同じように気が気でなかったのだ。それが少年に公平さと安堵を感じさせてもいた。

食事の後、男はまた居間に腰かけ、テーブルの上の鉄製の入れ物を取ってタバコを巻き、礼儀正しく一本どうかと彼に尋ねた。少年は男の誘いを無視して、我慢できずに訊いたのだった。「あることで僕はずっと悩んでいます。前回お邪魔したとき、あなたは僕にキスをしましたか」

男は手の動きを止めて、不可解そうに少年を見つめ、言った。「私はずっと、きみは私に、そうしたかどうかではなく、どうしてそうしたのかと尋ねるだろうと思い込んでいたよ」男はタバコを置いた。「今日きみに来てもらったのは謝りたかったからだ。あの日きみにキスした時、きみは落ち着いたものだった。それに妻のことも訊いてくるので心配になってしまったんだ。きみがこのことで私を脅迫するのでは、あるいは息子に何か言うのではとね」

「では息子さんにこれからも授業を受けさせるおつもりですか」

「何日か経って、私の焦りはだんだん収まってきた。きみはそんな人間じゃないと思っていたしね。それにあの子も風邪が治って、授業に行きたいとずっとうるさかったんだ」男は振り向くと、またあの拒絶しようのない瞳で少年を見つめながら言った。「息子はほんとうにきみが大好きなんだ。この点はとても感謝しているよ」

少年はさらに尋ねた。「息子さんはとてもいい子なのに、どうしてあんなに厳しくあたるんですか」

「あの子は私を崇拝しているんだよ」男は言った。彼はうつむいて、テーブルのタバコをまた手に取って巻き始めた。「あの子がまだ分別もつかない頃、私はあの子の母親にとてもひどいことをしてしまった。それはきみの想像を超えた、至極罪深いことだ。それで彼女は私の元を離れていった。あの子と一緒にいて、あの子が私の正体に気づくのが怖かったたし、私と同じような人間になってしまわないかと心配だったんだ」男は巻き終えたタバコを鉄の入れ物におさめた。「本当に申し訳ない。こういうことはもっと早くあの晩にきちんと話すべきだった」

男が胸のうちを打ち明けると、身体の線が突然ゆるんだ。男は尋ねる。「息子の夏休みの宿題を見てみたいかい。ぜんぶきみのことだよ」男は立ち上がり、少年を男の子の部屋に連れていき、男の子のカバンの中から夏休みの宿題である週ごとの記録を取り出して、少年に手渡した。少年は立ったままそれをめくった。男はすぐ後ろに立ち、彼の肩越しに一緒に読んだ。少年は男の身体が発する温度と呼吸を感じていた。

男は言った。「ぜんぶきみのことだね」それから少年の腰を抱いた。

男が少年の上着を脱がせたとき、少年は部屋の中の姿見に映る、ひと夏を経て変身をとげたたくましい自分の肉体を目にした。その肉体は彼には見知らぬもののように感じられ、自分が自分でなくなってしまったかのようだ。そして自分は部外者としてこの一切を眺めているのである。彼が視線を前に移すと、ネス湖のポスターが目に入った。遠くに山々が連なり、水面には夢のような光が煌《きら》めいている。その湖には一頭の恐竜が棲息しており、ひとりの男の子の成長を待って、ひと口で食べてしまおうとしている。

その晩、男は少年にたくさんのことを教えた。ひと夏かけて少年が男の子に教えようとしたことよりもずっと多かった。夜が明けるころ、彼らは二つのことを決めた。夏休みが終わったら、水泳の授業も終わりにする、と。

かすかな朝の光のなかで、男は少年に言った。「しばらく会うのはやめにしよう」少年は若かったが、その「しばらく」がおそらくは「永遠」であることは察知した。彼はつらそうに言った。「でも僕はまだ背泳ぎもバタフライも教えていないんです。息子さんはまだ上手に泳げないし……」それから少年は泣き出して、男の子が言った言葉を思い出した。

ぼくははんぶんのせんせいで、せんせいははんぶんのパパだね。

もしも二度と会わないことになったなら、失うものが多いのはけっきょく誰になるのか、この公式を使っても少年にはよくわからなかった。

とても暑い。少年はまたプールに戻った。

プールの採光はやはりとてもすばらしい設計で、お昼の陽光が射しこんで、空間全体がきらきらと輝いている。院生は少年の方に向かって歩いてきて、またもごもごと聴き取りづらい言葉を話していたが、少年はそれを遮った。発表からはもうだいぶ経ってしまったが、英文科に合格したことをようやく院生に伝えたのだった。院生は目を大きく見開いて、感動して少年の手を握り、祝福と激励の言葉を贈った。少年が院生の目をはっきりと見たのはそれが初めてだった。それは善良で透き通った目だ。少年は、院生が幸福の秘密を見つけ出し、人生の解読に成功することを心から願った。

監視員が立ち去ると、少年は監視員席に座り、上からプール全体を俯瞰した。そこはこのひと夏でいちばんなじみ深い場所だ。そこからは、コースを泳いで往復する人々を眺めることができる。彼らは誠実にそれぞれ精を出しているようだ。それにプールの掃き出し窓の外の庭も見える。そこには曲がりくねった小道があり、色鮮やかな花が満開だ。椅子の上で彼は思った。自分はこのすべてと関係がない、けれどもこのすべてを支配してもいる。でも夏が終われば、この目の前に広がる光景を失うことになるのだ。

遊び戯れる声がひとしきり聞こえてくる。少年は、男の子が更衣室から出てくるのを目にした。けれどもそれは彼が知っているあの男の子ではない。続いて、またひとり男の子が出てくる。更衣室からは途切れなく男の子や女の子が次々と出てくる。数分後には、プールサイドは見知らぬ子どもたちでいっぱいになった。

その高さから少年は、彼らが準備体操をするのを見つめ、水泳帽をちゃんとかぶっているかを見つめ、彼らが一列に並んでプールに飛び込んでいくのを見つめた。そして彼らがだんだんと成長していき、湖に恐竜が現れ、彼らがひとりまたひとりと、呑み込まれていくのを見つめていた。

わしらのところでもクジラをとっていた

陳柏言

陳柏言（ちん・はくげん、チェン・ポーイエン）

一九九一年生まれ。短篇小説集に『夕立（夕瀑雨）』、『球形の祖母（球形祖母）』などがある。聯合報文学賞など多数の受賞歴がある。

「わしらのところでもクジラをとっていた（我們這裡也曾捕過鯨魚）」

◉初出＝『聯合報』文芸欄　二〇一三年九月二十二、二十三日

使用テキスト＝短篇集『夕立（夕瀑雨）』（木馬文化、二〇一七）所収のもの

イヤホンをはめてiPadを持ち、データの読み込みをしてMAPの更新をすると、平屋建てはぺちゃんこに変形する。白いのは道路で、黄色いのは家屋、一面青いのは海だ。僕は祖父が教えてくれた住所を目的地に設定し、大きな橋を横跳びに海を越えると、MAPの示すルートは、いきなり一直線に魚の市場を横切る。

大学卒業前に、僕は「クジラ目《もく》保育生物学」という自然科学分野の教養科目を履修した。教師は華奢《きゃしゃ》な体形で、博士論文はネズミ科の生態がテーマだった。彼女は一年半を費やしてフロリダの山中でリスについて調査したが、帰国後はまったく関係のないクジラ目の研究に没頭したのだった。

「だってクジラってかわいいじゃない」それが彼女の理由だ。

最後の授業で、彼女はメルヴィルの『白鯨』を紹介した。「生態研究がただの無機質なデータ分析だと思ったら大間違いよ。文化や歴史的背景にも目を配る必要があるの」クジラは、産み出す価値が大きい動物で、脂肪は潤滑油になるし、灯台を明るく灯すことすらできる。龍涎香《りゅうぜんこう》は高級な香料だし、ヒゲは淑女のコルセットや日傘の骨、クリノリンを作ることができる。『白鯨』には捕鯨業の最盛期が記録されている、と彼女は言った。捕鯨船はクジラの回遊特性に基づいて好機を計算し、クジラの群れを遮って取り囲み捕獲することができた。語り手イシュメールは「たとえ失敗しても、今よりひどいということはない」という心持ちを胸に、陸の上のすべてを放棄して、遠洋への冒険を決意したのだった。彼はまず捕鯨船で生計を立てている東部の島嶼《とうしょ》の、蜃気楼のような曇りがちで寒々とした町にたどり着く。

僕はついにここ、北勢寮にやってきた。

祖父は言っていた、わしらのところでもクジラをとっていたんじゃよ……

果たして風はまったくない……。道端のオバサンたちは柔らかいガーデンハットに腕カバーをつけて、トタン屋根の下に隠れるようにしゃがんだり腰を下ろしたりしながら、ガマの葉のウチワを手に、熱い風を扇いでいる。シラスのつみれ、コウイカのスティック揚げは、あぶらぎった黒い鍋にかけてある小さな鉄網の上にポツポツと並び、いつでも燃え始めてしまいそうだ。ベンチには丸々としたヤシの実がいくつか置かれ、木製の看板には大きく「水」と書いてある。地図が示すのはグーグルのストリートビュー撮影車の何年も前の巡行によるものだが、それから何年も経った街の風景にほとんど変化はなく、依然としてオバサンが何人かしゃがんだり腰を下ろしたりして店の入り口を占拠している。まるで絵葉書の風景のように、色彩は太陽の強烈な照射のもとで、ゆらゆらとゆがんでいる。

岸に跳び上がると、ざらついた潮の香りが鼻孔を突き抜ける。

旅行雑誌のなかのような典型的すぎる南方の夏だ。なんのへんてつもない海。なんのへんてつもない椰子の木。グンバイヒルガオが生い茂った砂浜。もしも夏休みの宿題をそこに加えたら、もっと完璧に夏を彷彿とさせられるだろう。

「僕たち」の夏休みの宿題は、いつだって学校が始まる前の晩までがまんしてようやく始めるものだ。祖父、そして僕がいっしょに、存在しない家庭旅行を捏造《ねつぞう》するのである。リビングのダイニングテーブルをデスクにして、僕は首をかしげて書く。パパが新しく買ったRVカーを運転し、バッハの無伴奏を流しながら、僕らを寿山動物園〔高雄の動物園〕に連れていき、ひとり暮らしのアジアゾウとシマウマの夫婦を見せてくれた。僕はさらに書く。休日に合わせて、僕と妹はママの小さなメンヨウに跳びのって、三人乗りで台糖〔台湾糖業公司。台湾農産業における最大規模の企業の一つ〕の園芸市にでかけた。ママは小銭入れを開けて、台湾レインツリーの下で僕らに砂絵を描かせた。妹はドラえもんを描き、僕はピカチュウを描いた。描き終わるとママはもう蘭の花を一鉢抱えて近くに来ていて、「さあさあ、そろそろお家《うち》に帰りましょう。パパがお家で待っているわ」あるいは、こんなふうに書く。清境農場〔台湾中部南投の農場〕の二泊三日民宿の旅（民宿の名前は「摘星山荘」だ）、日本京都の古跡巡りの旅（僕らは宇治金時を食べた）、ノルウェイのフィヨルドの旅……、書けば書くほど興味が湧いて、心臓も張り裂けそうなほどドキドキする。想像力を働かせ、存在しない家族旅行の物語を十七個紡いだ。僕は突然言葉に詰まり、びくびくしてしまう。はじめから「再チェック」しなければならないからだ。当日は休館や休園ではなかったか、雷雨や台風はなかったかということを。

僕はシャープペンシルを床に投げつけて、つま先でテレビをつけ、チャンネルをてきとうに変えた。台湾ご当地ドラマ、アイドルドラマ、バラエティ番組、アニメの再放送、最後にＭＴＶチャンネルに落ち着いた。周杰倫《ジェイ・チョウ》〔中華圏を中心に圧倒的な人気を誇るポップシンガー。作詞作曲、プロデュースも手がける〕はタンクトップに腰パンをはき、ラップで中国カンフーを歌っている。祖父が部屋に入り、ふらふらとペンを拾い、念入りに尋ねた。「あといくつ足りないんだ？」

「何が足りないって？」

「それだよ、それ」祖父はテーブルの一方に斜めに置かれた夏休みの宿題を指さした。

「どれのこと？」僕は両手を後ろに回して枕にし、目を閉じた。「わかったよ、三日分だよ」青と白のビニールスリッパをひっかけて、型落ちの野狼《イエラン》バイク〔現在の三陽工業が一九七〇年代から生産している一二五ｃｃのストリート・バイク。原型はホンダのＣＢ一二五シリーズ〕に乗りまっすぐ西子《せいし》湾、澄清《ちょうせい》湖まで行き、観光ガイドパンフレットを一抱え持って帰ってきた。

写真を添付することを求める「日記」がいちばんの頭痛の種だ。日記の末尾ではいつだって、カメラの電池が突然なくなったとか、フィルムをぜんぶ感光させてしまったなどとでたらめを書かなければならない。色鉛筆でぼんやりとした樹木や花を描き、これはパパで、これはママ、そして妹と僕だ。小学校六年のとき僕は四度も「最優秀旅行賞」に輝き、表彰台に立って、拍手のなか受賞した。僕は命を受けて、受賞した他の児童と順番にエントランスホールで我々の模範的な生活を宣伝した。彼らが満面に笑みを浮かべる様子は僕を不安にさせた。まるでまがい物のように見えたのだ。

僕の物語の中に祖父が登場したことはない。祖父は庭を持っている。それはマンション四階の小さなベランダにあり、鉢植えがびっしり掛けられている。祖父は栽培手帳に従って、開花期がさまざまな盆景を選んだ。庭の季節はいつも春のようで、冬でも赤く小さな斑点のヤマホトトギスが煌《きら》めいている。

祖父は実在する。でも僕の物語に登場することはなかった。

祖父は僕の夏休みの宿題を眺め、笑いながら言った。おまえは旅行会社で働くべきだなあ、あいつみたいに。あいつって誰のこと？　おまえのおばさんだよ。毎日あちこち飛び回って、六つの国の男と同時に付き合ってたな。そんなの無理だよ、僕は言った。ほんとうの旅行なんてまったくしたことがないのに。それでもだいじょうぶなの？　祖父は言った。「だいじょうぶだ。どうして無理なんだ？　おまえは〈岳陽楼記〉〔北宋の范仲淹（はんちゅうえん）が書いた散文〕を読んだことがあるだろう？」うん、国語の教科書に載ってるよ、有名だよね。「范のやつが書いてるのだってでたらめだ。一度も岳陽楼に行ったことがないんだからな」僕はちょっと言葉に詰まってから、そうなんだ、と返事をした。だけどそれは范仲淹だからできるのさ、僕だったら詐欺グループだと思われるだけだろう。

僕だって空想したことはある。僕が家族旅行を計画するんだ。祖父もいっしょの旅行だ。たぶん僕はこんなふうに言うだろう。ねえ、おじいちゃん、おじいちゃんのふるさとはどこなの？　僕たちいつか帰ろうよ、いいでしょ？

大学入試まであと一か月というだいじな時期のことだ。高雄駅のそばの予備校での勉強が終わり、終バスに揺られ、終点に着いた時には僕一人きりだった。それから街灯のない道をさらに歩いてゆく。家に着き玄関を開けると、顔じゅう髭だらけの男が祖父と食卓を囲んで食事をしているのを目にした。電球が頭上にぶらさがる下で、ふたりはレンジであたためた血のように赤いスパゲッティを食べていた。テーブルにはフライドチキンのファミリーバーレルと、ペプシコーラも一本置いてある。「遅かったなあ、夜食、食べるか」僕はふたりにちらっと眼をやって、そのまま部屋に入った。

カバンを放り投げて、床にうずくまると、震えが止まらなかった。僕はさっき、「あの人」に微笑んだだろうか？　頷いたのか？　誰かがドアを叩く。ドアに鍵はかけていなかった。祖父はまるで受刑者に面会しに来たように顔を覗かせて、「どうしたんだ？　お前の父さんじゃないか、忘れちゃったのか？」答える僕の声は強い酸を注ぎ込まれたようにかすれていた。誰？　誰のこと？　父さんって誰なの？　父を尋ねて万里を行く物語を、僕は何度となく夢で見てきた。山を越え河を越え、ついに再会して、ふたりは抱き合って慟哭《どうこく》するのだ。父さん会いたかったよ、息子よつらかったろう……

嘘ばっかり。

僕はとにかくなんとかしてその瞬間が来るのを先延ばしにしていた。

父親が突然遠い遠いところから帰ってきたのだ。服は少しくたびれていたが、近くの公園に散歩にでかけ、ちょっと汗をかき、それから静かにそこに座っていただけのようだった。僕は制服のシャツのボタンを外した。ひとつ、ふたつ、ゆっくりと、何事もなかったように外した。タンクトップと短パンに着替えると、深呼吸をしてからようやく部屋を出た。食卓にはもう父親の姿はなく、うすぐらい灯りのなかに嗅ぎなれないタバコの匂いがした。祖父が吸っているのとは違う。外国製かな？

何千何百の絵入りカードがサーっと流れてゆくなか、木炭のペンですばやくスケッチしてゆく。母が亡くなり、父が誰かに連れていかれ、祖父は灯りの下を風船のようにふわふわと飛んでいる。祖父は僕を抱き、僕は床をはいはいする。祖父は僕の手を引き、僕はカバンを背負い、小学校の制服、中学校の制服、高校の制服へと着替えていく。そして、このファストフードでいっぱいの食卓で停止する。

一時停止、両手をだらんと下げる。

ぶあつい手がそっと僕の肩に触れた。

僕は狭い路地に入り、神秘的な静けさを感じた。まるでヨナがクジラのお腹に呑み込まれた〔『旧約聖書』に登場するエピソードで、メルヴィル『白鯨』でも言及される〕かのように。その瞬間、彼は何を思ったのだろう？　似通った平屋建てがどこまでも複製され、その間に薄暗い小道が一本通っている。僕はコケがいっぱいに生えた家の前に立ち、「再整理」を軽くタッチする。GPSの座標をロックすると、自分の居場所を示す矢印が目的地とゆっくりと重なり合う。間違いない。ここだ。僕はふりかえって周囲を見回した。太陽の光が穴だらけのトタン屋根から蝕《むしば》むように射しこみ、壁にかかっているアルミの盆にぶつかる。ささやかで真っ黒な排水溝。なにもかかっていない物干し竿。まるで数百年もの間、誰もここを通ったことなどないようだ。

ドアノブに手をかけると、鍵がかかっていた。僕はバッグから祖父がくれた鍵を取り出して、ドアノブに差し入れそっと回した。

きついタバコの匂いがたちまち僕を取り囲む。祖父のタバコではない。人間の体臭と体温が混じった、少し腐ったような香りだ。いや、父親でもない。父親のはずがない。白いペンキが少し剝がれ、内側の乾いた灰色のコンクリートの壁がむき出しになり、部屋の隅には大きなクモの巣がかかっている。壁には風を通す小さな窓があり、そこから弱い日の光が射しこんでいた。机はきれいに片付いており、壁にぴったりとくっついている。ミッキーマウスとミニーマウスの絵が描かれたシーツも、かなりきちんと整えられている。

僕は机の前に腰かけ、ぼうっとした。iPadを手に、風を通す窓の、完全に露光オーバーした写真を撮ると、まるで深くへこんだ白い洞穴のようだ。フェイスブックにアップして、「我が家」とコメントを付けた。一分後にはいいねが十七個もついた。僕は机の引き出しを全部開けてみたが、空《から》のタバコの箱がいくつか、それに黄色い表紙の農民暦が一冊入っていた。最後のページは「食べ合わせ表」だ。豚肉と菊の花はだめ、たまごと消炎剤はだめ、アヒル肉とスッポンはだめ。祖父はこの表をたいせつにしていて、すらすらと諳《そら》んじることができた。僕にも掛け算の九九みたいに覚えるようにと言った。ぺらぺらと農民暦をめくって、今年の干支の午年に照らし合わせてみた……、うん？　表紙に戻ると、ああ、四年前のものだった。それは僕が大学に入学したばかり、十八の年だ。

一九四九年の大撤退で、わずか十八歳の祖父は国民党の船に乗せられて、幾度もあちこちを転々として、ひとりでこの南方の小さな町にやってきた。それが、僕に教えてくれた祖父の「物語」だ。僕の夏休みの宿題に比べれば、具体性にも実感にも欠けている。祖父はよく壁にまとわりついたホウライシダの手入れをしながら、あくびをした。「はぁ――もしも蔣総統〔蔣介石〕がわしらを連れてこなかったなら、とっくに草の根っこをかじるような暮らしで、ここで草花いじりをするような暇などなかったろうなあ」もっと奇妙なのは、祖父は一度も対岸の家族について話したことがなかったし、里帰りや親せき訪問などはいわずもがなである。あるとき尋ねてみると、祖父はアデニウム・オベスムの枯れ葉を一枚摘み取って答えた。「わしが帰るなんてありえないさ。実家などとっくになくなっているんだ」僕は言った、なくなった？どういうこと？「訊かないでくれ、すっかり忘れちまったんだ」僕のいぶかしげな表情に対して、祖父の唯一の証拠は、過剰に誇張されたそり舌の発音〔大陸、特に北方の中国語に顕著な発音〕だけだった。

父親が妻の殺害容疑で告発された年、祖父はその夜のうちに高雄に駆けつけた。三日分の着替えしか持たずに、息子を信じていることを示したのである。思いがけず裁判はずるずると長引き、軍は総崩れの体《てい》をなして、結局は無期懲役の判決がくだった。祖父は僕を養育するために再び異郷の客となり、鳳山に十年以上長く住むことになった。祖父は北勢寮のこの古い家屋を、廃品回収で生計を立てている老夫婦に無償で提供したのである。唯一の条件は鍵を付け替えず、もうひとつ鍵を作って息子に渡すこと。

彼らの息子は、祖父の息子であり、僕の父親だ。

祖父は台湾にやってきてからずっと独り身を貫いた。対岸には親が決めた許嫁《いいなずけ》がいるらしい。かたやその老夫婦はずっと貧乏暮らしだが、子どもだけはひとりまたひとりと、途絶えることがなかった。老夫婦が五十歳の時に生まれた九番目の息子を、独り身の祖父に譲ったのである。父親の入獄後、鍵は寝室の古い掛け時計のなかにしまわれた。僕が十五になった年、祖父がつま先立ちをして鍵を取り出し、遺産を贈与するような口調で僕に言った。「おまえの父親はたぶんもう帰ってこないだろう。これはおまえのものだ」

父親の実の両親は、父が入獄している間に相次いで亡くなったが、この平屋にはまだ誰かが住んでいるようだった。四年前の農民暦、整えられたシーツ、嗅いだことのないタバコの匂い。僕はｉＰａｄをひっくり返して掲げ、もう一枚写真を撮った。そしてフェイスブックにアップして、コメントをつける。「北勢寮を通過」

祖父は七十四の年、新しい身分証を作るために、五甲のカルフールの入口にある証明写真撮影機に、五十元硬貨を三枚入れた。祖父はスーツのいで立ちを整えてから、布の幕をめくり、ひとりしか入れない小さな空間に潜り込んだ。カシャカシャ、祖父は自分でシャッターを押すだけでなく、外国人の真似をして撮影時に「死——ね《チーズ》」と大声で叫んだ。フラッシュのマグネシウム光が隙間からあふれ、三十秒後には写真が現像される。祖父は自分のポートレートが大好きだった。写真屋で拡大して、カラーを荘厳な白黒に変えたりもした。祖父はその白黒写真を額に入れて、茶器の棚に並べた。亡くなって久しい恋人を懐かしむように、時々手に取っては拭いた。

祖父は何かを予感していたのだろうか？　撮影してまもなく、型落ちの野狼バイクに乗って葬儀屋に行き、死に装束をひとそろえ注文したのだった。手作りのどんすの表地に、長い中国服と上掛けだ。二週間後、家に届くとすぐに着て、僕の身体を引いてうれしそうに尋ねた。「なあ、かっこいいだろう？」なかなかいいね……、僕は気まずくて何も言えなかったが、祖父は喜びに震えていた。月末には決まってアイロンを取り出してかけ、捧げ持って日干しにする。そして隣近所に見せびらかした。「ああ、今月もまた着られなかったなあ」彼の苦しげな表情は、宴にたどり着けないシンデレラのようだ。「わしがあの世に行くとき、太って着られなかったらどうしたらいいだろうなあ？」

祖父がついに死に装束を身にまとう一か月前、突然僕に言った。わしら北勢寮でもクジラをとっていたんじゃよ。

大きな騒ぎになったことがある。新聞にも載ったんじゃ。死んだマッコウクジラが一頭岸に揚がってな、北勢寮の者はみんな見物に駆けつけた。水底寮の者たちもヤジ馬で来たほどだ。それまで生きてきて、あんなに大きなクジラは見たことがないと言ってさ。ある小柄な女性教授が台北から駆けつけて（その教授は周という名前じゃなかったかと僕は訊いたが、祖父はそんなこと知るわけないだろと答えた）、三十名ほどの海巡署の職員が集められ、封鎖線を引いた。期間限定の公文書が作成され、トラッククレーン、ホイールクレーンそれにフォークリフトが海岸まで運ばれた。

そのマッコウクジラの重さは五二トンにも達したという。フォークリフトで吊るし上げる際に六度も連結部分が外れてしまい、クジラのいたるところに傷口ができ、尻尾は引きちぎれてぶらぶらといまにも落ちそうだった。マッコウクジラの体重が車輪のすべてを陥没させ、アスファルトの路面にひびを入れた。保安宮《ほあんぐう》のまえの保生路を通過する時には、巨大な轟音が鳴り響き、大武山《だいぶ》の山奥の猟師も、風に乗った微かな音を耳にしたらしい。フォークリフトに乗せられたマッコウクジラは、ヘリウムガスの飛行船が爆発するように、微弱な地震を引き起こし、窓ガラスが割れ落ちてそこらじゅうに散らばるほどだった。小柄な女性教授は一眼レフを手に猛然と撮影し、狂わんばかりに叫んだ。「台湾のクジラが世界のトップニュースになるわ――」道端の車も家も、さらに取り囲んでいた地元の人々も身体じゅうに血を浴びていた。内臓の裂けた塊、脂肪、太もものように太い腸が街路樹にぶらさがり、装飾のようだ。通り全体がガス爆発を起こしたように、血が流れて川になり、舟を浮かべられそうだ。

「あの日は相当に暑くてなあ、暑さで……」祖父はあの日の猛暑を形容する言葉が見つからず、死んだ巨大クジラが海岸に打ち上げられたさまを繰り返すだけだった。吊り上げられては落下し、吊り上げられてはまた落下した。マッコウクジラは、上昇できなかった祭りの花火のように、それじたい炸裂したのである。

祖父は僕に、クジラの絵が印刷されたスーパーのチラシをくれた。裏には住所が一行書き記されている。祖父は僕に言った。わしらのところでも昔はクジラをとっていたんじゃよ。

僕は農民暦を引き出しのなかに戻し、ｉＰａｄを触った。そしてこっそり思った。祖父は「座礁」を「捕獲」と思い違いをしているのではなかろうか。僕らはなにか間違いを犯したのだろうか。

外に出ると、小さな兄妹《きょうだい》が地面にうずくまりビー玉遊びをしていた。

ふたりの容貌はまるで違っていたが、僕には同じ血族であると確信することができた。まるでずっと前から知り合いだったように。兄の皮膚は真っ黒で、眉は濃く眼はくりっとしていて、妹より頭一つ大きい。妹は古代の玉器のように真っ白で、髪はまばら、ほぼ透明な頭皮が直に見えた。僕は再びｉＰａｄを掲げ、彼らを背景に自撮りした。「我が家の近くで出会った最初の住民」アップされるのを待って、もう一度整理した。たちまちフォロワーのコメントがつく。このゲームの遊び方は？　ふたりは何者？　男の子がとっても可愛いな、有勝《クリス・ワン》〔肉体派で人気の俳優、モデル〕にそっくり。大きくなったらきっとハンサムになるね——

ウィンドウを最小化して、ｉＰａｄを置いた。ちょうど女の子と目が合うと、彼女はすぐに顔をそらした。
「きみたち、いっしょに遊んでもいいかな？」

ダダダダ、弾は連続してぶつかっては弾け、またぶつかっていく。
「きみたち、ねえいいかな、この家に住んでいる人を知ってる？」

ダダダダダ。ダダダダダ。

ビー玉は煌めいて、鋭い光が僕の目の中に滑り込む。

僕は目を閉じた。

「ねえきみたち」僕はiPadの写真を開いて、指で軽く触れた。「ここ、ここにはまだ住んでいる人はいるの？」彼らはこの時ようやく頭を上げ、じっくりと僕の手の中の画面を見つめた。清潔な部屋、清潔な机にベッド。兄はビー玉を手に握り、妹もならってゲームの手を止めている。

オニイチャン、それはなに？　男の子は僕が持っているiPadを指さした。

「これはねえ、秘密なんだ……」僕は立ち上がる。男の子はひどくがっかりして、ビー玉を全部地面にばらまいた。ダ。ダ。ダダダ。妹はしゃがんだまま、ビー玉がひとつひとつ真っ暗な排水溝に転がっていくのを見つめていた。

「よし」僕はその場を離れるふりをして、また戻ってきて彼らの前にしゃがんだ。「もし僕が言ったら、きみも教えてよね、誰がここに住んでいるかを。いい？」

いいよ、男の子は大声で喚《わめ》く。早く言ってよ。

僕は、無表情で手にしたビー玉を愛でるように眺める女の子を見つめて言った。「いいよね？」

女の子はうんともすんとも答えない。僕は突然祖父を思い出した。そして僕たちが共謀して捏造した夏休みの宿題を思い出した。僕がいて、父がいて、母がいて、そして兄と妹のきょうだいがいる家族旅行だ。

「これは……Insightっていうんだよ。そう、Insightっていうんだ」きみたちはここから僕を読み取ったり、僕の資料を読み取ったりできる。見てごらん。僕は道すがら撮影した写真を全部選択した。駅。ぼんやりとした様子のサトウキビ畑。椰子の木。地面にしゃがみ込むオバサン。波ひとつない海。壁に掛けられた船の写真……。

「僕はロボットなんだ」

「ロボット？　どういうこと？」男の子の眼がきらきらと光り、しゃがんでいる僕とクラシックな帆布のシューズをじろじろと見つめた。女の子の唇はまったく血の気がないまま、ビー玉は彼女の手の中で繰り返しぶつかり合っていた。「見てごらんよ、これが僕の充電器だよ」僕は片方のイヤホンを外して、男の子の耳にはめた。音楽だ。音楽が聴こえる。彼は、ほら、おまえも聴いてごらんよ、と叫んだ。

「いや、音楽じゃないんだ、それは電流だよ」僕はもう片方のイヤホンを外して手のひらに載せた。「きみも聴いてみたい？　ほら」

妹は首を横に振った。

僕はロボットだ。きみたちのところにクジラを捕まえにやって来たロボットだ。

きみたち北勢寮のここでも、クジラをとっていたことがあるそうだね。

もっと教えてくれよ、おじいちゃん。おじいちゃんは十二年間もクジラをとっていたが、一九九〇年代に法律で禁止され、船団も解散となった。おじいちゃんは、横たわって臭気を発散させている巨大哺乳類のなかに潜り込み、出刃包丁をつかんで、まだ脈を打っている筋肉組織や、部屋のように大きな心臓を切り裂いた。

「そろそろ電池切れだよ――」しゃがむ姿勢から座り込み、僕は腕を自然にだらりと垂らして、廟の中の仏像のように膝を崩した。男の子は僕のもう片方のイヤホンを外して耳にはめ、それから僕の耳に近寄って声をひそめて言った。オニイチャン、その家に住んでる人は、オニイチャンとそっくりだよ。僕は眼を閉じて、デジタル音声をまねてぶつぶつと唱えた。電力ハアトワズカ、2パーセント、2パーセント、ピピ——ピ——

「ぼくが充電してあげる」男の子は僕のInsightを抱えて走っていった。「待っててね」女の子は相変わらず座ったまま、目を閉じて、手の中のビー玉がぶつかり合う味気ない音の響きを聴いていた。

クジラのお腹に呑み込まれたヨナのように、僕はあの常春《とこはる》の小さな庭のなかで、祖父が悶々としゃべるのを聴いている。おまえの父親はおまえの母親を殺し、おまえはわしが育ててやったんだ。怖がるな、怖がるなよ。

祖父は言った。わしらのところでもクジラをとっていたんじゃよ……

老いたクジラが捕まったとき、額には一本の折れた角が生えていた。当初は高い緯度にしか生息しないイッカクが迷い込んだものだと思われていたが、詳細に調べたところ、三十二年前の日本製のヤスであることがようやく分かった。いちばんさんざんだったのはオキゴンドウだと祖父は言った。引き上げられたとき、流れていた刺し網でがんじがらめになり、エビやカニがいっぱいにひっかかり小さな墓のようになっていたという。

これが僕の夏休みの宿題だ。

僕は電力を失うロボットを演じることに集中しながら、男の子がたっぷり充電したInsightを持って帰ってくるのを待った。太陽の光が僕の身体に降り注ぐ。まるで静止したロウソクの炎のようだ。僕は路地の行き止まりから吹いてくるざらっとしてしょっぱい海風を感じ、時間が一分一秒と自分の身体を流れてゆくのを感じた。
路地はにぎやかになり始め、足音が行き交い始める。
僕は帰ってきた。でもクジラを見つけることはできなかった。
女の子が突然、僕の、だんだん痺れてくる腕を、そっとなでた。

海辺の部屋

黄麗群

黄麗群（こう・れいぐん、ホワン・リーチュン）

一九七九年生まれ。二〇〇五年から一〇年まで文学賞を立て続けに受賞。一二年に初めての短篇小説集『海辺の部屋（海邊的房間）』を刊行した。長篇小説に『雲の引っ越し（搬雲記）』（二〇一九）、エッセイ集に『背後の歌（背後歌）』、『豪華な感覚（感覺有點奢侈的事）』、『狸とはお出かけしない（我與貍奴不出門）』、ルポルタージュに『寂しい世界（寂境：看見郭英聲）』がある。邦訳には「いつかあなたが金沢に行くとき」（『我的日本』白水社、二〇一九）がある。本シリーズの顧問の一人。

「海辺の部屋（海邊的房間）」◉使用テキスト＝『海邊的房間』（聯合文学、二〇一二）所収のもの

差出人：E
宛先：F
件名：まだそこにいますか

Fへ

しばらくためらっていたけど、ようやくこのメールを送ることにしました。

僕らは連絡が途絶えてずいぶん時間が経ってしまったね。

でも僕はもう一度前向きになろうと思っています。

家を出て外で暮らしてみて、いくつかのことを学びました。

何事も考えすぎてしまうと、その道はもうまったく進めなくなってしまうようだね。


万事順調ですか？

僕がここに座って手紙を書くとき、最初に思うのはもちろんきみのことです。

二番目に思い浮かべることはきみにはきっとわからないでしょう。それは、市中心部にあったきみの家、あの古いマンションです。

（いまも、お継父《とう》さんとそこに住んでいるのですか？）

何度か行ったことがあるけど、部屋中に積んであった漢方薬が印象に残っています。

はっきりと覚えています。けっきょくのところ、それもまた古きよき時間だったと言えるのでしょうね。

＊

市街地を離れ、海辺の部屋に引っ越したのは、彼女の考えではなかった。彼女は以前からよく市街地のひどさに不満を抱いて、しょっちゅう「これからは田舎に住む！　海辺に住むんだ！」と言っていた。しかし若さというのは多くがそういうもので、ささやかな期待をいい加減に口にするのを好み、それこそが理想だと思い込むのである。

このほかにもいろいろと継父には話して聞かせた。継父。小学校一年生の入学第一日目に、彼女の身の上を洗いざらいさらけ出したのだった。児童教育心理学に基づいたためらいなど露ほどもなく、どのみち話の筋は肉付けすることも引き伸ばすこともできないなら、いっそ痛みは長引かせるよりも短く済むほうがいいと、わずかセンテンス三つを使うだけ。「おまえが生まれる前におまえのお父さんは出ていった。それから私はおまえのお母さんと結婚した。その後お母さんも出ていったんだ」一歳にも満たない赤ん坊の女の子と再婚相手の男はいっしょにふとんのなかに置いてけぼりにされたのだ。男は静かに継父の役割を引き受けて、彼女に自分の姓を名乗らせ、自分と食事をともにさせ、隣の子どもと学校に行かせた。家の約束事を守らなかったり試験の点数が悪かったりすれば、ぶった。まま父のしつけは、まま母のように世間の指弾の的になることはない。彼女は何度か毛を逆立てて泣き叫んだ。「ほんとうのお父さんを返して、ほんとうのお母さんを返して！　何の資格があってぶつの、どうしてなの！」彼のくだす罰はより重くなった。小学六年生になり、彼女の運動着の下の変化に気づくと、翌日には礼儀正しく季節のフルーツの詰合せを手に学校へ行き、女のクラス担任に頼んで百貨店に連れていってもらい、ブラジャーをつけて彼女の身体を拘束してもらった。初経がほんとうにやってくると、彼はかえって表情も変えずに壁に貼った人体経絡図を指して、気血《きけつ》や衝任《しょうにん》*1についての難解な話をひとくさりぶって、話を終えたら終えたで相手のこともかまわず、自ら黒い薬を一服煎じてきた。彼女は煎じ薬には慣れていたので、抵抗もせず、なかみが何かとも訊かず、言い表せない恥ずかしさと自分が自分でないような感覚を煮えたぎる熱さとともに飲みくだした。彼よりも親らしい父親はいない。ただ彼女がお父さんと呼ぶことだけは禁じていた。「阿叔《おじさん》と呼びなさい」

彼女と阿叔は、長いこと市街地の入り組んでいて人知れずひっそりとした路地の中の、一九七〇年代初頭に大量に地表に現れた五階建ての古いマンションに住んでいた。部屋が三つにリビングが二つの配置であったのを、部屋二つと大きなリビングに改装した。リビングにはテレビもソファもなく、一般の家庭にあるような家具もない。阿叔は毎日まるで「一気化三清」*2のようにひとりで部屋をきれいに片付ける。プラスチックの花柄のタイルは石英のタイルに匹敵するほどつややかで、窓際の大きな机は彼が患者を問診し脈を診るのに使われる。玄関を入ったところには磨いてつやのある黒檀の長椅子が患者の待合用に二つ置かれ、四方の壁のうち一方には薬草が、三方には医書が並び、それで全体の落ち着いた雰囲気を醸し出している。木製の薬棚には一つ一つ赤い紙が貼られ、そのすべてに阿叔の端正で美しい小さな楷書の文字

*1 「気血」は東洋医学における人体の基本的要素で、「衝任」は経絡の気血を調整する衝脈と月経に関わる任脈のこと。
*2 太上老君が通天教主と闘った際、一気に三神に化けたという『封神演義』のなかのエピソードによる。八面六臂の活躍をする意。

が書かれていた。「遠志《おんじ》、射干《やかん》、大戟《たいげき》、降香《こうこう》、車前子《しゃぜんし》、王不留行《おうふるぎょう》〔東洋医学における生薬の名称〕……」部屋じゅうが朱と黒の武具に身を包んだ君臣佐使《くんしんさし》*3であふれ、将兵が命令に従って戦う人体と天地の古戦場のようである。

「わぁ」Eは初めて彼女の家を訪ねた時、大いに震撼させられ、子どもっぽい口調で言った。「とってもいいね、いい香りだ」

「どこがいいの、全部植物や虫の乾いた死体だよ。乾いた死体。ミイラ。わかる?」

北方の面相を持つ南方人の阿叔は、一子相伝の嶺南系統の家学である医術を学び、背筋をぴんと伸ばし、光の方を向いて座り、まず顔色を見て、声や音を聞き、においをかぎ、病状を尋ね、脈をとる。彼女はまったく興味がなく、ずっと無感覚で対してきた。人の心は測りがたいものだ。なじみの患者は、弟子はとらないのかと訊くが、阿叔は笑って「よそ者に伝えてはいけないし、たとえ自分の子であっても息子はいいが娘はだめだとご先祖に言われていますから。でもまあ、時代は変わってしまいましたがなあ……」すなわち時代は実際には変わってなどおらず、煎じ薬の湯は替えても薬は取り替えないということだ。中学生の彼女は長細い居間の隅にある二人用の正方形の木製テーブルに座り、白磁のスプーンで、自分とは関わりないことだというように、生温かい百合緑豆湯〔百合根と緑豆の汁粉状のデザート〕を掬って食べた。どこがそんなにすごいって言うんだろう。彼女は思った。

けれども彼女は、阿叔のすごさを知っていた。昼間に学校でコカ・コーラをこっそり飲んだのだ。すると、ひんやりして無数の激しく踊る泡に身体が持ち上げられるようだった。ああ冷たい冷たい冷たい。誰にも知られないようにこっそりと。家に帰ると、阿叔は彼女の髪の生え際に微かにもわっとした蒸気を見つけ、眉をひそめて呼びつけると、眉間を押し、手指を押さえた。「朝、学校で冷たいものを飲んだろう？いけないと言っているのに飲んだんだな！」はっきり言って魔術そのものだ。

家の中を長年うろうろする患者に彼女はとりわけ嫌気がさしていた。魔術でも神技でもいいが、話せばそれを邪道だとみなす人はたいていいるものだ。そこで毎日、暇人たちのとるに足りない病を解決してやることになる。重症の人もいるが、最初の言葉は例外なくこういうものだ。「先生、彼／彼女／私のこの病気は西洋医学ではもうどうしようもないんです……」この他も多くが、罪作りにも一方では自ら無茶をしておいて、一方では養生の処方を求める。生きられるわけがない。例えば彼女が高校の時によくやってきたシャーペイ犬によく似た小物の政治家は、選挙区では食べ放題飲み放題で、死ぬことを心配し、若い女と寝足りないことを心配する。人の紹介で阿叔の診察を受けるようになったが、いつも来るのは昼間だった。一度夜間に来たとき、学校から帰宅した彼女を目にした。十七歳と半年、青春まっさかりだ。阿叔は彼女の髪を黒く皮膚を白く整えていた。シャーペイ犬は傍若無人に、彼女の服の内と外が揺れるのに大急ぎで目を凝らし、自分に八組十六の目玉があればなあと残念がった。

翌週、シャーペイ犬はまた夜間診療にやってきた。「先生、前回の薬は苦かったですわ。しかもよく効きました」シャーペイ犬は顔のたるみをこれでもかと崩して言った。「下痢で屁眼《尻の穴》がつぶれそうになりましたわ」

「暴飲暴食をしてはいけないとあれほど申し上げたのに。体内にこもった熱によって瀉火《しゃか》〔熱が過剰にこもった状態を改善すること〕

＊3　漢方処方は君薬を中心としてそれを補う臣薬、さらに君臣薬の効能を調整する佐薬、君臣佐薬を補う使薬で構成される。

が作用したということですな。今週はまだ下痢の症状が続きますよ」

「はあああ」当の本人は左手をぱっと後ろの方にやって、まるで曹操の噂をすれば曹操がすぐさま城下に兵を揃えるかのように、腸内が総崩れになってしまうのをあらかじめ無意識に防ごうとした。彼女はこの時また帰宅して、逃げるように自分の部屋に入るとドアを閉めた。おかしい、表情がおかしい。阿叔があの人の手の骨を押さえているときの表情がおかしい。ほかの人にはわからない。彼女のほかには誰もわからない。彼女は心臓がドキドキし、頭がかく乱して発熱しそうだった。

いま彼女がついにそこを離れ、阿叔が用意した海辺の部屋へと引っ越すことになったのは、彼がこっそりと心をくだいて彼女の長年の願いを観察していたからなのか。もしかすると、彼も世の親と同じように青春期の子どもの部屋に入り、引き出しを開け、枕の下をハタキではたき、書棚の参考書を引っ張り出してぱらぱらとめくっていたのかもしれない。長い時間を背負った市街地のマンションの五階の部屋の中の、蛍光灯が照らす工業製品のような無機質の光は、言い表せない安っぽさを放っている。内側の深緑色のビニールシートがぼろぼろになった木製の机には、彼女が買ったインテリア雑誌が置かれている。彼は手に取ってみる必要はなかった。彼女がとっくにお気に入りのページを破いて壁に貼っていたからである。まるで他人の家の窓をこっそり盗むみたいに。

海辺の部屋は、ひと揃いの都市文明の精巧なイマジネーションそのものだった。木のフローリングに、壁に掛けられた液晶テレビ、音響設備がぐるりと囲んでいる。ウォールウォッシャタイプの照明は枕もとに掛けられたジョージア・オキーフの複製画二枚を照らし、アイボリーの壁三面が、一面のガラス窓を支えている。そのガラス窓は不合理なほどの大きさで、彼女のベッドと正対し、青や緑が混じる海が光と共に入ってくるのだ。そのなかで人間はまるで水のなかにいるようで、彼女は、ガラス窓の外からいつか巨人の頭がのぞき込み、大きな手でコツコツ、コツコツコツと人形の家の小さな女体のおもちゃを起こすのではないかと錯覚することがある。「だんなさん」改装工事の職人たちは、後ろ手で床に置かれた木材や電気コードやペンキの容器を跨ぎながら進捗《しんちょく》を確認している彼を、口々に説得しようとした。「だんなさん、危険すぎますよ。颪が強ければ窓を割って吹き込んできますよ。万が一台風が来たらたいへんだ」この都会からやってきた教養ある男は、ここに至って彼らにふだんは見せない無礼さと理不尽さをあらわにした。「私の言ったとおりにすればいい。この家は私が住むんだ」

ただこれは彼女のアイディアではまったくない。彼女は瞼を閉じて、窓の外に現れるさまざまなメタファーの海を二度と見ることはなく、Eが言っていた「古きよき時間」を思った。阿叔は彼女のそばで、月桃の葉の形をした彼女の手の甲を人差し指で、Zの字形でなぞりながら落ち着かせようとしたが、手首のくるぶしを越えることはなかった。指の腹はざらざらとして熱を帯び、体内の熱で乾煎《からい》りされた舌先のようだった。

＊

……

古きよき時間。実際にはそんなに古いわけではないね。四年経っただけだし。それに他の人の目には僕らは二人ともまだ無敵の青春のなかにいるはずだよ。

ただ「老《ふるさ》」というのは量とは関係なく、不可逆的な「質」と関係しているんだろう。不可逆的な事物はすべて老で表すよね。老油条《ふるだぬき》、老花眼《ろうがん》、老人性痴呆などはみなこの類《たぐい》だ。

僕がぐるっと遠回りをしたのは、懐かしむための理由を見つけるために過ぎなかったのだろうか。いやそうじゃない。どこに行くとか何をするとかは問題じゃない。問題は離れるということ。ほら、「離開」と言って「離関」*4とは言わないだろう。それはつまり離れて初めて開くからなんだ。まあいいや、寒い話だね。これは僕の作り言だ。きみは辞書で調べといて。

ただ僕が言いたいのは、

いつか僕がきみに尋ねたのを覚えているかな。きみはまさか実の両親を探そうとは思わなかったのって。

きみはこう答えたよ。中学生のころ、継父のしつけがいちばん厳しかった時、考えたことはある。でもどこから手をつければいいかわからないしお金もない。もう少し大きくなったら考えよう。それからもう少し大きくなって、きみは、自分を捨てた両親を探しに行くことにどんな意味があるのだろうと思ったんだよね。

すべての捨て子がみんな家なき子レミや、「孤児の少女の願い」で歌われた、工場に出稼ぎに行く少女*5みたいに、

必ず千里を尋ねて親と大団円を迎え、抱き合って慟哭するわけではない。

ほとんどはもしかすると、虫歯の痛みのようなとまどいをごまかしているだけなのかもしれない。もっと、もっとうまく隠しておこうと。

当時、僕はとても筋が通っていると思っていた。

でもいまは正直に言うと、きみはただ継父のもとを離れられないだけじゃないのだろうか。

僕だってそう思っているし、僕のためであってもきみはそこを離れられないのだろう。

……

＊

阿叔は寡黙なわけではない。ただ何を考えているのかわかりにくいだけだ。たとえば彼が身につけた奥義とか、どうして古いマンションにひっそりと姿をくらましているのかと訊く者はいる。——いまはなんでもイメージ作りがたいせつなんですよ先生、テレビの女性スターは、どんなに仙女みたいに美しくても満足せず、顔を整形したり、二重瞼の手術をしたり、胸を大きくして、お尻を引っ込め、ボツリヌス菌を使ったりしているんですよ。まるで身体はゴムのように自由に形を変えられるかのようにね。だからね先

＊4　中国語で「離開」は「離れる」の意だが、「関」は「開」の対義語で「閉じる」を意味する。
＊5　「孤児の少女の願い（孤女的願望）」は美空ひばり「花笠道中」の台湾語カバー曲。一九六〇年代から七〇年代にかけて大ヒットした。身寄りのない田舎の少女が期待を胸に台北の工場に出稼ぎに行くという内容。

生あなたもイメージ作りですよ。大きな診療所を作って、それからテレビやネットに出演し、養生を説く本を出すんですよおおおおおおお先生そのツボは痛いです！　……ええ、やっぱり先生ねイメージ作りですよ、それに先生のこのお上品な少年のような雰囲気をね、ハウウ、そうすればほんとうに毎朝目覚めれば、人が高みを目指すみたいに水が低いところへと流れるようにね、カネがつぎつぎとやってきますよ……阿叔はそんな話を聞くたびに強い口調で遮って、娘にすら教えないのに、他人に教えるわけがない。イメージ、そんなものは私にはわからない。わからないものには触ったらだめだ、こうやって家族を養えればじゅうぶんだ。仕事が多くなれば手が回らなくなる。ことを複雑にする必要はない。

けれどもマンションの玄関を閉めて、二人だけになったとき、阿叔は硬軟織り交ぜた説得大会を開始する。この腕前を学べばともかく食べるには困らないぞと強く言ったり、自分の代でこの技が途絶えてしまうなんて思いもよらなかったよとおだやかに言ったりして。一度彼女はついに我慢できずに話を接いで、「興味はないって言ったじゃない！　すごく矛盾してるよ。私はあなたの子どもじゃないし、しかも女の子だよ。明らかに資格はないのにどうして私にしつこくせがむの！」当時彼女はもう大学二年生だったが、二十年で初めて阿叔の表情に傷ついた徴《しるし》を見出した。彼はすぐに肩を落とし、頷いた。問題は彼女ではなく自分にあることを知ったのだ。

この話はもう終わりにして、阿叔は新聞を読み始めて言った。いまは外でどんな仕事をするのも容易なことではないんだなあ。おまえは歴史学部とやらで勉強しているが、卒業しても仕事が見つからなかったら、私が見栄のよい診療所を開くほうがいいんじゃないか。私が診療し、他のことは全部おまえに任せよう。おまえは若いから大胆に力を発揮できるだろう。一蓮托生の二人には、この提案は渡りに船のように聞こえるが、どこへ流れてゆくのかは言ってはいけないように彼女は感じた。
その後はもう言うまでもなく、彼女はEと知り合うのである。

Eと知り合ってから、すべてはあっという間だった。まるでうたたねの間の短い夢のようで、夢の中の十年は昼下がりの一秒にすぎない。彼女は大学を卒業し、Eは博士課程の奨学金を得て、山を越え海を渡り、英語でアジア人を研究することになった。Eは、僕といっしょに行こうと言った。ちょっと考えてみないといけないわ。僕は先に行って入学手続きをしなければならないんだ。準備ができたらすぐにおいでよ。

問題は彼女が準備できたのかということではないのかもしれない。日曜の夕食どき、彼女は阿叔とごった煮の麵を分け合って食べた。うちに二回ほど来たことのある男の子いるじゃない。ああ。彼がアメリカの博士課程の申請が通ったのね。それで私にいっしょに行こうと言ってくれているの。おまえたちは知り合ってまだ半年だろう。うん。おまえは向こうに行ってなにができるって言うんだ。わからない、まず行ってみてから考えるよ。いつ行くつもりなんだ。ごめんなさい阿叔、実はもうビザの手続きも済んでいるの……航空券も買ってある。ここを出ていったら、もう戻ってこないんだろう。そんなことはないよ、帰ってこないなんてありえない、阿叔——

もういい。彼は落ち着いたようすで遮るとすぐに首を横に振り、立ち上がって自分の部屋へと戻った。彼女は二人の食器をテーブルに残したまま、リビングのドアにカギをかけ、自分の部屋へ戻り、灯りを消してベッドに横たわった。今日はそれほど忙しくなかったのに、彼女はとても疲れていた。

その後、阿叔がやってきたのだった。

彼は静かに、抜き足差し足でもこそこそするでもなく、ただ静かに彼女の部屋に入り、彼女のそばに座った。

音もなく、匂いもなく、光もない。感覚器官はそこらじゅうに存在しているようでもありぜんたいに引っ込んでいるようでもある。空気中にはさまざまな、あたりまえのような、記号で裏書きする必要のないような奇異な自明性が存在していた。天地の大義。まるで彼が彼女を養ってきたような天地の大義である。彼女が膝を抱え足を曲げ、彼が身体を横にしてそれを覆うような天地の大義である。どう動くのかが決まっている彼の熱のこもった手が、絶えず彼女の枕辺に広がった冷たい髪の流れに沿って梳《と》かし、彼女の耳の後ろや首の根もとにも触れた。

抵抗することもなく、震えるように喘ぐこともなく、ふざけるようなこともなかった。これは外科手術のようなものに過ぎないんじゃないか、と彼女は奇妙にも直感した。広げられる肉体があり、治療される内面があり、済度される宿願がある。そして魚は江湖に相忘る〔自然な状態に身を置き何事にも煩わされないさま〕のである。彼は両手で彼女の腰と胸の間の引き締まったわきばらを支えて、彼女の顔を下にするようにひっくり返し、Tシャツの裾をめくった（六年生のときクラス担任の荘先生が彼女を女の子用の下着を買いに連れて行き、着させてくれたあの日から、彼女は寝るときに必ず決まって迷うことなく、いろいろなジャージのズボンと七分袖のTシャツに包まれるようになった）。彼女の両腕は前の方へ耳元をかすめて伸び、服を脱がせるのに協力すると、処女の雪のような背中が暗闇にぱっと明るく輝いた。

阿叔は両手を差し出し、その晩の最初と最後に言った言葉をつぶやいた。

「痛くないからね」

大椎《だいつい》、陶道《とうどう》、身柱《しんちゅう》、神道《しんどう》、霊台《れいだい》、至陽《しよう》、中枢《ちゅうすう》、脊中《せきちゅう》、懸枢《けんすう》、命門《めいもん》、腰陽関《こしようかん》、上髎《じょうりょう》、次髎《じりょう》、中髎《ちゅうりょう》、下《げ》髎《りょう》、腰兪《ようゆ》、長強《ちょうきょう》*6……上から下へ、脊椎の流れに沿って、阿叔は彼女の密やかで繊細な柔らかいツボに、強かったり弱かったり、長かったり短かったり、太かったり細かったりする金やスチールの針を刺していった。確かに痛くはないが、彼女は叫びだしたかった。けれども筋肉が重さを失い、壊れて喉や胸腔が圧迫されてしまう。肉体は大きくうらぎって彼女と敵対し、彼女は叫び声をあげられなかった。

その後に続いたのは果たして、外科手術あるいは神技《かみわざ》か魔術のようだった。彼は彼女をこっちへひっくり返しあっちへひっくり返し、さまざまな奇妙で味気ない部位に情報を埋め込む。彼女は自分じしんが肉体のなかへ少しずつ後退していくのを感じた。最後には歯を食いしばる力を失ってしまい、両の唇は離れ、歯列も閉じず、舌はだらりとなり、徹底的に麻痺してしまったのである。

＊

……

きみはメールすら返してくれないね。

*6 首から臀部にかけて脊椎に沿うように位置する督脈の経穴（ツボ）の名称。

MSN[*7]のほうは、たぶん僕をブロックしているので、君がオンラインかどうかを確かめるすべはないし、電話にも出てくれない。

アメリカに到着したばかりのころは、毎日きみに電話したけれど、

一か月かけ続けても、出るのはいつもお継父さんだった（お継父さんの辛抱強さと穏やかさに僕は感謝してる）。

お継父さんが最後に僕に教えてくれたのは、実はきみは、寝てしまったわけでも、ちょうど出かけてしまったわけでも、携帯をどこかに忘れてしまったからでもなく、

僕の電話に出たくないだけだということだった。

その一週間後にもう一度かけてみたけど、もう電話番号は使われていなかった。

きっときみはもううんざりしてしまったんだね。

……

*

半身不随の人間の介護者として、阿叔には一分の隙もなかった。彼は古いマンションを売り払い、彼女を連れて海辺の部屋にやってきて、日常生活はまたたくまに軌道を取り戻した。朝、彼はカーテンを開き、新鮮な海の風景が飛び込んでくると、彼女を支えて半身を起こしてやり、テレビをつけて、彼女に外の世界を見せてやった。彼女がときどき、貝が自らを殻に閉じ込めるように突然目を閉じれば、彼は座り心地

のよい読書用の椅子を引っ張ってきて、仲良さそうに彼女のベッドのそばに座り、いくつかの新聞を最初から最後まで読み上げた。さまざまな政治宣伝や殺人事件に詐欺事件、塩の百種類の使い方、カリスマモデルは大弟弟《大きなアソコ》〔「弟弟」は男性器の俗称。「大弟弟」には「上の弟」の意もある〕がお好き（実際にはそのモデルと上の弟とのきょうだい仲がよいというだけなのだが）……

良好な半身不随状態を保つために、さまざまな瑣事《さじ》をやり終えると、彼はさらに時間をかけて針を打ち続けなければならなかった。これは本来、貪欲と怨念が格闘する光景であり、双方ともに部屋の中に充満する邪気を感じてはいたが、しばらくすると、彼女はこの過程を待ち望むようになった。というのは、二十四時間密閉され決まった温度に保たれたエアコンによって彼女の皮膚は乾燥し痒《かゆ》くなってしまうからだ。身体を動かされたり、シーツの繊維によって摩擦されたり、鋭い針が皮膚に刺しこんできたりするときだけ、少し治まるのである。彼女は負けたくなかったが、肉体の現実が彼女に降伏を迫っていた。

しかしそれでも美しい肉体であった。彼女はこれまでこんなにも美しかったことはなかった。彼の鍼《しん》術《じゅつ》は彼女の動きを止めてしまうだけなのだろうか。いや違う。それでは素人《しろうと》の仕事で、意味がない。彼はひそやかに漢方の煎じ薬をつくるのにもこだわり、針を使うにも時間や季節にこだわった。彼は毎日決まって彼女の身体を起こすと、控えめに（くれぐれも乱暴にしたり間違った方向に行かないように）衣服をきれいに脱がせ、鏡の中の自分がどれくらい美しいかを見せた。実に潤いのある白い肌で、実に巧妙に身体の線が凹凸を描き、鎖骨と寛骨は半透明である。ベッドに横たわっている姿は言うまでもない。健康な

＊7　MSNメッセンジャー。マイクロソフトが一九九九年から提供したインスタントメッセンジャー。二〇一四年までにサービスを終了した。

十六歳の少女でもこんな美しさは与えられないだろうし、ガラスの棺のなかの白雪姫も、百年の呪いをかけられた眠り姫もこんなに美しくはなれないだろう。「私はおまえの期待に背いたりはしない、絶対に背いたりはしないからね」彼は彼女の爪を切ってやりながらそんなふうに言った。カーペットには半月型の磁器の破片のような服のぬけがらが落ちている。彼女は自分が密封されたジャムのようで、沁みだした甘い汁がゆっくりと骨に浸潤していくのを感じた。そして、彼のこの鮮度を保つ技術は、例えば市場の生鮮ものの売り場に使われるなら、素晴らしい効果を発揮するだろうと思ったのだった。

十本の指の爪はきれいになった。まだ早い時間で、することがない日はさらに長く感じる。彼はベッドの端をはたいて立ち上がった。「きょうおまえあてのメールが届いたよ。読んで聞かせてあげよう」

＊

……

ここ数年僕が帰国しなかったのは、

理解することも、考えることもできなかったからだ。

僕たちは……いや、いいんだ、過去のことはもういいんだ。

こんなことを言うのは古いノートをめくるみたいだね。僕はただつらいんだよ。

いまは、どんな新しいものだって呼べばすぐにやってくるのに、前から続く苦境は過ぎ去ってはくれないんだ。

もうこれ以上はやめるよ。F、来週僕はついに帰国することにしたんだ。

きみがそこを離れないのなら、僕が帰るよ。

無理強いはしない、でも、やはりきみに一目会いたい。

ああ、なんてダサい言い方なんだろう。

きみの好きなあのチョコレートを持っていくよ。


いまもきみに一目会いたい。

Eより

＊

継父がこのメールを彼女に読んで聞かせる必要などまったくないことも、彼女のパソコンを占有していることも、彼女は知っていた。ノートPCを持ってうろうろし、笑いながら彼女にこう言うのも見たことがある。「おおぜいがおまえにメールを寄こすんだなあ」彼は他のすべてのメールを消去するように、キーの一押しで完全に消去してしまえるのである。

けれども彼はそうしなかった。

ついに最後のとりでのずっとこらえていたものがあふれてしまった。この四年間で初めて、彼女は本当の意味で撃破され涙を流したのだった。この四年間なんどとなく彼女は夢見ていた。ベッドからまっすぐ立ち上がる。継父は留守にしていていない。彼女はガラス窓を急いで叩き割って海へ飛び込み、おだやかな波のなか、外へ外へと泳いでいき、継父が気付いた時にはもうとっくに遠くまで行ってしまっている。しかも彼は泳ぐことができないのだ。これからは夢の中でさえそのような日は訪れないことを、彼女はわかっていた。

「かわいそうにあの青年はまだおまえのことを忘れられないんだね」継父は言った。「そしてかわいそうにおまえもまだあの青年のことを忘れられない」気にしないで泣くがいい、彼はそう彼女に言いたかった。涙が枯れるまで泣きなさい、だいじょうぶだ。私はおまえの母親のように弱くはない。弱いのはいいとしても、妬《ねた》みがひどかった。おまえはあのころまだ幼くて、きっと覚えていないだろうが、当時おまえの母親は嫉妬深く、おまえが生まれると私の目が彼女から離れてしまうのに耐えられなかったんだ。彼女はほんとうに道理というものをわきまえていなかった。母親が自分の娘を敵とみなすなんて、馬鹿げている。父親の娘に対する愛情を我慢できないなんて、愚かすぎる。彼女が出ていったのは正解だよ。そうでなければきっとおまえを殺していただろう。おまえの母親は私に問題があると非難したが、問題なのは彼女のほうだ。私は医者だよ。問題などあるわけがない。

彼は口にすることはなかったが、でも彼女はこの一切を知らないのだから彼に騙されているとしか思わないとわかっていた。子どもは両親の苦労を理解しないものだし、女は男の苦労を理解しようとはしない。患者は医者の苦労を、学生は教師の苦労を、人民は政府の苦労を理解しようとはしない。話がそれてしまった。

彼女は泣き続けているが、処置を施しそれを止めることだってできる。けれども無表情で涙を流す彼女の姿はとてもきれいだった。肉体はまったく動かないのに、瞬きするとまつ毛から涙が一滴ぽとりと、また瞬きをすると涙がもう一滴ぽとりと落ちる。彼は新聞を読む肘掛椅子に腰かけその様子を眺め、すばらしい光景だと感じるのだった。

今日の海はおだやかで、風も雨もない。海辺の部屋も落ち着いていて、変化の兆しもない。二人の日々はまだまだ長いが、心配することはない。彼は椅子の肘掛を叩くと立ち上がった。いいだろう。海も引き潮だし、ちょうどいい頃合いだ。彼は懐から綿フランネルの包みを取り出すと、それを振って中の長短の針の一束を広げた。太陽の光がそれにあたって、きれいに乱反射する。この光が彼女の肉体を貫けば、彼女を、憂いも煩悩もない、永遠に美しいままにして、いつまでもそばにいられる。ただ彼女が落ち着いて、不安で泣きじゃくり打ち損じて針の効果を失う心配がなくなりさえすれば、それを始めることができるのだ。

犬の飼い方

李桐豪

李桐豪（り・とうごう、リー・トンハオ）

一九七五年生まれ。二〇一一年に「非殺人小説」で林栄三文学賞、一三年に「犬の飼い方（養狗指南）」で再び林栄三文学賞、一四年には九歌年度小説賞を受賞。

「犬の飼い方（養狗指南）」◉初出＝『自由時報』文芸欄　二〇一三年十二月八～十日　使用テキスト＝『九歌一〇二年小説選』（二〇一四）所収のもの

男の背後の壁には黄ばんだ人体解剖図が貼られている。大偉《ターウェイ》は、白カビだらけの心臓と肝臓を眺めながら、来週出国する予定だとでたらめを言った。「もしも可能なら、診断証明書を出してもらえませんか?」診察台に座ったついでに、大偉は左足を持ち上げて台の上にのせた。

はじめからとっくに話はついていた。当初、大偉が噛まれて爛れた左足を引きずって診察に訪れたとき、男がその様子を見て最初に口にしたのはこういうことだった。「犬に噛まれたんだね。傷口が開いちゃってるなあ。飼い主に賠償を求めますか? あなた……保険に入っていますよね? こうしましょう、二針ほど縫って、診断証明書を出しましょう。そうすれば保険会社に保険金を請求できますよ」傷は燃えるように痛む。大偉は痛みで言葉が出なかったが、男は、彼が黙認したものと受け取った。それから、麻酔を打ち、傷口を縫い、薬を塗って、包帯を巻き、注射を打った。二、三日後に再診して薬を換え、治療は一か月近く続き、毎回、診察料や薬代で三〇〇元、五〇〇元と請求された。VOLNA-K F.C、Keflex、Panadol(Tinten)、Tetanus……薬の袋に表示された名前はなんだか難しそうではあるが、彼がネットで調べてみると、実際にはほとんどがまったく意味のない栄養剤だった。

口と鼻がマスクで覆われた男は、おっ、と声をあげた。事務机から椅子ごと大偉のほうに滑っていき、片方の手で大偉の足の裏を握り、もう片方でピンセットを持ちそっと傷口のなかの縫い糸を取り除いた。その間は特に痛みはないが、大偉はむずがゆさを感じた。アリが腕を這っているようなのだ。彼は身体を前にかがめて、男と一緒に傷口を念入りに確認した。左足の縁にはピンク色の裂け目があった。細くて、赤ん坊の口が笑っているようだ。

「傷口を乾燥させてくださいね」男は丸い鉄製の箱から防水の絆創膏を一枚つまんで大偉に貼ってやると

言った。「もう犬には嚙まれないように、気をつけてくださいね」男の口調はいつもどおり穏やかで、忠告なのか冗談なのか聞きとることができなかった。道理から言えば、彼らの親しさは共犯者のようなものなので、男が彼にちょっとした冗談を言うのはたいしたことではない。しかし男はこれだけは付け加えた。「証明書の申請には別途一〇〇元かかります」話し終わると、振り返って引き出しを開け用紙を取り出し診断証明書を書いた。通りに面した診療所は薄暗くじめっとしていて、田舎の役場のようだ。年配の看護師がひとり注射や薬の交換を手伝うこともあるし、男がひとりで受付や会計をすることもあった。男は大偉に背を向けて朱肉を探している。大偉が二回目に訪れて薬の交換をしたとき、男の背中が異様に広いのに気づいた。鍛えあげた背筋は、シャツと、それにこの小さな診療所までもまるで弾き飛ばしてしまいそうだ。あるいはこう言うべきかもしれない。その診療所はあまりにも小さく窮屈で、さびついた鉄の棚にはカルテが山のように積まれ、ここでは時間も男のがっしりとした肉体も、灰をかぶってしまっているように見える。

　大偉が診療所を出ると、熱い空気が殴りかかってくるようで、ヒリヒリするような暑さだ。手を目の前にかざすと、ギラギラとした陽光がとっくに紫外線過多になっているようだ。彼は騎楼《きろう》*1の下を足を引きずりながら歩いた。小北《シャオペイ》百貨店、ファミリーマート、銭都《チエントウー》しゃぶしゃぶ鍋、鍋神《クオシエン》広東粥、永利《ヨンリー》モータース……背中と腋《わき》がじっとりとし、家への帰路は彼にとって、艱難辛苦の旅となった。

　モスバーガー、康是美《コスメ》〔化粧品チェーン〕、大衆薬局、紙製品の店の隣は生活工場《ワーキングハウス》〔生活用品チェーン〕だ。ショーケースには日傘やビーチチェア、チェアには青と白の縞模様の大きなタオルと錨のイラストの抱き枕が並べられ、ティーテーブルには空《から》のワイングラスが置かれていた。美しいショーケースは、その隣の店の、死者に焼いて供える紙製の３ＬＤＫ庭付き一戸建ての模型と同様、どちらも美しい未来を担保するものだ。

大偉はガラスに貼られたサマーセールのポスターを眺めながら、新しい鍋を買う必要があったことを思い出した。家にあるあの鍋は、犬に噛まれたときに取っ手がとれてしまったのだ。

店に入ると、ローズオイルの香りが出迎えてくれた。ガラスケースには瓶や缶が並べられ、ぬくもりのある光のなかできらきらと輝いている。彼はまっすぐキッチン用品のコーナーに向かい、片手で雪平鍋をひとつ手に取った。重い。「これで犬の頭を殴ったら、きっと脳漿《のうしょう》が噴き出すだろうな？」そんな思いが頭をよぎったが、それ以上考える勇気はなかった。彼はその思いを鍋と一緒に置き去りにして、外へ出た。

大学眼鏡店《ターシュエ》、白鹿洞《パイルートン》ＤＶＤレンタルショップ、黒面蔡楊桃湯《ヘイミエンツァイスターフルーツジュース》。ファミリーマートの横の、菩提園というベジタリアンの店の前に、雑種犬が一匹腹ばいになっている。垂れ下がった口角と目、常に悲しみをたたえた表情、まるで妻を亡くしたように。七十五点。大偉は帰宅の道すがら四匹の犬に出会った。一匹目は彼が金士傑《チンシーチエ》〔台湾の著名な脇役俳優〕と名付けた老犬だ。二匹目は、大通りと路地の角の、里長[*2]の家の前に粗末に建てられた犬小屋があって、そのなかにつながれた黒い犬だ。長身で腰は細く、とがった耳を立てている。エジプトのピラミッドに描かれた副葬品のジャッカルに似ているので、大偉はアヌビスと呼んでいる。この犬は悪いやつで、いつも突然、通行人に勢いよく吠える。だからたったの三十点。

里長の家から数えて三軒目は昔ながらの理髪店で、女主人がポメラニアンを飼っている。大偉は麗珠《リーズ》と名付けた。足が三本しかない麗珠。女主人が散歩に出かけると、麗珠はリードを使うまでもなくそばにつ

＊1　二階から上の部分が突き出し、その下が雨を避ける歩道になっている建物。
＊2　末端の行政単位である「里」の長。町内会長のような存在ではあるが選挙で選ばれる。

いて歩く。その歩みは地面を小太鼓よろしくトントントントンと打っているようだ。麗珠はたぶん自分が可愛がられていることをよく知っていて、大型犬と出くわしてもはつらつと吠えることができる。七十点。理髪店の横は商売あがったりのペットサロンで、ショーケースには空《から》の犬用ケースがいくつか使われぬまま置かれていた。大偉がガラス戸越しに目をやると、あの六十五点のビション・フリーゼは今日は不在のようだ。ただ平日は閑散としている店の中には人がひしめいていて、二手に分かれて立ち、互いにあれこれ言っている。まるでなにかについて議論しているかのようだ。

彼は通りで見かける犬に名前と点数をつけるのを習慣にしていた。けれども歌番組の意地悪な審査員のように、点数はたいてい高くはない。一点から一〇〇点で、平均は六十点ぐらい。満点の犬もいないわけではない。七年前、彼は当時まだ出版社でグラフィック・デザイナーをしていた。あるとき退勤してＭＲＴ〔新交通システム〕の駅を出ると、一匹の犬にあとをつけられていることに気づいた。足を止めて振り返ると、小さな白い雑種犬が彼に尻尾を振っているのが見えた。首輪をつけた小さな白い犬で、口を開けて笑っている。毛は汚れてボロボロのスポーツシューズのようだ。彼が犬の頭をポンポンと叩くと、湿った鼻を彼のくるぶしにこすりつけながら、さらに強く尻尾を振った。リュックに食べかけの水煎包《シュイジエンバオ》〔蒸し焼きの包子〕があるのを思い出して、取り出して割り、犬に食べさせた。犬は匂いを嗅ぐと、大きな口を開けて食べ始めた。

彼は白い小犬が水煎包を食べ始めたのに合わせてその場を離れた。犬は彼が遠ざかるのを見ると、水煎包を落としてまた追いかけてくる。彼は立ち止まり、白い小犬を長いこと見つめた後、蹴り上げた。犬は尻尾を巻いて悲しそうに鳴きながら走り去った。翌日も、その次の日も、帰り道に彼はまたその白い小犬に出くわした。犬は少し距離をとり、怯えるように彼に向かって尻尾を振った。彼は通りの脇に立ち、目を閉じて見えないふりをした。再び目を開いた時、犬はいなくなっていた。四日目、五日目、六日目、白い小犬はやはり現れない。ずいぶん長い時間が経ったある日、彼がスクーターで出かけると、バックミラーのなかに、道路をさっと横切る白い犬の姿が見えた。白い小犬が向かい風のなかを走る様子は、とても勇敢だった。彼は勝手に、道路の突き当りに誰かがしゃがみ、両手を開いて小犬の名前を叫んでいるのだと思い込んでいた。加油《がんばれ》、加油《チアヨウ》〔がんばれの意。チアヨウ〕。それが大偉が出会った、たった一匹の一〇〇点の犬だ。

大偉は歩いているうちに突然痛みを感じなくなった。傷は痛むときもあれば痛まないときもある。傷は小動物のように、自分の意志を持っているようだ。彼はわざと左足のほうに力を込めて、その目を覚まさせようと企てる。一陣の激烈な痛みが脳天を直撃した。彼はすんでのところで立っていられなくなり、通りに停めたスクーターによりかかった。腰を曲げて絆創膏を開いて傷を確認すると、赤ん坊のピンク色の口からだらだらと血がしみでていた。

スクーターに座ってしばらく休み、通りの向かいのマンションのグレーの壁面を眺めた。太陽の光にさらされて生気を失った赤い春聯[*3]には宗教指導者の言葉が書き写されている。「清新に暮らしてこそ、平安は得られる」上に目をやると、マンションの二階のベランダにヒマワリが一列植えられていた。彼は満開の黄色い花を眺め、それから足を引きずって小さな通りを横切り、手にしていた絆創膏を二階の住民の呼び鈴にしっかりと、護符のように貼り付けた。

ポケットの中の電話が鳴った。「ああ」彼は電話に出る。「もうすぐ家に着くよ」近くでスーツ姿の男が

*3　旧正月に門口に貼る新年をことほぐ言葉を書いた一対の紙。

街灯の下に立って彼に手を振っている。ふたりは落ちあい、建物の中庭に面したリーディングルームに入っていった。「診断証明書と領収証をお渡しください。それから鉛筆で印をつけているところにサインをお願いします」スーツの男はカバンからいくつかの書類を取り出し、テーブルに並べた。「ひとつが傷害保険で、もうひとつが医療保険です。一式各二部ずつ。こちらに伺う前に計算してみたんですが、このケースならおそらく二万元あまりの保険金を請求できますね」「そんなに多いんだ。ちくしょう、先に知っていればもっと噛ませていたのに」大偉は言った。

スーツの男は彼の知り合いだったので、ついでに尋ねた。「阿龍《アーロン》とはうまくいってる？」彼は下を向いて書類の欄にひとつひとつサインをしながら、黙っていた。契約者、身分証番号、生年月日、銀行口座……彼は受取人の欄でしばらくペンを止め、それからすばやく「契約者に同じ」と書いた。キッチンの戸棚の引き戸が壊れてしまったよな、彼は思った。明日、特立屋《TLW》〔台湾のホームセンター〕で新しいのをひと揃え選んでこられるだろう。

彼が顔をあげると、リーディングルームの外で三、四人の子どもたちが中庭の噴水の周りを追いかけっこしながら遊んでいたが、男の子が一人その輪から離れて、ボーイスカウトのロープで小さな柴犬をひいているのが見えた。男の子は彼らが住んでいる建物の住民で、見たところ五、六歳のようだ。小犬に見覚えはないが、おそらく二、三か月くらい、地面にへたりこんで、億劫そうに動こうとしない。男の子は一枚のタオルケットを引きずるように、小犬を引っ張っていた。

「ボク」大偉は男の子を呼び止めた。「誰の犬なの？」男の子は小さな柴犬を抱きかかえて大偉のもとにやってきた。「ボクの父さんが買ってくれたんだ。チアヨウは？」男の子は尋ねた。大偉は男の子の手から小犬を受け取ると、思わず息を止めた。どういうわけか、男の子の身体にはアンモニア臭のような変なにおいが漂っていた。彼は小犬を膝にのせて、足裏の肉球を軽く圧《お》し、足を撫でてやった。あまりにも没頭していたので、スーツの男は立ち上がってその場を離れたが、彼はてきとうに軽く頷いただけだった。もともと向こうで遊んでいた子どもたちは大偉と小犬を目にして、みんなやってきて取り囲み、犬を抱っこしたいと口々に騒ぎだす。大偉は小犬の身体をひっくり返すと、おなかのかゆい所を掻いてやった。彼の手が小犬の心臓の鼓動に触れると、思わず胸がぎゅっとしめつけられたのだった。

彼が初めて加油を抱き上げた時、加油の心臓もこんなふうに猛烈に躍動していた。

阿龍はどうしても犬を飼いたいと言ってきかなかったのだが、大偉はうんと言わなかった。「犬を飼うのはたいへんなことなんだ」彼は言った。それでも阿龍は友人のところから三歳の柴犬を抱えてきて、友人の家には赤ん坊がいるので飼えないと言う。「僕が憧れる愛の生活っていうのは、好きな人といっしょに住んで、それから犬を一匹飼うことなんだよ。だめかな?」阿龍は甘えるようにそして抗議するように言った。当時、彼らは知りあってまだ三か月も経っていなかった。ふたりでいっしょに食事をし映画を観て、いっしょに台南への小旅行へも出かけた。何をするにしても、行程の最後はきまってセックスでしめくくる。肉体に火がついて、ふたりはベッドで抱き合う。どれだけ激しく絡み合っても、その炎を消すことはできないみたいに。

ふたりはそれぞれの住まいを引き払ってまもなく、大偉の家のそばに新築のエレベーター付きのマンションを見つけ、そこに引っ越した。2LDKの家具無しで、がらんとした部屋は長距離バスの待合室のようだった。部屋を見に行った日、大偉はひどく興奮しながら、リビングはどんな色にして、どんなデザインのソファを買い、どんなふうにレイアウトするかを思い描いた。ふたつある部屋のうち、ひとつは主寝室にして、もうひとつは書斎兼客用の寝室にしよう。万が一阿龍の家族がやってきても、疑われないように互いをルームメイトと呼び合えばいい。これらのすべてを、彼はとっくにちゃんと考えていた。けれどもまったく思いもよらなかったのは、彼と阿龍の未来に一匹の犬も加わったということだ。その犬が実際に彼らの新しいリビングに立ったとき、彼は気づいた。彼と同居人は、実際には相手の前で怒りを爆発させることができるほど、親密な関係にはなっていないのだということを。

その犬は怯えたように立ったまま、玄関のほうを茫然と見つめていた。まるで誰かが迎えに来てくれるのを待っているかのように。「ビルっていうんだ。こっちに来て撫でてみたらいいよ」阿龍は言った。大偉はしぶしぶ犬を撫でていると、黄金色の毛は短くてチクチクする。毛に沿って柴犬の心臓の鼓動を探り当てると、それはトクトクと脈打ち、羽をばたつかせる小さなシロブンチョウのようだ。彼は手のひらをその心臓の鼓動にしばらく当てていた。それから顔をあげて阿龍に言った。「こいつを加油って呼ぼう。いまから、こいつは加油っていう名前だ」

「チアヨウは?」男の子はまた尋ねる。「チアヨウを下につれてきて、この子といっしょに遊んでくれないかな」小犬は大偉の膝の上で、勝手にもがき始める。大偉はいらいらして、お尻を何度か強く叩いた。「言うことを聞かないとおしおきするぞ」大偉は言った。小犬はアーウーと鳴くと、その後は静かになった。男の子は口をへの字にして、うつむき加減に彼を横目でにらみ、顔じゅうで憎しみを表した。彼は、男の子の血の気のない顔に、目のクマがふたつあるのに気づいた。まるで怨霊と変わらない。どうりでこのマンションの子どもたちは誰も彼と遊ぼうとしないわけだ。周りの子どもたちは泣き虫、泣き虫とひやかしている。大偉は立ち上がり、犬を男の子に返した。「返してやるよ」彼は言った。振り返ると、足を引きずりながらエレベーターに乗り込み、上へとあがり、玄関を開け、家にたどり着いた。

部屋はひっそりとして、まるで誰かが死んだようだ。リビングを抜けると、ベランダにやってきて、洗濯機の前にしゃがんだ。洗濯機と壁の隙間に犬が隠れていて、ぼんやりと彼を見つめている。「加油」彼がその名を呼ぶと、柴犬がとび出してきて、お尻を高々と上げて、背伸びをする。彼が手のひらを差し出すと、気に入られようとぺろぺろ舐める。これが彼に噛みついた犬だ。零点。

その日の朝、彼が犬の散歩を終えて部屋に入ると、犬はうれしそうにそばについてまわっていた。彼がベランダに出てリードを掛けると、足の裏が電流に触れたように突然しびれたのである。最初はどうってことはないと思ったが、下を見ると犬がちょうどしっかり彼の左の足裏を咥《くわ》えて、頭を振りながら噛み切ろうとしているのに気づき、彼は痛みを感じ始めた。トラックに轢《ひ》かれたのかと思ったほどだ。振り払い、反撃して、診療所に行った。どうやって家を出て、どうやって診療所にたどり着いたのかはもう忘れてしまった。その後のことはもう覚えていない。ただ家に帰ったとき、玄関の血痕は淡い色から濃い色に変わり、ポタポタとベランダまで続いていたのだけは覚えている。ブナ材の床板に、オフホワイトの壁、薄いグレーのソファ……彼がその手で作り上げた無印良品のカタログのような美しい部屋は、ビンロウの汁のような血痕が台無しにしてしまったのである。

阿龍は知らせを聞いて家に戻ると、箒を持って犬を殴るそぶりをした。大偉は弱々しく、そんなことをする必要はない、と言った。でも実際には、以前噛まれたことがないわけではない。その犬がやってきたばかりのころ、彼らとはまだ距離がかなりあって、触られるのを嫌がった。特に耳を。あるとき、大偉が犬とじゃれあっていると不注意で犬の耳に触ってしまった。すると犬が反撃をして腕に嚙みついたのだ。阿龍は怒って犬を追い出してしまおうと言ったが、大偉は左手で傷口を押さえて止血し、心配ないよと笑った。しかし今回この犬の嚙みつき方はあまりにもひどかった。痛みは、まるで爆竹が身体の中でひとつまたひとつと炸裂するようだった。彼は並んでいる薬のすべてを飲み尽くしても痛みを止めることはできなかった。もうろうとベッドに横たわっていると、阿龍がそばにやって来て、胸を彼の背中に押しつけた。身体の曲線は二本の匙《さじ》のようにぴったりと重なる。彼は身体を動かして距離をとり、「痛いよ」と言った。暗闇の中、彼はベッドの端に横向きになり、デスクのPC本体の小さなランプが光っているのを見つめていた。茫々たる海に浮かぶ灯台を見つめるように。

もうどうしようもない。

犬を眺めていると、彼の足裏がまた痛み始める。犬は口を開けて彼に笑いかける。刀の刃のように尖った歯に四本の足が生えた歩く刃物だ。彼は犬を見つめながら、あとずさりして室内に入り、キッチンの戸棚のなかの痛み止めを探して飲んだ。ダイニングテーブルにはフルーツナイフが置かれている。刃先と木のテーブルの上にはフランスパンのくずが散らばっていて、飲み終わった牛乳パックはゴミ箱の蓋の上に置かれている。鍵をかけていない寝室のドアを押すと、ノートパソコン、イヤホンと眼鏡がベッドのヘッドボードに置かれている。チェック柄のシャツとカルバンクラインの下着が、書き損じの原稿用紙のようにしわくちゃに丸められベッドに捨て置かれている。床にはスリッパが、片方だけ裏返しで置かれている。外出するのに何を着たらいいかわからず、ポエを投げて神のお告げを聞いたかのようだ。彼はこれまでずっと、そんな断片的な手がかりから阿龍が外出前にどんなことをしていたのか推理することができた。彼は阿龍の代わりに片付けをするのは慣れっこだったし、片付けが好きなのだ。けれども今回彼は片付けなかった。彼は部屋を出ると、リビングのソファに座り、ティーテーブルの上のノートパソコンを開いただけだった。

メールボックスには取引先から修正を要求されたポスターデザインのファイルや、返信を求める出版社の見積書が届いていた。返信しなければならないが、彼はそうはしなかった。彼はただノートパソコンを開いて、フェイスブックを眺めた。誰かがボーイフレンドといっしょにゴールデンレトリバーをひいて昔ながらの市場を散歩している写真をアップしていたので、彼はいいねを押した。タイムラインに観終わった恋愛映画の感想を書いている人もいる。「別れは実際にはちっとも残酷ではない。残酷なのは、そんなふたりがやり直そうと試みて、互いにどうすることもできず茫然とし徒労に終わることだろう」彼はいいねを押した。飼い犬の避妊手術のすべてを記録しシェアしている人もいる。「オスは避妊手術後、人間を攻撃する確率が大きく低下する。また、メスが発情すると、オスはたとえ一、二キロも離れていても、メスが出すフェロモンを嗅ぎ取ることができる。オスたちはチャンスをとらえて外へ出て、あたりまえのように匂いをたどってメスを探しに飛んでいく。だがメスの発情が収まり、オスたちも我に返ったとき、下手をするともう何キロも先まで行ってしまっていて、家に帰る道がまったくわからなくなってしまうのである」彼はいいねを押した。

傷口が痛むときもあるし、痛まないときもある。彼は阿龍のページを開き、友達リストからキャプテン・アメリカというプロフ画像を見つけて、クリックしてページを覗いた。彼の犬は、彼が行ったこともないリビングで口を開けて笑っている。彼の犬は、彼が見たこともないような河川敷の公園に現れ、ぼんやりとテニスボールを咥えている。彼の傷口はまるで小動物のように自分の意志を持っている。彼はキャプテン・アメリカの写真を選び、容赦なく傷口を踏みつけて目覚めさせる。スーパーヒーローがフェイスマスクを外した。上半身裸の男の子が両腕で自分の身体を抱くようにして、ヒマワリが咲き誇るベランダに意気揚々と立って、バカみたいに笑っている。阿龍がいいねしていた。

痛み止めが効果を発揮し始め、身体じゅうがむずがゆくなる。小さいアリが皮膚の上いっぱいに這っているようだ。いつのまにか、マスクの男が彼の足元にうずくまり、ピンセットで傷口の縫い糸を取り除いていた。彼は顔を上げると、その犬がリビングの片隅にしゃがんで彼を見つめている。そして目が覚めた。

その犬はつつましい表情で大偉を見つめていた。まるでなにかを宣言しようとしているように。けれども何年もの間、大偉はずっと、その犬がいったい彼になにを伝えようとしているのかわからないままだった。彼の家にやって来たとき、犬は三歳で、人間に換算すれば二十八歳だった。犬の過去は彼らにとって解けない謎だった。例えば火を怖がること。ライターに火をつけて犬の前で揺らすだけで、テーブルの下に潜り込んで震え、一晩じゅう出てくることはない。もちろん、前の飼い主に電話をしさえすれば答えはすぐにわかるだろう。でも大偉はそうしなかった。前の飼い主はたまにメールを送ってきて、ビルの最近の写真を何枚か見せてくれないかと言ってくるが、彼は返事をしていない。そしてメールを削除してしまう。これはもう彼の犬で、連中とは関係がないのだ。

ワンちゃんの生活ルール第一条、玄関の出入りでは先を争ってはいけない、彼に先を譲ること。第二条、彼の許可なく寝室に入ってはいけない——彼と阿龍がベッドでセックスしているときにそばで見ているのはダメ。第三条、彼が「おすわり」「よし」と声をかけるのをちゃんと聞いてから、食事を始めること……

長い間、彼はさまざまなルールを犬にしつけようとしてきたが、テレビのバラエティ番組で好まれるような芸はまったく覚えられなかった。大偉は犬と部屋を共にしていたが、犬はいつも遠めに距離をとっていた。「加油おいで」と声をかけても、じっと見つめているだけだ。けれども大偉が犬をかまわなくなり、ソファに寝転がって読書したり、DVDを見たりしていると、犬は音もたてずに近づいてきて大偉の足元にうずくまる。ちょうどいまこうしているように。大偉は犬を見つめ、犬も大偉を見つめた。大偉はノートパソコンを置き、犬の前足をつかむと、顔をこちらに向かせ、じっと見つめた。まるで詰問しているようだ。どうして他人の部屋で恥知らずにも笑ったりするのか、と。犬は大偉を正視しようとせず、顔をそらした。犬は前足を大偉にひねられて痛がり、ウーウーと鳴く。慌てて大偉の支配から抜け出そうとして、小走りで玄関までたどり着くと、ちょうどドアノブが回る音が聞こえた。

ドアが開くと、中年の女性が入って来た。全身よろいかぶとのようにいくつものクラフト紙の袋を抱えている。大偉は立ち上がり、こんにちはおばさんと声をかけた。女性は段《トアン》夫人で、阿龍の継母だ――だから阿龍も同じように「おばさん」と言っている。彼は手を伸ばして段夫人の持つ紙袋を受け取り、ティーテーブルに置いた。「少しは良くなったの？」おばさんはソファのもう一方の端に座った。「抜糸しました」彼は言った。「おばさん今日は小恩《シャオエン》の学校にお迎えに行かないんですか？」「あの子の母親が子ども英会話に連れていったわ」段夫人はふんと鼻を鳴らした。

段夫人はひとつのクラフト紙の袋からたくさんの紙パックを取り出した。「砂鍋烏骨鶏〔ウコッケイの鍋料理〕。蒜耳蒸日本扇貝〔日本産ホタテ貝のニンニク蒸し〕。烏魚子炒飯〔カラスミのチャーハン〕。百花鑲油条〔エビのすり身の油条揚げ〕。黄金流沙包〔カスタードの中華まん〕」段夫人は料理名を朗誦し始めた。「先輩の娘が結婚してね、昼は披露宴に行ったの。料理はたくさんあるのに誰も手をつけないから、あなたと阿龍に食べさせたいと思って持ってきたのよ」彼女は言った。大偉は、ええと応じる。段夫人は別のクラフト紙の袋からいくつもの赤い小さな飾り箱を取り出した。「今どきの披露宴の手土産の種類はいろいろねえ。エッセンシャルオイルの手作り石鹸もあるわよ」彼女は大声でパッケージの文字を読み上げた。「正しい時に正しい人に出会えば、幸福は訪れる。雅琳宗翰《ヤーリンツォンハン》、永遠の愛を。これはあなたと阿龍が使ってね」大偉はまた、ええと応じた。それから、彼女は別のクラフト紙の袋からiPadを取り出し、「ちょっと見てほしいの、さっき撮った写真はどうやってフェイスブックにアップすればいいの?」彼女は言った。

iPadは彼が段夫人に買ってあげたものだ。フェイスブックとLINEの設定、韓国ドラマや江蕙《カンフィ》、鳳飛飛《フォンフェイフェイ》〔二人とも台湾の著名な歌手〕のダウンロードは全部彼の手によるものである。彼は二、三度クリックすると写真を画面に出した。写真のなかには段夫人と同じ年恰好のオバサンたちがたくさん映っている。オバサンたちはマイクを手に歌い、新婦といっしょに写真を撮り、円卓を囲んで歯は見えるのに目が見えなくなるほど笑い、冠婚葬祭の場ではいつでも吐き出せる無尽蔵のエネルギーに満ちていた。段夫人がそばに来て、写真の中のこの人は誰で、あの人は誰だと彼に教えてくれる。チャイナドレスを着ているのは江《チアン》家のお母さんだ。二十歳で夫を亡くし、市場で野菜を売って三人の息子を育て、いまや長男は大学教授をしている。じつに幸せなことだ。柄物のブラウスを着ているのは胡《フー》夫人で、夫は半年前に他界したばかり、阿龍の父親と同じ上咽頭がんだ。このキャリアの長さもまちまちの未亡人たちは、自分たちが幸せ過ぎるのを人に見透かされるのを心配して、いつだって恨み言を絶やさない。五十肩が痛い、この歳になってもう何も食べられなくなった、嫁が怠慢だなどと恨み言を並べる。彼女たちは元気よく、恨みをぶつけられるこの世のすべてに、恨み言をいうのである。
段夫人が大偉の傍らでしゃべっていると、犬が親しげに段夫人の足元に潜り込む。「加油や、おまえはどうしてパパのことあんなにひどく嚙んだりしたんだい？　いまは狂犬病だってあるしね、人を嚙んで傷つけたりしたら捨てられてしまうわよ。けだものはやっぱりけだものなのね」段夫人は犬をなでながら言った。最初の言葉は犬に対してで、次は大偉に対しての言葉だろう。大偉は狂犬病の三文字を耳ざわりに感じたが、それでも笑いながらおととい加油を連れて注射を打ってきたと答え、それ以上の説明はしなかった。「加油はもう十歳にはなったでしょう。犬の十歳は人間でいうとどれくらいなの？」段夫人は尋ねる。「どうなんでしょう。小型犬と大型犬では計算方法が違うようですね。加油はおそらく六十歳くらいでしょう」大偉は言った。犬は段夫人になでられながら口を開けて笑っている。大偉がじろりとにらみつけると、犬は悪いことでもしたかのように首をうなだれたが、尻尾を隠すことはできず、相変わらず楽しそうに振っている。

段夫人は大偉が写真をアップしている間に、紙パックをひとつずつクラフト紙の袋に入れて、それからキッチンに入った。犬はおばさんが立ち上がるのを見て、ついていこうとした。けれども大偉がチッと舌を鳴らすと、犬はおとなしく腰をおろした。大偉は段夫人がキッチンに入っている間に、ティーテーブルの箱入り手作り石鹼を引き出しへと無造作にしまった。「雅琳宗翰、永遠の愛を」パソコンで印字した女の子が使うようなポップなフォントが、じつに醜悪だ。

段夫人がキッチンから頭を出して呼びかける。「ゴミ袋はどこ？」「二番目の引き出しです」彼はリビングから答える。今年の三月、段夫人はオバサン連中と大偉の家の近所の地球村〔台湾で最大規模の民間語学学校〕で日本語を学んでいた。大偉は家の合鍵を作って段夫人に渡し、授業が終わって時間があれば遊びに来てもいいと伝えたのだ。段夫人はうれしそうに合鍵を受け取り、その後、一、二週おきに果物や滷味《ルーウェイ》〔豆腐や野菜、肉などを煮込んだ屋台料理〕を手土産にやってきて、キッチンが散らかっていれば、当然のように片付けをした。大偉は中に入って手伝うべきだった。以前はいつも先を争うように手伝ったものだ。けれども彼女の息子が飼っている犬に足を噛まれたのだ。彼は思った。リビングに腰かけていたって問題ないだろう。

大偉は段夫人のフェイスブックを開き、写真がうまくアップされたかどうか確認した。アルバムのなかがぐちゃぐちゃだったので、ついでに分類整理してやった。そのうちの「年越し」のアルバムを開くと、たくさんの料理の写真が出てきた。紹興酔鶏〔酔っ払い鶏〕、迷迭香烤羊排〔羊のスペアリブのロースト、ローズマリー風味〕、泰式涼拌牛肉〔タイ風牛肉サラダ〕、龍蝦沙拉〔伊勢海老のサラダ〕……すべて彼が手ずからもてなしたものだ。大偉は年越しを心底恨んでいた。彼には母親がおらず、大晦日の晩は父親と自分のふたりだけで過ごすのだ。十二歳から十三歳になる大晦日、父親が外の店で砂鍋鴨〔アヒル肉の鍋料理〕を買ってきた。鍋いっぱいの熱々のスープを冷めるまで味わい、冷めたらまた温めてを、大晦日から正月五日まで繰り返した。けっきょくのところ、スープの酸味は酸菜《スアンツァイ》〔野菜を発酵させた漬物〕のせいなのかそれとも傷んでいたせいなのか彼にもわからなかった。その後父親が亡くなり、彼はひとりで年越しをするようになり、家で思う存分フライドチキンやピザを食べＤＶＤを鑑賞した。もう砂鍋鴨を食べる必要もないが、たまに年越しのことを思い出すと吐き気を催したものだ。しかし恋人の家の年越しに招待されるとなるとまた別の話である。彼は、エレベーターで上司と乗り合わせたら無い知恵をあれこれしぼってお世辞を言うような人間なので、ましてや恋人の家族のご機嫌をとるのはなおさらである。

今年は阿龍の父親が亡くなって最初の年越しだ。「おばさんはたぶん年越しの料理を作る気にもなれないんじゃないかな。僕が行ったほうがいいよね」彼は阿龍に言った。ネットで二か月も前からチョコレートケーキを予約して、大晦日の朝早く、老舗《しにせ》に並んで仏跳牆《フォーティアオチアン》〔高級食材のスープ〕を買い、大晦日の晩に、料理をひとつひとつテーブルに並べて驚かせた。その実、以前にも阿龍の家で年越しをしたことがないわけではない。その時には阿龍の父親もいて、彼はルームメイトとして参加した。「まったく阿龍は結婚しないし、きみも結婚しない。きみらのような若者がみんな結婚しないなんていったいどういうことなんだ?」食卓で、阿龍の父親が仏頂面で言った。阿龍の父親は厳粛な雰囲気で、阿龍の兄も兄嫁も姉も姉の夫も妹も阿龍もうなだれ、おとなしく言うことを聞くばかりで、誰一人逆らう者はいない。ただ段夫人は四歳の孫娘小恩の方を向いて言う。「小恩や、おじいちゃんに言ってあげなさい、オジサンたちは林志玲《リンチーリン》や舒淇《スーチー》〔ともに台湾出身の俳優、モデル〕のような美人を奥さんにしようとしているから、条件が高すぎるのよ。だから見つけられないのよね」小恩が同じように繰り返すと、みんなは笑った。今年阿龍の父親が亡くなり、家族がまだふさぎ込んでいるなか、大偉がこの家族のキッチンを独り占めして、華やかな料理を繰り出したのだった。

食卓では、新人の孤児と未亡人があれこれと昔を思い出しながら、つつましく楽しんでいた。大偉は家族写真を撮ろうと言った。「スイカはあまい?」「あま～い」大偉は画面の中でこの家族が笑っているのを見つめた。後妻と前妻の子、妻の母と婿、姑と嫁。血の繋がらない人間が長く一緒に暮らしていると、顔や目鼻立ちがだんだんと似てくる。「家族っていうのは不思議なもんだな」彼は思った。二、三枚写真を撮ると、段夫人が食卓の向こうで言った。「大偉と加油もいっしょに撮るわよ」彼女は阿龍の姉の夫に大偉と交代するように言った。そして、大偉と加油も写真におさまったのである。

フェイスブックにあげた動画ファイルは、大偉が当日の晩撮影した、一分二十八秒の短篇フィルムだ。

その晩阿龍は酒を飲み、リビングの床に腹ばいになって、加油とゴムの黄色いアヒルを嚙みあっていた。画面の外では家族がゲラゲラ笑っている。録画しなかった一分二十九秒には、阿龍が床に横たわって犬を抱き、ぶつぶつと独り言をつぶやいた。「ワンコは親と同じだからよかった。おれたちより早く死ぬんだから。でなけりゃいつかおれたちが死んで、ワンコが孤独にこの世界に生きていくのは、あまりにもかわいそうじゃないか」大偉はそれほど遠くない過去のことを考えていた。耳元に微かに男の子の泣き声が聞こえた。

段夫人がキッチンから出てきて、阿龍は帰ってきて食事をするのかと尋ねるので、大偉は首を横に振って知らないと答える。言い終わると、ドアが開き、男が入ってきた。阿龍が帰ってきたのだ。犬は阿龍のもとへ勢いよく飛んでいき、何度も飛び跳ねる。部屋のなかで飛び跳ねる心臓のように元気がいい。「あれ、下の階のあのガキ、ほら母親が山東人のガキがさ、ペットサロンの犬をこっそり引っ張ってきて捕まったらしいよ。警察が来て言ってた」阿龍は入ってくるなりそんなふうに言いふらしている。「今日はまた早かったのねえ」段夫人が言った。「記者会見に行ってきて、原稿はまだあげてないけど、帰ってきたんだ」阿龍は床に座って犬とじゃれあっている。「お米を研いで炊くね。夜はあの料理を温めて、冷蔵庫にトマトとたまごがあったから、それでスープを作ればいいわね」段夫人がまたキッチンに入っていった。

犬は四本足を宙に向け、か弱いおなかをあらわにして、阿龍に掻かせている。「抜糸したの？」阿龍が尋ねる。大偉はうんと答えたが、ふたりは互いに視線を避けていた。昨夜喧嘩したこともあってか、声もやや冷たい。経緯《いきさつ》はこういうことだ。阿龍が犬の散歩に出かけた時、大偉はついでに広東粥を買ってくるように頼んだ。阿龍の帰りは遅く、粥を買う人が多くて長いこと並んだからだと言い訳した。彼はなにも言わなかったが、いずれにせよ犬を避妊手術に連れていく、とだけ言った。阿龍は言った。犬が人間を嚙むのはストレスのせいだろう、じゃれているんだろう、十何歳の老犬に避妊手術して何になるっていうんだ。犬に嚙まれたのはおまえじゃないだろう、と彼は反論した。彼はもちろんこんな嫌味くらい言ったっていいだろう。ふたりは言い合いとなり、阿龍の声が突然大きくなった。「まさかおれがあの犬にあんたを嚙ませたっていうのか？　チクショウ、なんでどんなことでも自分の思い通りにしようとするんだよ。あんたはすべてを支配したいと思ってる。だから犬に嚙まれるんだ」

　同じような話で一か月も言い合いをしてもうへとへとになり、もともと情にほだされて、胸の中にしまってしっかり嚙みしめがまんしていたものが、一気に口から出てしまった。「ひょっとしたらおまえは犬を連れて誰かさんのベッドまで散歩に行ってるのかもしれないな。この世界でおまえひとりが毎日おしゃれをして外を遊びまわっていられるっていうのか？　おまえだけがギターを弾きバンドを組める才能があるっていうのか？　おまえが一日中かっこつけていられるのは、足に傷など負うこともなく、おまえのおばさんをマッサージに連れていったり、犬を連れてワクチンを打たせたりする必要がないからだろう」阿龍はチクショウと怒鳴った。「あんたはどうして毎回女みたいに邪推するんだ？　いっそおれを去勢しちまえばいいだろ」彼は言った。

　最後はどうやって矛《ほこ》を収めたのか、大偉は忘れてしまった。痛み止めを飲むと、身体じゅうをアリがはい回るようで、かゆくてたまらない。阿龍は彼に背を向けている。ぼうっとしている間に、診療所の男のように鍛えあげた阿龍の背筋が、みすぼらしい彼の部屋を破壊していくのが見える。彼はそっと、アリを一匹ずつ押し潰して殺した。

阿龍は指で犬の毛を整え、大偉はうつむいてウェブサイトを見ているふりをしていた。ふたりはそれぞれ自分のことをやり、昨夜のことは、話題にすることがなければもう存在しないかのようだ。大偉はこっそりその人間と犬を盗み見た。犬の口と鼻の周りは真っ白で、床に腹ばいになり、たるんだ皮膚は床に折り重なっている。まるでゆるゆるになったセーターのように年老いてしまった。だが阿龍のほうは、肌は七年前と同じようにいい状態だ。良家の子女はみんな肌の状態がいいということなのだろうか。大偉は心の中で思った。ふたりが知り合ったばかりの頃、映画を観にいくと、彼は決まって阿龍の横顔を横目に盗み見て、この人間の輪郭をそのままコインの肖像として刻印できると感心したものだ。いまでは、いっしょに着飾って映画を観にいくようなことはなくなった。彼は胸の中で計算した。犬が彼らの家にやってきたとき二十八歳だった。ふたりが犬を連れてひとつ屋根の下に暮らし、恋人から家族となり、七年の家庭生活も加わって、それを六十歳の老犬に変えたのだ。

阿龍は犬の下あごを摑み、そっと目やにをとってやった。振り向いてティッシュを探して手を拭くと、大偉が見つめているのに気づき、彼の方に向かってほほ笑んだ。ふたりは見つめ合ったが、言葉はない。階下の男の子の泣き声が突然はっきりと聞こえてくる。「あれはぼくのいぬだよ、ぼくのいぬなんだ」男の子は激しく泣いた。まるで家族を亡くしたかのように。ふたりは静かにその泣き声をしばらく聞いていたが、それから大偉が口を開いた。「いっそ加油を、階下のあの男の子に譲ったらいいよ」

「なんでだよ」阿龍が大きな声で先を続けようとしたとき、段夫人がキッチンから顔を覗かせてご飯よと声をかけた。ふたりは立ち上がり、前後してキッチンに入る。テーブルの上には熱々の料理が並んでいた。砂鍋烏骨鶏、蒜耳蒸日本扇貝、百花鑲油条、黄金流沙包。美しく並べられたお皿に、フルーツで作った小さなウサギの飾り切りまである。まるでほんものの披露宴のようだ。

大偉と阿龍は腰を下ろしたが、段夫人はまだ傍らで流し台を拭いている。その後、彼女はひとりで十四リットルのごみを五リットルのごみ袋のなかに入れた。阿龍が炊飯器のふたを開けてご飯をよそおうとしたとき、大偉はテーブルの上の飾り切りのウサギを見つめながら言った。「犬の毛づくろいをしたばかりで、手を洗わないなんて汚いだろ」阿龍はご飯をよそったお茶碗をどんとテーブルに置いて、相手にしない。だが段夫人のほうはごみ袋の口をしっかり縛ると、石鹸で手を洗いそれからテーブルについた。「さあさあ、手を洗ってご飯よ」彼女は促す。三人は黙々と食事をした。それから、犬もキッチンに入ってきて、食卓から少し距離を取って座った。まるでスフィンクスがこの家を見つめているかのように。

鶏婆《ゲエポオ》の嫁入り

方清純

方清純（ほう・せいじゅん、ファン・チンチュン）

一九八四年生まれ。普段は家の農作業を手伝いながら、創作を続けている。短篇集に『動物たち（動物們）』などがある。林栄三文学賞、全国学生文学賞、桃園県文学賞などの受賞歴がある。

「鶏婆の嫁入り（雞婆要出嫁）」◉初出＝『自由時報』文芸欄　二〇一五年十二月二十～二十二日　使用テキスト＝『動物們』（九歌、二〇一七）所収のもの鶏婆《ゲエポオ》〔台湾語でおせっかいな人を指す〕は生涯、嫁入りを夢見ていた。白いドレスはいらないが、鳳冠霞披《ほうかんかひ》〔伝統的な女性用の髪飾りと衣裳で婚礼に用いられる〕は着てみたい。できれば駕籠《かご》で八人に担がれ輿《こし》入れしてみたい。爆竹の音がパチパチと、鳴って響いて豪勢に。

鶏婆は鶏でなく、婆《おんな》でもなし。性根《しょうね》は確かに鶏のよう、姿はほとんど婆のよう。ズボンのチャックを開いて見れば、正真正銘珍宝だ。アイヨーー、彼は叫んで死んでも認めず、そいつをしっかり忍ばせて、なかったことにしてしまう。

鶏婆は鶏になりたいわけではなく、ただほんものの婆になりたいだけなのだ。六十年蓄えてきた長髪は腰まで生い茂り、どうしても見せびらかすことになる。堂々とのびのびと、よそ様の目の毒になるのも気にせずに、こうするのが自然なのだとでもいうように。

「ぼさぼさ頭のおばけ女め」他人が彼をそう罵《ののし》っても、怒ったりはしない。むしろにやにやしてしまうのだ、女と言われただけで。

鶏婆は阿良《アーリャン》という名前、そこに女を加えれば、阿娘《アーニャン》となり、年月を経てだんだんと、老娘《ラオニャン》となった。老娘は嫁に行きたいと、ずっと妄想してきたが、惜しむらくは今生の定めに望みはない。彼はあくまでも娶《めと》るべきほうなのだから。

阿良は生涯、誰かを娶るなど考えたこともなかった。女色に目覚めたり、猪八戒にとり憑かれたり、母親の胎内に戻ってもう一度輪廻しない限りは。輪廻や輪廻、また輪廻してどうなってしまうのかは誰が知ろう。輪廻してほんとうに女人になって、嫁をもらいたくなったらどうしよう。私は言った。むしろ一羽の鶏に輪廻したほうがいい、どのみち半分だけ人間のような鶏婆よりもましだろう。

阿良は女にもなれないし、鶏にもならない。鶏や鴨になるのは時間の無駄で、人間でいるほうが楽しいし気ままだろう。仮にほんとうに鶏になるにしても、李家の鶏小屋の鶏がいい。あらやだ、彼は恥ずかしそうに手を振って、おしとやかな声音《こわね》に変えた。彼は李家の阿財《アーツァイ》の布団のなかの、伴侶となり、枕を共にし、共に老い、寄り添って生死まで共にしたいのだ。言い終わるとホホホと笑う。一羽の発情した雌鶏のように。

鶏婆にはたっぷりの黒髪があり、烏骨鶏のようだ。すでに齢《よわい》六十に届いているにもかかわらず、まるで少年のようにまだ黒々としている。きっと墨汁で染めているはずだという者もいるが、別の者はこうも反論する。墨汁なんかじゃ染まらない、毛根から生えたばかりのものもすべて黒いわけじゃなかろう、まさか飲んだのではあるまいな。

もちろん阿良は墨汁は飲んでいない。墨《イ》……魚《カ》なら食べているけれど。だが身体じゅうから発せられる濃厚な墨の匂いは、イカ墨《スミ》ではなく、硯で磨った墨汁のほうなのだ。彼はたいそう達筆で、手本になる字をスラスラと書ける腕前を持ち、国内外の数々の賞を受賞した。地域ではすこぶる名声が高く、その勢いに乗じて書道教室を開くことになった。

阿良の絶技は、その長い頭髪で揮毫《きごう》することだ。髪の先を束ねて大きな筆にして、墨を含ませ六尺全開〔180×97センチ〕の画仙紙に大きな字を書くのである。ある者はくどくどと、阿良は墨を含ませる必要なんてないんだ、あの黒々とした頭髪に水を少しつければ、紙に墨を入れることができる、などと言った。私が、彼の髪の内部はふつうの人間とは違っていて、墨汁を後から後から絶やすことなく分泌することができるんだと言うと、その人は驚き口をあんぐりと開けて、それはほんとうかと尋ねる。私は、まさかあんたはでたらめを言うのは自分だけだと思ってるのかい、と答えた。その人は私を白い目で見た。それは白目と同じくらいの白さで、阿良が手にした紙の白さには及ばなかった。

阿良は筆を握るたびに、人が変わったかのようになる。この時彼は鶏婆ではなく、ほんものの漢《おとこ》となり、拳法のように筆をさばく、剛と柔を併せ持ち、勢いよく勇ましい。紙に書かれる一筆一筆が太極〔万物は陰陽二つの気によって成り立つという古代中国の宇宙観〕を形作っている。この紙の上に繰り広げられる技を見た者は、みな賛嘆心服したのであった。

阿良の書道の技は独学のたまものであり、頭髪が伸びた分が学んだ時間の長さということだ。いや違う、彼の長髪よりももっと長い時間である。阿良は生まれてこの方、髪を切ったことはそう何度もない。てっぺんの三千もの煩悩の糸は、命よりもだいじで、髪を切るのなら喉を掻き切ったほうがよさそうだ。「命根《おちんちん》を切っちまえばいいのさ。それがあいつの望むところだろう！」でしゃばりがそう言うので、私はすぐさまつっぱねてやる。「あんたの舌をどうして切らないんだい！」

阿良の性根は悪いほうではない。悪いところと言えば意地っ張りということだ。小さいころからやけに意地っ張りな子だったが、ほとんどは自分に対してで、他人に対してはまあそれほどではない。しょせん鶏婆として生まれたからには、あれこれ自分のことを心配するのにいっぱいいっぱいなのに、これ以上がむしゃらに人様の機嫌を損なうようなことがどうしてできるというのか。

阿良は小さいころから肩まで届く長髪に、秀麗端正な顔立ちで、六人の姉よりもずっと美しく、村じゅうの女の子、私も含めてみんな比べれば見劣りがしてしまう。阿良は女の子としか仲良くならず、男の子たちはみんな彼を異類と見なし、彼のことをからかったりふざけたり、おんなっぽくてきもちわりーと悪態をついたりした。ズボンを引き下ろしてチンポコを切ってやるぜ、ほんもののオマンコにしてやるぜと、こんなおふざけが始まってしまったらもう誰にも止めることはできない。家で養鶏場をやっている阿財以外には。

　阿財は鶏のようではなく、どちらかというと牛頭馬頭《ごずめず》のような、凶悪な面構えをしていた。阿良より二、三歳だけ上だが、年齢にふさわしくない背の高さと体格のよさで、まるで生きた鍾馗《しょうき》〔僻邪の神〕さまだ。霊験を示すたびに、鬼どもは驚いてクモの子を散らすように逃げていく。私が思うに、身体に長年染みついた鶏糞の臭いが大きいだろう。

「阿財が阿良を嫁にもらい、阿良は阿財に嫁にいく」男の子たちががやがや騒いででたらめに調子を合わせる。「養鶏してる先に嫁いだ老婆《つま》が、鶏婆になるってよ！」これでわかっただろう。鶏婆はこういう由来なのである。彼の生まれつきの本性でもあり、他人が後から与えた名前でもあるのだ。阿財はまったくなんとも思わなかったが、阿良のほうは真に受けて、それから生涯この男のことをずっと気にかけるようになった。

　鶏婆や鶏婆、ほんとうの婆でもなく、あそこ《ペニス》が付いていることを結局は否定できない。阿良がどれだけ髪を伸ばしても、中学に上がったらスポーツ刈りにしないといけないのだが、死んでも言いなりにはならず、誰にも彼をとっちめるすべはない。相手にもしないし、学校にも行かない。後に袖の下を贈って間をとりもってもらい、ようやく阿良が髪を伸ばしたまま通学できることになった。金持ちの家に生まれたおかげだね、と私は言った。でなけりゃそんな強情が受け入れられるはずもない。

　時は一日一日と過ぎていき、髪の毛も少しずつ長くなっていった。しかも彼は身体虚弱ということで兵役免除となり、入隊する二、三年間の断髪地獄を避けることができたので、首をつることができるくらいにまで伸びたのだった。ちぇっ、ちぇっ、これは撤回する。伸びて服や夜具を干したり、ソーセージを吊るしたり、子どもたちに縄跳びで遊ばせることができるくらいにまでなったというのが正しい。阿良の頭髪の美しさは人が羨むほどで、女たちはみんな一摑み切って頭に載せたいと思ったものだ。ただ惜しいのは、何年も前に父親のために髪を切ることがなかったなら、それはいまどれほど伸びていたのかわからないほどだったろう。

村の派出所の向かいには小学校があり、小学校の裏門の道を隔てて一戸建ての家が並んでいる。そのいちばん奥には新式の赤い屋根瓦の平屋があり、阿良の書道教室はそこにあった。

建物は彼が建てたものであり、二十坪の広さで、何とか間に合わせている。土地は借りたものであり、ひと月三〇〇〇元で、ほんの気持ち程度でよい。玄関に入ると、長方形の机が二つ、それぞれに椅子が六つずつ配されている。隅には木製の棚が置かれ、文房四宝〔筆・硯・紙・墨のこと〕が並び、壁いっぱいに阿良の書が掛かっている。ここは教室であり、住まいでもある。さらに奥に進むと、彼の寝室があるが、室内は清潔で整っており、女性が生活しているような息遣いにあふれている。

阿良は五十歳の年に帰郷して、ここに居を構えて今に至る。実家は明らかに目と鼻の先なのに、彼はひとりでいることにこだわり、どうしても帰ろうとはしない。誠に不思議なことだ。阿良の実家は名家であり、田地だけでも十数甲〔一甲は〇・九七ヘクタール〕、街には数軒の貸し店舗、銀行の蓄えは言うまでもない。すべてがこの一人息子の名義の下に帰するのだが、彼には微塵も恋々とした様子はない。

「カネがあるからこそ欲にとらわれていないように振る舞えるのさ！」そう妬《ねた》むように言う者もいる。「どっちにしたっていくら金持ちだって三代も続かないだろうよ！」減らず口はいつだって嫉妬深い。心配なのは、金持ちでいられなくなることじゃない。三代続かないことなのだ。代々血統を継ぐ方の代のことだ。鶏婆が嫁にいくことしか考えていないから、先祖代々の血統を子孫へと伝えることはできないのだろう。

他人には内情はわからず、阿良と両親が跡継ぎのことで仲たがいしており、それで彼は家に帰れないのだとたいていは誤解をしている。私が言っておかなければならないのは、両親は彼のことを邪険にしたことなどないし、通俗的なドラマのなりゆきに従うなら、父親が当然のように激怒して、この鶏婆の息子を勘当し関係をきっぱりと絶つのであろうが、人生の台本なんて思い通りに進むわけがない。両親は彼を邪険にしないどころか、過剰なほどに可愛がったのである。それは後ろめたさで気が咎《とが》めているからだ。彼を鶏婆として生み、一生つらい思いをさせてしまっているということに対して。

阿良はずっとつらい思いなど感じてこなかったが、逆に家族が彼のことでつらい思いをしないかと心配していた。「だからあんなに遠く逃げていたの?」私は言った。彼は笑いながら答える。「逃げていたわけじゃないわ。知らぬ間に遠ざかっていただけよ」「ぐるっと遠回りをして、やっぱりここに戻ってきたんじゃないの」「そうよ、でなけりゃどこに行けばいいの?」「天地の、果てまで」「天地の果てまでか。いいね。こんどあたしたちふたり連れだって行ってみようか」「フン、私といっしょに？　最愛の人といっしょに行きたいくせに！」「アイヤー、あたしの気持ちはお見通しね！」阿良は顔を覆って恥ずかしそうにしなをつくったが、その手が覆っていたのが笑顔なのか憂い顔なのかはわからない。彼が心から願っていたにもかかわらず、一生涯結局はその道を歩むことができないのだ。しょせん彼は阿財とは行く道が違うのである。

阿良の書道教室は多くが週末に開かれていて、生徒たちの時間に合わせていた。平日は、夜間に敬老クラスがぽつぽつとあるくらいで、昼間は閑古鳥が鳴いている。その時間に誰かがここを通りかかれば、しょっちゅう目に入るのはこんな光景である。屋内に大きな机が二つ合わさり、その上に人ふたり分ほどの長さの画仙紙が広げられ、中の人間が壁にもたれるか、立つか座って、真っ白な紙に神経を集中させ、まるでそこになにか途方もない深遠な哲理が隠されているかのように、いつも見つめに見つめている。一日はそんなふうに過ぎていくのである。

十年一日の如しとはいうが、一日かけても結局一筆も書けず、紙が白いままということもある。「あんたはいったい何を書きたいの？」私は百回以上もそう訊いてきたが、おそらく何百回目かのある時、彼はついに答えたのであった。「それはね……人生よ」「じゃあどうして筆をおろさないのよ？」「何を書けばいいかわからないから」「ちょっと待ってよ、十年も磨きをかけてきて、まだわからないのねえ！」「これから何度十年が過ぎたって同じよ。わからないものはわからない。たとえ一生涯かけたって、わかるとは限らない」

私には、彼が何がわからないのかがわからなかった。彼のわからないは、私のわからないに拍車をかけたのだ。「あんたは大きな字を書きたいの？　それとも文を書きたい？　あるいは詩詞？」「うーん……わからない」「またわからないと言ったらもう知らないよ！」「あたしはほんとうにわからないのよ」「あんた、あんたは一生そうやってわからないままでいればいいのさ！」私は理由もなく怒りが湧き上がり、彼をきょとんとさせてしまった。私にもさっぱりわからない。たぶん更年期のせいなんだろう。二の句は継がずに、授業をしにさっさと小学校へ戻った。

私が教えている小学校には書道の授業がない。一つもないのだ。いまの時代の教育にはこんな骨董品は流行らないし、多くの親は子どもたちに過去に後戻りするようなことはさせたくないのである。「とっくにボールペンの時代になっているのに、なんで毛筆なんて握るんだ？　ボールペンだって早晩淘汰されて、いまやパソコンで文字を入力するっていうのに、古くさい書道を学ぶなんて！」そのため、阿良のところで書道を学ぶのは、まさに少数のなかの少数で、口を糊《のり》することさえいずれできなくなってしまうだろう。「時代は変わったのね。ますますそのスピードも速くなる。これ以上遅くなることはないのね」阿良は呆然と言った。ゆっくりと、まるで全世界が彼を後ろに放り投げてしまうかのように。彼はゆっくりと紙を広げ、のろのろと墨を磨ると、落ち着き払って筆をおろす。一筆一画はなんと苦難に満ち、迷いに満ちているのだろう。書けば書く、ほど、緩慢となり、さらに緩慢としたままで、一生も終わりそうである。「一生涯をかけて、一枚の紙に書写するのは、少ないと言えるのか、それとも多いのかしら？」阿良はひとりごとのようにつぶやいた。彼はよく、相手がどう答えるべきかわからないようなことを言った。私は、つまらないことをいつまでも追求するのはやめて、学校に来て生徒を教えるのを手伝ってちょうだいと言った。ひとりふたり見込みがありそうな生徒を選んで鍛えてやり、県の小中高校書道コンクールに参加できるようにしてほしいと。

「コンクール？　書道の授業もないくせに、コンクールはあるの？」「私に訊かないで。上がやったことよ」「やったって、なにをやったのさ？」「たぶん書道の授業は邪魔だけど、書道コンクールなら邪魔じゃないってことじゃない？」「教えも学びもしないのに、どんなコンクールをしようっていうのかしら？」「コンクールと言ったって、実際には頭数をそろえて、きちんと説明できればそれでいいのよ」「頭数をそろえる？

郵便はがき

料金受取人払郵便

麹町支店承認

9781

差出有効期間
2022年10月
14日まで

切手を貼らずに
お出しください

102-8790

102

［受取人］
東京都千代田区
飯田橋2―7―4
株式会社 作品社
営業部読者係　行

【書籍ご購入お申し込み欄】

お問い合わせ　作品社営業部
TEL 03(3262)9753／FAX 03(3262)9757

小社へ直接ご注文の場合は、このはがきでお申し込み下さい。宅急便でご自宅までお届けいたします。送料は冊数に関係なく500円（ただしご購入の金額が2500円以上の場合は無料）、手数料は一律300円です。お申し込みから一週間前後で宅配いたします。書籍代金（税込）、送料、手数料は、お届け時にお支払い下さい。

書名	定価　　　円	冊
書名	定価　　　円	冊
書名	定価　　　円	冊
お名前　　TEL　（　　）		
ご住所　〒		

フリガナ
お名前

男・女　　　歳

ご住所
〒

Eメール
アドレス

ご職業

ご購入図書名

●本書をお求めになった書店名

●ご購読の新聞・雑誌名

●本書を何でお知りになりましたか。

イ　店頭で

ロ　友人・知人の推薦

ハ　広告をみて（　　　　　　　）

ニ　書評・紹介記事をみて（　　　　　）

ホ　その他（　　　　　　　　　）

●本書についてのご感想をお聞かせください。

ご購入ありがとうございました。このカードによる皆様のご意見は、今後の出版の貴重な資料として生かしていきたいと存じます。また、ご記入いただいたご住所、Eメールアドレスに、小社の出版物のご案内をさしあげることがあります。上記以外の目的で、お客様の個人情報を使用することはありません。

生徒を選んで頭数をそろえるの？」阿良は顔にかかった束状の髪を軽くはじいて、むっとしたようにフンと言った。

「お話にならないね！」彼は髪についた墨の匂いを嗅ぎながら、笑っているような笑っていないような、納得できないような表情をしていた。

阿良の生活は黒と白でできている。墨汁の黒に、画仙紙の白だ。身に着けた衣服も同じように白黒はっきりしていた。まるで自分の身分を際立たせるかのように、デザインを改良した中国服で、無地の肌着、黒い上衣、さらには黒い長ズボン、靴さえも同じ黒である。

阿良の白黒人生は日中のことだけで、ひとたび夜になると華やかでとりどりの色彩でいっぱいになる。彼のクローゼットにはたくさんの女性用の服が掛かっているのだ。紫色のホットパンツ、インディゴブルーのチャイナドレス、青っぽい緑の洋装、オレンジ色のワンピース……それに、真っ赤な嫁入り衣装も。毎晩寝る前に、彼はいつも嫁入り衣装を身に着けて、嫁ぐ日を待つ花嫁の姿、自分の妄想のなかでしか生きられない女の姿を鏡に映し出す。

その女の顔には化粧が施され、恥ずかしそうな様子である。まるで世間のことは何も知らないようで、つぼみのように華奢だ。彼は女の顔を、心が奪われるほどに見つめた。ほんとうに思いもよらなかったわ。外で長いこと暮らして、以来少なくない男と付き合ってきたが、まだこんなに貞操のかたい一面があったなんて。胸になにかが湧き上がるのを禁じえなかった。半分は感激で、半分は感慨である。彼女の瞳には水面に反射する光があふれ、彼は手を伸ばして涙の痕を拭った。彼は彼女をいつくしみ、彼女は彼に悲しみがこみあげる。

「青い街灯が、明滅する街角。ひとり窓辺に立って、月を見つめれば、星が輝く」[*1]阿良は懐メロをそっと歌った。歌声は悲しく身に沁みて、まさに彼のその時の心境のようだ。「私は泣いてる、私は泣いてる、誰にも知られずに……」

阿良は人のいないところでしか泣かないし、人前ではいつもにこにことしていた。父親が亡くなった時でさえ、一滴の涙も他人に見せることはなかった。私はどうしてそこまで強情をはる必要があるのと訊いた。これは気概なのよ、と彼は言った。他人に見くびられないようにするための気概。阿良は外目には女性っぽいしゃべり方やしぐさをしているが、内面は男子の気骨が満ちており、彼の書道の風格と同じように、雄壮だが弱々しくはない。

「あんたのことを見くびる人なんていないさ」私はほんとうはこんなふうに彼に言いたかったが、魚の骨がのどに刺さるように、しばらく言葉が詰まって出てこなかった。鶏婆がどうして見くびられないなんてことがあろうか。一挙手一投足がぜんぶ笑いのネタになってしまうのに。話しぶりは色っぽいし、歩き方はいやらしく、姿は鶏そのもの。どうであってもネタには事欠かない。まるで頭は人間で体は鶏の怪物だと言わんばかりに。一旦彼がどこぞの男とお近づきになれば、その家は鶏の伝染病にかかったとでたらめな噂が広がってしまう。「言えばいいのよ。あの連中の言いたいように言わせておけば」阿良は気にも留めず、人言《じんげん》を畏《おそ》れなかった。誰が笑いものにしようと、彼は決して怒らずに、雌鶏の声色を真似てコッコッコと、自ら楽しみつつ人も楽しませ、また馬鹿にする。「口で悪業を作るのなら作らせればよい。来世はあいつらが鶏になる番よ！」

阿財の養鶏場には大きな群れがいて、おそらくすべてが、前世のバチがあたった成れの果てなのだろう。

阿財が飼っているのはブロイラーで、羽毛は紙のように真っ白で、まるでいつでも阿良が字を書きにくるのを待っているようだ。養鶏場は村の平屋建ての家が集まっているなかに隠れるようにあり、よその人間が訪ねたいと思えば、ただ耳をそばだてればいい。鶏の鳴き声がいちばん響いているところがそこだ。阿良はいつも養鶏場に通ったが、自分が鶏になるのではなく、養鶏をしているあの男のためだった。

阿良と阿財は天と地ほどの違いがあり、個性は柔和と剛毅、姿は白と黒、まるで陰陽の両極といったところだ。「この二人がどうしていっしょになるのかまったくわからない」こんなふうに言う人は多く、数十年も言い続けて、まだ言っている。二人の家柄、後ろ盾は異なり、人生のめぐりあわせもそれぞれだった。本来いっしょになろうにもなりえない者同士が、縁あっていっしょになり、友情は数十年も続き、他人のひどい言葉に怒ることなどまったくなかった。阿財が三十歳で妻を娶ったとき、阿良は準備や花嫁の出迎えを手伝ったし、阿良が五十歳で父親を亡くしたとき、阿財は葬儀や見送りを手伝った。そうやって互いに助け合い、親愛の情はあたかも血の繋がった肉親のようであった。

「契りを交わした義兄弟だろう、偽物じゃないんだ!」阿財はいつも落ち着きはらってそう言うが、阿良のほうはがっかりしたように小声で、「義、兄、弟……」ゆっくりと、まるで一生が終わってしまうくらいに。阿財にとっては、阿良とはこのような関係に過ぎない。けれども阿良の心の中では、阿財はただこの三文字のようでは決してなかったのである。

*1　美黛「意難忘」の歌詞で原曲は山口淑子「東京夜曲」。「意難忘」は「異男忘」と同音であるところから、愛した異性愛者を忘れがたいゲイの気持ちを表すことがある。

鶏婆は嫁にも行かず、娶りもせず、生涯子無しの定めであった。跡継ぎもいないけれど邪魔になるものもない。しょせんこの人生に望みはないし、だからさっぱり心配事もないのである。

阿良は結局のところ望みは持っていたようで、暇することがなければ家の囲いのそばに佇《たたず》み、グラウンドで子どもたちが遊んでいるのを眺めた。うらやましそうなまなざしで、博愛の情が満面にあふれている。愛しいものを見つめるように。そのうちの一人はまるで彼の股下から這い出てきたかのようだった。「子どもを生むっていうのはどんな感じなの?」「痛いよ」私は言った。「もう人間をやめたいと思うくらい痛い」「そうなの? うーん、じゃあ一度痛い思いをしてみたいものだわ」「バカなことは言わないでちょうだい」「一生で一度のバカなら喜んでしたいわ」

阿良はバカをする必要はない。六人の姉が彼に代わって競ってバカをしたのだから。そうは言っても、夫の家が許すかどうかは見極めなければならないし、それに、一人しか生まなかったり、一人も生まなかったりなんていう姉もいた。跡継ぎのことを考えて、その気持ちはあってもどうしようもない。女きょうだいは実家の跡継ぎのことであれこれ心配し、我慢できずに阿良を袋小路に追い詰め、むかしは五番目か六番目の姉が婿養子をとろうかと考えたこともあった。ただ家には明らかに息子がいるのに、そんなことまですれば、体面が立たないというものだし、いろいろ気を揉んでぐずぐずしているうちに長引いて、この話はうやむやになってしまった。

ポン、ポン、ポン。音が耳の中で飛び跳ねる。繰り返し落ちたりまた跳びあがったりする。ディフェンスをかわし、目の前を掠めるように、シュート。ボールがリングに入って、得点。何人かの小学六年生がコートで牙をむき出しにしていた。まるで闘鶏場で戦う雄鶏のようだ。優勢なのはいちばん背の高い子で、ほとんど他の子どもたちを圧倒しながらプレイしていた。ちょっと足を動かし手を伸ばすだけで、ボールは彼の支配下に入った。

「李志杰《リージーチエ》、ぶつかるなよ！」「ぶつかってねえよ」「ぶつかった」「ぶつかってない」「はっきりとぶつかってるだろ、この嘘つき！」「誰が嘘つきだよ?!」「おまえだ！」「クソ、バカ野郎！」二人の言い合いは取っ組みあいになりそうで、他の四人は間に入ったり、煽《あお》ったりする者もいて、ひどく騒がしい。阿良はまずい状況だと見て取り、急いでバスケットコートの側面の囲いのあたりで叫んだ。「あんたたち、取っ組みあいはダメよ！」

「取っ組みあいなんてしてねえ、おれたちはバスケットしてるんだ。あの二人は言い合いしてるんだ、取っ組みあいじゃねえ」「そうなの？　すぐにでも取っ組みあいになりそうな感じよ」「てめえには関係ねえ！」背の高い子が不快そうな表情で叫ぶ。「あたしはただあんたたちが取っ組みあいを始めないか心配してるだけよ」「始めたからっててめえには関係ねえ」「わかったわ、あたしのおせっかいだったようね」阿良はくやしそうな表情で言った。「あたしは鶏婆《ゲエポオ》なんだからね」子どもたちはそれを聞くやみな笑った。背の高い子がひとり、顔をこわばらせたままにしているのを除いては。

阿良はただひたすら自分が鶏婆《おせっかい》でいようとはしていたが、他人に対してはそこまで鶏婆《おせっかい》であろうとはしなかった。結局のところ鶏婆《ゲエポオ》が人に鶏婆《おせっかい》をしたら、人にふられてしまうとも限らない。「子どもたちにまで鶏婆だと嫌がられるとは思いもしなかったわ」彼は気落ちしたように言った。「それはあの子たちの礼儀がなってないだけよ、あの子のことで気を揉むのはやめなさい」私は慰めるように言った。でもまったくその必要はない。彼は六十年無駄に生きてきたわけではない。もうとっくに達観しているのである。

「あの男の子……」彼は何かを言おうとしてやめた。「どうしたの？　見覚えがない？　あの子はこの学期に転校してきたばかりなの」「いや、そういうことじゃない」「じゃあなに？」「ただちょっと、あの子の眼に……」「え？」「棘があるように感じたの」「棘？　バラの棘それともサボテンの棘？」私は冗談めかして訊いた。「どちらでもないわ」彼は気まじめに答えた。「老成して世故に長けたような棘よ」

阿良の鶏婆心は誰よりもこまやかで、両の目はまるで因果や運命を見透かせるような機敏さを備え、もしも私が早くから内情について詳しく知っていなかったら、おそらく何の手がかりも見出すことはできなかったろう。あの李志杰という名の少年は性格がひねくれたクソガキに過ぎないと思い込んでいたが、彼の両親があんなふうに騒ぎ立てた結果、彼を祖父母のもとに放り投げなければならなくなったとは、誰が知っているというのだろうか。

「離婚したの？」「離婚ならまだいいわよ、こんな結末で、子どもに苦しみを与えるようなことにはならなかっただろうし」「どういうこと？」「男のほうは愛人を作り、女のほうは命をやっちゃったのよ」「誰の命を？」「彼女じしんのよ」

一枚の白い紙を前に広げ、両手には三寸の鶏筆を持ち、左右に弓を引くように、まず左はらい、次に横棒、そして縦棒と続け、同じ墨でひとつらなりの文字を書いた。人生一世に寄す、奄忽《えんこつ》たること飆塵《ひょうじん》の若し。[*2]二行の筆跡はまったく同じようで、少しも見劣りがしなかった。

「なんの詩なの？」「古詩十九首よ」「迢迢《ちょうちょう》たり牽牛星？　それとも青青《せいせい》たり河畔の草？」「今日良宴会《こんにちりょうえんかい》よ」

「あ、良の字があるなんて、あんたにぴったりじゃない！」彼は私をじろりと見た。いくばくかの媚びを帯びていたが、またすぐにそれを引っ込め、まっすぐに紙の上の墨跡を見つめた。「これがあんたがずっと書きたかったものなの？」「いや、稽古してるだけさ」と、すぐに紙を丸めて、くずかごに放り投げる。かごのなかにうず高く積まれた書き損じの字句は、彼の心のなかの押し殺された願いのように、口に出して訴えることもできず、ただ夭折するにまかせるしかない。

阿良は字を金のように惜しんだ。筆のおろし方を何度も熟考するのはまだしも、書き損じは我慢できずに気持ちのおもむくまま捨てて、すべて惜字亭《せきじてい》〔敬意を以て不要な文書を焼く炉〕に持っていって燃やした。彼に書画を売ってくれと頼むと、さらにことのほか惜しむが、春聯を書くことはむしろ願い、商売はせず、人情《きもち》をもらうだけだった。阿財の家の門口に貼られた対聯〔対になっためでたい字句〕は彼の手によるもので、毎年のようにそんなふうだった。とにかく阿良は字を惜しんだが、それより人をもっと惜しんだことは誰も知るまい。

人という字は二画で、対になってようやく人となる。阿良は左はらいを独り占めにしたが、右のはらいは欠席のまま、人はどこに？　阿財とは結局のところ一緒になれないし、てきとうに誰か探して間に合わせればいいじゃないかと言ったところで、阿良はそんなことは考えたこともなく、ずけずけと言いたい放題でこの歳になったのだ、これ以上どんな高望みができるというのだろう。「むかしのあの金物工場の社長は？　ほんとうに連絡しなくなったの？」「してないわ。もうずいぶんむかしのことよ。向こうはとっくに連れ合いを見つけたんでしょうよ」阿良は言い終わるとしばらく黙って考え込み、まるで十年前に戻ってしまったようだ。彼が帰郷したあの年、太鼓腹で福々しい男が、スーツを窮屈そうに身にまとい、北部

＊2　『文選』に収められた作者不詳の五言詩である古詩十九首の一。「今日良宴会」の一節。

から追いかけてきたのだった。

「あの時はプロポーズかと思って見てたわよ！」私は笑って言った。阿良もつられて笑いながら言う。「へっ、婚礼祝いの宴会みたいだったけど、プロポーズは御免よ」「あんたって人は、ほんとうに身の丈以上の幸せを願わないのね。彼氏なんてそうそう見つかるもんじゃないわよ！」「確かに、得難い、得難いものよね」「後悔してるの？」阿良は黙ったまま、筆を持って墨をふくませ、紙に大きな人という字を書いた。最初の左はらいは深くそして重く筆を置き、右はらいは軽く淡く、末端はほとんど見えなかった。人となれば、むろんうれしい。人にならなくても、差し支えはない。彼はあっさりと言った。

人となるかならないかはたいしたことではないが、家をなすかなさないかは事《こと》だ。私は内心想像したが、口には出せなかった。阿良は心のなかではおそらくわかっていただろう。彼の父親は生前この鶏婆の息子が性転換し、妻を娶り家を成し子を生むことを熱望していた。そうやって孤独に一生を終えることがなければよい、と。阿良は早くから自ら一家を成そうという考えを持っていた。書道家の道だけではなく、今後の余生もまたそうあれかしと。

「あんたの髪はどうにかこうにか前と同じくらいの長さになったね」私は言った。「まだよ、まだ六尺にも届かないわ！」阿良は言いながら手を伸ばし、髪を梳《と》かした。私の脳裏にふと彼がスポーツ刈りにしたときの様子が浮かんだ。彼の父親が亡くなったとき、彼はきっぱりと長髪を切り落としてしまったのである。通夜のときに髪や髭を切ってはいけないという禁忌を一顧だにもせずに。

親友や隣人もみんな彼の不孝を非難した。切るべきときに切らず、切るべきでないときに切ってしまうなんて。わざと父親に歯向かおうとしたんだろうか。私はあの時彼が悲痛な面持ちで、冷たく小さな声でつぶやいたのをまだ覚えている。「ええ、私は親不孝者よ、生涯親不孝を続けることになるのなら、せめて一度くらいは父にしっかり孝行したいと思ったの。父のためにほんとうの息子になったのよ……」

「骨折り損だったな、こんな鶏婆の息子を生んで親不孝をされるなんて！」そばにいる者はみな非難の言葉をさらに口にする。「ほんとうに不孝なことだ。良心というものはあるのかね？」罵声は延々と、哭声《こくせい》は滔々と。孝女は哭して孝たるが、阿良は哭せず孝たらず。黙々と涙を呑み込んで、自らに哭し、自らに孝たらん。

瞬く間に十年が過ぎた。阿良の頭髪の伸びた分が、彼じしんが父親のために故郷に留まった時間だ。良心に縛られたのだと言って。もとは父親の死に目に間に合わなかった負い目もあり、家を離れる勇気がなかったのである。「私は両親に借りが多すぎるのよ！」彼は気持ちを込めて意味深長に嘆いた。「みんな同じよ」私は彼を慰めて言った。「生きていれば、どうしたって借りを作ってしまうものよ！」話が終わらぬうちに、彼はまたため息をつく。

阿良好《ハオ》、阿良妙《ミャオ》、阿良阿良コケコッコー、阿良は阿娘《おんな》になりたくて、心も姿も娘《おんな》っぽい、そのうえ良知良能だ、阿良の娘《はは》まだ達者、娘《おんな》の順番回りません。阿良はたしかに娘《おんな》だが、しょっちゅう娘《おんな》を忘れちゃう、天地も忘れ、父母忘れ、一生ほとんどすっからかん。「阿良が花嫁をもらったよ、うちの阿良に嫁さんが来るよ！」老いさらばえた目で、阿財を阿良と取り違え、阿良を嫁と間違えた。「娘《かあさん》、僕は阿良だよ、母さんの嫁じゃないよ！」「おだまり、阿良のどこが女なんだい！」阿良は聞いて笑み浮かべ、切ない気持ちも込み上げる。長髪巻いて束ねたら、息子のようなふりをする。「母さん、僕は阿良だよ、わかる？」「おまえが……阿良？　そうそうそう、おまえは阿良よ！」阿良はやはり阿良であり、阿娘はやはり阿娘なのだ。良人《おとこ》は結局娘《おんな》になれず、娘人《おかま》は阿良になるしかない。順溜口《シュンリウコウ》〔民間で流行する話し言葉の韻文〕ならでたらめもたやすいが、実際の人生を歩むのは生半可なことではない。阿良はここを離れ、再び帰ってきた。豪勢で享楽的な生活をくぐりぬけてきたが、到底夜半の郷愁には敵わない。「ほんとうに幸せそうねえ、この若者たちは！」阿良はテレビを見ながら言う。ニュースでは列をなしたパレードの隊伍が映った。男も女も手にレインボー・フラッグを持ち、カメラに向かって歯を出して笑っている。「ほんとうに運がいいわね、こんな時代に生きられて、もうあんな遠回りをすることもないのね」「あんただってこんな時代に生きてるじゃないの」私は言った。彼は苦笑して答えた。「生きてはいるけど、だけどひと足遅かったわね」「あんたは遅いんじゃないよ、早かったの。とっくに気がねなんてしてなかったでしょう?」「うん、言われてみればそうね」彼は顔を半分隠して恥ずかしそうにしなをつくった。はすっぱな娘のように。「隠れる必要がないっていうのはほんとうにいいことよ」彼はうらやましそうに言った。画面は都会の光景を映し出し、あたかも彼が過ごした時間を再現しているようだ。「あの道は、歩いたことがある……」話も半分で、すぐに虚空へと落下していく。昔のことを話題にするたびに、阿良は慚愧《ざんき》の表情をあらわにする。しかたがない。若い時の自堕落は避けがたいもの。その自堕落には私にもいくらかは身に覚えがあった。

　私は阿良と同じ年に大学に上がった。二人とも北部の大学だが、かなり離れていたのでふだんはなかなか会えず、電話で連絡しあうのみだった。阿良は大学二年の年に休学した。口では勉強したくないのだと言うが、実際には留まっていられなくなったのだ。彼の鶏婆のような姿は人の目を引き過ぎたし、いじめもだいぶ受けた。私はがんばるようにと励ました。あの頃、大学と言えばどこだって難関だ。村には大学生が極めて少なく、十本の指にも満たないくらいだったろう。学び続けることは結局は面子のためでもあったのだ。彼は私の話も聞かず、かといって家に帰りたくもなかった。家に無心をするのはもっと嫌なので、てきとうに使い走りの仕事を探してはその日暮らしをしていた。暇なときはいつも、自分のお仲間のいるところをうろついた。公園、バー、サウナ。ナンパはしたし、されもした。絶え間なく何人かとくっついたが、ゆきずりの場合もあるし、まじめなつきあいもあった。あちこちと住まいを変え、十か所を下らなかった。

「十か所を下らないっていうのは控えめに過ぎるわ。毎日のように転々としていたこともあるのよ！　ハハ、若気の至りね。一日中考えるのはあのことばかり、いまはそんな勇気はないし、気力もない。老いぼれはまもなくおだぶつになってしまうのに、まだみだらなことをしようなんて、もう死んじゃうわよ！」阿良がみだらなことと言ったとき、顔色がふいに暗くなる。たぶん楽しくない過去のことを思い出したんだろう。

保守的だったあの頃、こっそりと人知れず行わなければならなかったことばかりだった。表沙汰にはできないからといって、むりやり暗がりからつまみだそうとする意地悪な連中もいた。阿良は昔警察に連行されたことがある。警察が抜き打ち検査でサウナに突入し、中にいた一群がみな公然猥褻罪で強制拘留となったのだ。掃討作戦は数日に及び、新聞の紙面も数日にぎわした。当時新聞に載った写真には、みんな頭を覆い顔を隠していたが、阿良だけがカメラを見つめ、泰然自若として、逃げも隠れもしていなかった。

「フン、間違ったことをしてるわけでもあるまいし！」後にそれが話題に上ると、阿良はいつもそう言った。あの時、阿良は遅々として身元引受人が見つからなかった。私は用事があって電話を受けられなかったのだ。後になんと阿財が六、七時間も白タクに乗って、その夜のうちに駆けつけて彼の身元を引き受けたのである。「ほんとうに情義があるということね」阿良は言った。情義はこれにとどまらない。十本の指では数えきれない。情義があるというこの言葉を阿良はよく口にした。口にして十数年二十年になった。さらに二、三十年口にし続ける価値がある。

それから何年経っても、振り返ってみれば、阿良はその過去についてなお耐えがたく感じるのだった。幸いこの耐えがたさのなかにも一縷《いちる》の喜びと慰めはある。「やはり身内がいちばんね」彼は言った。「誰ん家の？」わかっているのに私はわざと尋ねる。彼は私を一目見て、声を出さずに笑っているだけだった。よろしい、これ以上は申さずともね。よくわかっているんだから。

書道教室はがらんとしていて、残されているのは二人きりだった。机に向かって構え、筆を舞わせ、墨を躍らせた。一本の老いた手が先導し、一本の若い手が後に続く。「気を静めて、あせらないで、ゆっくりとね……」点は点、鈎《かぎ》は鈎、提《はね》、彎《そり》、撇《左はらい》、捺《右はらい》、横《よこ》、竪《たて》の八画である。永の字が、少年の筆の下で立派な姿を現し、阿良が書いたものとほとんど差がなかった。

「あなたの字はなかなかいいわ。ちょっと落ち着きがなさすぎるけど。心がまだじゅうぶんに定まってないのよ」阿良は言った。「おれは書きたくなんかないんだ。あんたたちがやれっていうから」「学校は誰かをコンクールに参加させたいんでしょ。あなたがいちばんじょうずなのよ。あなたにやらせないで誰にやらせるのよ？」「そんなクソコンクールなんて屁みたいなもん、おれの知ったことかよ！」「おやまあ、おだやかじゃないのね。屁の字は取り下げなさい」「屁みたいなもん知ったことか！」「まだ言うのね！」「屁屁屁屁、ぜんぶ屁にしてやるよ！」

屁孩《クソがき》め。屁孩は何人も見てきたが、こんなに屁《クソ》なのにはお目にかかったことがない。屁《クソ》は屁なのだが、才能はピカイチだった。琴、碁、書、画にはひと通り手をつけていて、家の出費はきっと少なくないだろう。外見も抜きんでていて、どんな良いところもぜんぶ独り占めなのだが、あのひねくれた性格だけは、さらにお金をつぎ込んだところで直らないだろう。

「李志杰、あんたは何年くらい書道を習っているの?」「おれはまだ十二歳なのに、何年も習えるかっていうんだ!」「うん、だから何年なの」「十二年」「え?」「引く十年」「まあ」「足す一年」「あら!」私はふざけるのはおよしなさいと彼に言った。三年なら三年と言えばいいものを。一言で済むのにくどくどと。「いいことだわね。あなたがお稽古事できるように家にお金を出してもらえるなんて」阿良は言った。「母さんが教えてくれるんだ」「あなたのお母さんは書道の先生なの?」「違うよ。おれにしか教えてないし」彼は阿良の長髪を見つめて、母親の髪も長いのだと言った。首のところで何周も巻けるくらいの長さだと。「じゃあお母さんも髪を筆にして書いてるの?」私は尋ねる。彼はそれには答えず、じっと阿良の長髪を見つめながら、やぶからぼうに言った。「首を吊った人を見たことはある?」阿良はしばらくぽかんとして、押し黙ったまま首を横に振った。少年の幼い顔には満面、人生の浮き沈みが現れている。何度も人生をくぐりぬけてきたようだ。そして冷ややかに呪詛の言葉を吐き出した。「おれはある」

阿良の呪詛を私は見たことがある。彼が少年の年の頃に、頭髪がだんだん伸び始めた。青春がまさに花開くころ、少年が男へと変身し、少女は女へと成長する時期だ。しかし阿良は、風変わりな花に成長した。花蕊《かずい》のように美しく、俗に落ちることもない。みなは見てよく思わず、こぞって摘み取り、踏みつけて、どうしても花を俗に貶《おとし》めなければ気が済まなかったのである。

屋外では陽光が地面いっぱいに注ぎ、眼が火傷してしまうほどの熱さだ。視線の及ぶところは焼き尽くしたが、陰気で冷たい室内までは蔓延《はびこ》ってこなかった。「ここはほんとうに寒いわね。鳥肌が立ってくるわ」私は言った。阿良と少年は習字に没頭し、私に気が散らされることなど少しもない。彼らふたりはみこが祭祀を行うように、一筆一画の儀式のなかで、祈り呪い、招魂し、ゆっくりと過去の幻影を呼び出す。ぼんやりとしている間に、阿良の長髪がだんだん減っていき、減れば減るほど、短くなっていく。やがて舞勺《ぶしゃく》の年〔男子十三～十五歳のころ〕の短さになって、彼の額には一枚の護符が乱暴に貼られている。

「こいつは冤親債主《おんしんさいしゅ》に纏《まと》わりつかれたんじゃ！」タンキー〔民間信仰における霊媒師、シャーマン〕は頭を揺らしながら、神のお告げを口にする。「こいつの体内には女のおばけが住んでおる。それでこんな男でも女でもないようなざまになっておるのだ！」言い終わるとまじないを唱え始め、手を振り足を踏みならして構えると、口に含んだ酒を阿良の顔に噴きつけた。阿良は驚いて叫び声をあげ、そのすさまじさは化けの皮が剝がれたおばけのようだ。押さえつけられた身体は絶えずもがき、辱めを受けたような表情で泣き叫ぶ。「やめて、はやく放してちょうだい！　私がなにか間違えたことをしたというの？」

「大胆な悪鬼め、済公《さいこう》〔風狂だが民間で愛される活仏〕はここにおるぞ、はやく退散せよ！」生き仏は法術を弄したが、いくら弄しても効果はない。こんどは城隍《じょうこう》〔土地の守り神〕に正義を求めたが、城隍爺《じょうこうや》も役には立たなかった。そこで五《ご》年千歳《ねんせんざい》〔辟邪と治世の神である王爺〕を頼ることにしたが、惜しいことになお成すところなく、続いて媽祖婆《マーズーポー》〔航海の女神〕を拝し、太子爺《たいしや》〔道教神の哪吒太子〕に跪《ひざまず》き、保生大帝《ほせいたいてい》〔福建から台湾に渡り広く信仰される道教神〕に祈り、香の灰や護符の灰が溶けた水、苦しみを嘗め尽くした。

タンキーは、神の霊験が失われたのは、仙仏には救いがたいからだと言い訳したり、あるいはおばけなどではなく、病気だったのだと意見を変えたりした。おばけなら神頼みだが、病気なら医者頼みだ。漢方医は陽の気を補い、西洋医は心の病を診て、ヤミ医者の民間処方は命を救う。頭のてっぺんから足の先まで治療して、彼ひとりだけは治せても、衆人の無知蒙昧は救えない。

「筆をおろすときは重過ぎぬように、軽めにすれば、最後がうまく収まるわ……」阿良は少年のために運筆を教える。その荘厳な姿は観音のようで、妙なる筆先から蓮の花が咲きこぼれるようだ。当時を思い起こせば、観音さまが阿良の父母にこの道理を納得させたのだろう。男の身ながら女の姿でもよいし、男の体に女の魂だってかまわない。陰と陽とが重なり合い、もとは一体だったのである。

鶏は啼いても婆《つま》は啼かぬ。鶏が啼くのは哀《かな》しかないが、婆《つま》が啼かぬはただ哀し。阿財の妻は老いを待たず、数年前には亡くなった。屋内は鶏の声で満ちていたが、声の半分を失ってしまい、阿財は二度目の春を待ち望んで啼き続けていた。隣近所や親類、友人が縁結びの糸を、繰り返し引っ張ってきた。鶏を引っ張り、婆を引っ張ってはきたが、鶏婆は引っ張ってこられない。

阿良が引っ張られることも引っ張ってやることもしなかったのは、阿財が後妻を娶るのが嫌だったからだ。私心からではなく、彼の亡き妻との間に深いよしみがあったからで、彼女の地位を誰にも奪ってほしくなかったのである。「娶るってどういうことよ？　こんな年になればもう先は長くないのに、またやらかそうとするなんて！」彼はとにかく腹を立てていた。「そんなことを言っちゃだめよ、彼女があの世で知ったなら、誰かが彼のことをそばで面倒をみてほしいと思うはずよ」私はとりなそうとしたが、阿良はその気持ちを汲もうともしない。

七夕が過ぎ、中元に至り、それから三日経つと、村の大醮《だいしょう》祭だ。神を祀り、亡霊を供養し、人々をもてなす。家々では供物を並べ礼拝したり、宴席を設けて客を饗応したりする。人の世の歓声は満ち満ちて、天庭に届き、地府に達し、衆生《しゅじょう》と鬼神はともに楽しむのである。

阿財は六卓の宴席を設け、新旧の友をもてなし、養鶏事業で世話になったことに謝意を示したのだった。阿良も賑やかしにやって来る。家には人手は少なくて、女のきょうだいはよそへ嫁にいき、老母は長年介護施設で過ごしている。家屋には人けがなくて荒れ放題、季節の節句は簡単に済ませるか省略してしまう。彼は阿財の家に遊びに行くと、自分の家のように過ごしたのだった。

「さあ、みなさん心ゆくまで、ビールでもコーリャン酒でもご自由に」阿財は友と酒を勧めあい、勧めるうちに無理やりに、飲んで飲ませて酔いつぶれ。「何箱何ダースの酒を今日飲んでしまわずに、明日まで置いておく道理がどこにある?」われもわれもと語りあい、われもわれもと酒瓶を空ける。酒に話が混じりあい、話が酒に添えられる。酒と話をともに飲み、話と酒をともに語ったのだ。

ひとりの女が阿財にぴったりくっついて、口では熱々の甘い言葉をささやいて、目には冷たい敵意を浮かべ、阿良を残忍に見つめていた。まるで盗人から身を守るように。女はもともと豚飼いに嫁いだが、夫は短命早死にし、続いて牛飼いに嫁いだが、何年も経たずにまた逝った。いまでは鶏飼いを狙っているというわけだ。天の神様お願いだ、二度あることは三度ある、それだけはないようにと願うのみ。

二人は出会ってひと月余りに過ぎないが、結婚の言葉も出るまでになった。鉄は熱いうちに打てというが、阿財の鉄は冷たくなってもう何年にもなる。いまこの色気のある鶏と知り合って、熱くなったらもうとめどがない。

「阿良、おれの爺さんが生前こう言ってたんだ。人様の恩は忘れてはいけないとな……もう何十年も前、鶏の流行り病が襲ったとき、うちの鶏は全滅してしまった……もしもおまえのところが善意で金を出して救ってくれなければ、おれの家はひどいことになっていただろう！」阿財は耳まで赤くして酔っぱらいながら、いつまでも続けた。阿良は彼に、もういいわ、昔のことを引っ張り出すのはやめようとなだめる。彼は猿の尻のように顔を赤くして、飲んでは吐き、吐いては飲んだ。あの女は、ひどい目に遭わないようにと、遠くへ避難した。阿良はといえば意にも介さず、身体じゅうに吐かれても顔色一つ変えず、ちり紙をとって阿財の口元へと持っていった。

「阿良や、お前はなんて優しいんだ。ほんとうに残念だよ、女の子じゃないっていうのがな。でなけりゃおれがきっと嫁にもらったのに！」「でたらめを言わないでよ！」阿良は笑いながら怒る。「飲みすぎちゃダメって言ったじゃないの、酔いつぶれてそんなでたらめを言うなんて！」「ほんとうだよ、でたらめじゃない。おれは神様に誓うよ、嘘なら来世は鶏にしてくれって……」「もうやめて、みんなが本気にするじゃないの！」阿良は女をちらっと見たが、彼女も猿の尻のように顔を真っ赤にしているだけだった。どれだけ酒を仰いだというのだろう。

大廟のあたりに花火が光り輝き、それは幻惑するように煌《きら》めいては目を奪う。無数の星が生まれそして死にゆくように点滅し、瞬く間に消えていく。阿良は服の汚れを取ろうと屋内に入ったが、なかなか出てこなかった。彼が見逃してしまうのを心配して、中へ呼びに行くと、裏口にしがみついて、満面の涙が花火の光で燃えていた。悲しい歌が始まり、泣き声が遺される。彼は涙を流し、泣き続けていた。誰にも知られずに。私は黙ってそこから離れ、この最後のささやかな砦を彼に残してあげたのだ。

校門に貼られた赤い紙に、よい知らせが墨で書かれていた。「祝本校六年乙班李志杰君県小中学校書道コンクール高学年の部第二位受賞」

文字は阿良が書いたが、指導教師の名は省いた。たぶんこの功労を自分のものにしたくなかったのだろうが、それでも得意満面な表情で、自分の受賞よりもはるかにうれしそうだった。けれども少年はちっとも喜んではおらず、まったく乗り気ではないような表情である。

「どうしたの？　二位だったのが不満なの？」「そうじゃない」「ならどうしたのよ？」「騙されたんだよ」「誰があんたを騙すっていうの？」「あんたたちだよ！」

「私が悪いのよ」阿良はきまり悪そうに言った。「この子には事前に言わなかったのよ。上位三名は県の代表で全国大会に出場するってこと」「そのことで騙してたのね、それはよかった」少年は私を白い目で見つめた。机の上の画仙紙よりもずっと白い目で。

毎週月、水、金の戌《いぬ》の時〔午後七時から九時ごろ〕というのが、彼ら二人の稽古の時間だった。書道のわざは武芸のそれと同じで、いくら上手でも、長く磨いていなければなまってしまうものだ。阿良は上達させようと必死になり、それまでの苦労が水泡に帰すのを心配して、少年にはむりやりでもたくさん書かせようとした。

少年の家はしつけが厳しいが、これについては楽観していた。夕飯後には彼を稽古に出かけさせるが、これを口実にして、稽古のない日にも彼がよく外出しているのは知らなかった。ひとりバスケットコートで汗を振り払いながら走り、世界を壊滅させようとしているかのように、身体じゅうに力をみなぎらせていたのを。

「バスケットはできる？」少年は阿良に尋ねた。「できないわ、生まれてこの方やったことがない」「教えてほしい?」「運動は苦手なのよ」「あせらずゆっくり教えてあげるよ」少年は上半身裸で、汗を滴らせながら、暗闇の中を動きまわり、光を放つ。

「さあ! いっしょにやろうよ」「私、本当にダメなのよ……」口ではダメと言いながら、両足のほうはいいらしく、まっすぐコートへと向かっていった。「シュートしてみればいい、試してみて」夜の帳《とばり》が降りてきて、星も月の光もほとんどない。グラウンドには二、三の人影が見えたが、コートのほうはもう彼ら二人の影も見えず、ガランガラン、ガランガランというシュートの音が聞こえるだけだった。

翌日の朝、最初の鶏の鳴き声が聞こえると、流言がもうお日様より高く昇っていた。どこぞの家の誰かが誰かに、誰と誰がいっしょにいるのを見たと伝え、誰と誰のほうも、誰かが誰かにその誰は誰だと伝えているのを目撃するといったぐあいに。私はすぐに書道教室に駆けつけると、阿良は壁に寄りかかったまま、机に広げられた紙をまっすぐに見つめているだけだった。

「あんた……」「うん?」「朝の市場で噂が立ってるわ、まったくでたらめもいいところよ、そんなことは信じてないから……」「私はあの子をちょっと抱きしめてやっただけよ」「え?」「あの子が泣いてね、それはもうなすすべもないように泣くのよ。あの子を慰めてやりたかっただけなの……」阿良は目の前の白い紙を見つめていたが、見ていたのは、昨夜の闇夜だった。

「死んじまえ、死ぬべきやつはみんな死んじまえばいい!」ガランガラン、ポン、ポン、ポン、ガランガラン。「死ぬべきやつ?」「犯人」「何の犯人よ?」「母さんを殺したやつ」少年は一球また一球、ガランガラン、スリーポイントシュートを四回連続決めた。「神様お願い、おれが十回連続シュートできたら、あいつらを殺してください!」彼は力いっぱい投げたが、ボールはリングの外に弾き返された。「チクショウ!」

「お母さんはあんたがそんなことをするのを望んでいないわよ」「うるさい！　シュートしろよ！」「もういい。こんなのもうやらないわ！」「チクショウ。そんなところでぶつくさ言ってんじゃねえ」少年は泣きながら叫んだ。「死んだのがあんたの母さんだったら、そんなに呑気なこと言ってられるのかよ？」ボールが地面に落ちて転がり、遠ざかっていったが、泣き声はその分大きくなっていった。

「ごめんね」阿良は言った。「ほんとうにごめんね……」


書道教室は閉じることになった。醜聞は八方に広がり、人々は真相を知ろうとはせず、流言をそのまま信じ込んだのだ。「なんて恥知らずなの、いい年をしてまだ……子どもはしっかり守らなければね、あの鶏婆に誘拐されないように！」口から口へと伝わって、嘘がまことになったのだ。

泣きっ面に蜂とはこのことだ。その一件がまだ収まらないうちに、阿良は母親を失うことになった。寝ているうちに逝ったのだという。「いい死に方で、ほんとうにいい人生だったわよね」阿良はぶつぶつひとりごち、顔には笑みまで浮かべていたので、みなは狂ってしまったのかと思ったほどだ。

阿良は葬儀で、阿財は婚礼。嫁入りと出棺の日がぶつかった。阿財はそれを避けようと、別の吉日に宴を設けようとしたが、女のほうが、婚礼の日取りはすでに決まっていると、首を縦に振らなかったのである。女はもともと阿良をよく思わず、流言が飛び交うようになってからは彼ら二人の行き来をさらに極力阻止しようとした。阿財が今回訪ねたのも女の目を盗んでのことだった。

「気にしないでよね」阿良は彼に言った。「お互いそれぞれ事情があるんだから！　あんたがこうやって線香をあげに来てくれて、それだけでもうじゅうぶんよ」阿財は頷いて、何か言いたげだったが、二人はしばらく黙ったまま、余計なことはなにも言わなかった。情義は尽くして、もうほんとうに、終わったのだ。

葬送の響きに、喜びの爆竹。同じ喧噪のなかに、二通りの情義。阿良の髪は一夜にして白くなり、長年の黒髪はもう存在しない。村人たちはあれこれと取りざたした。まるで天変地異を目撃したかのように、でたらめな物語を編んだのである。「あいつはきっと子どもの精気を吸っていたから、六十年も墨のような黒髪だったんだ！」「だからよう、いつも家の囲い越しに子どもたちを見てたんだな、ああおっかねえ……」

偽りの妄言が阿良の耳を侵すことはなかった。阿良は長髪をばっさりと切って、息子として老母の最後の見送りをした。昔と同じように涙は見せなかったが、心では喪に服していた。葬儀の後、阿良は姉たちと相談し、実家の不動産や家業を分配した。阿良は自分の分を甥っ子、六番目の姉のいちばん下の息子に譲った。その子は母親の姓を名乗ることになり、ご先祖様にとっても跡継ぎができた。阿良のうしろめたさをなくしてくれる世継ぎとなった。

「そろそろ出ていくときが来たようよ」ある日の朝早く、阿良が私のところに別れを告げに来た。「どこへ行くつもり？」「私が行くべきところへよ」阿良は帽子を取って、大きな光の環をあらわにした。「私の家の衣類はぜんぶあんたに譲るわ。私にはもう必要ないから」

「ねえ、また戻ってくるわよね？」阿良は何も言わず、笑顔を見せただけで、すぐに背を向けると、遠ざかっていく。だん、だん、遠くへ、と。

私は書道教室にやって来ると、机の上の白い紙に気づいた。阿良がいつも見つめていた、長年思索にふけっていたあの紙だ。紙には何も書いていなかったが、その下には真っ赤な嫁入り衣装が広げられていた。

お日様がギラギラと照りつけていたが、心はもの悲しさに包まれていた。子どもたちのにぎやかな声が襲ってくる。笑い声もあれば、泣き声もあった。コート上の叫び声が取り囲むように攻撃をしかけ、ドリブルの音がポンポンと躍動する。すばやく足が跳びあがると、ガランガランと音がした。

私は嫁入り衣装を胸に捧げ持ち、阿良のように壁に寄りかかって佇《たたず》んだ。そして目ではあの何も書かれていない白紙を見つめながら、彼がまさに一歩一歩、彼方へと歩いていくのを想像した。「阿良……」私は名残惜しく、小声で呼びかけた。

阿良は鶏でなく、婆《おんな》でもなし。鶏になる必要はなく、婆《おんな》にもなれず、もはや鶏婆でもなし。鶏婆は生涯、嫁入りを夢見ていたが、それが叶うことはなし。出嫁《よめいり》はできず、女扁も取り去れば、出家と相成ります。

白猫公園

陳淑瑤

陳淑瑤（ちん・しゅくよう、チェン・シューヤオ）

一九六七年生まれ。長篇小説に『会計簿（流水帳）』、『雲山』、短篇小説集に『海事』、『地老』、『塗雲記』、散文集に『瑤草』、『花之器』などがある。中国時報文学賞、聯合報文学賞、呉濁流文学賞などの受賞歴がある。

「白猫公園（白貓公園）」◉初出＝『自由時報』文芸欄　二〇一二年十二月四、五日　使用テキスト＝短篇集『塗雲記』（印刻、二〇一三）所収のものその晩、彼らは彼をひどく恨んだ。彼らは歩みを止めて、しばらくすべてのことを忘れて、驚喜のまなざしでそれを見つめていた。かれこれ三十分ほども。自分から距離を保ってはいたが、時間のいちばん長い、そしていちばん近くでの接触となった。それはずっと樹木の方を高く見上げ、黒光りして崇めるようなまなざしを向けながら、微動だにしない。首を伸ばして思考する白玉《はくぎょく》の花瓶のようだ。彼は突然、剪定されすぎていまにも新葉が芽吹いてきそうなその樹木に触れた。一羽のありふれた鳥が梢からロケット砲のように空に向かって発射され、同時に、白猫は自動車のルーフから滑りおり、瞬く間に姿を消してしまった。

彼は、彼らの心の解けない謎を解き、彼らを興ざめさせるのをひそかに楽しみながら、白猫を真似て何事もなかったかのように、無表情でいた。ハナモクレンに触って白猫にちょっかいを出しても衆人の怒りを買うに至らないのは、彼らの胸のなかにも同じような心配があったからで、これまで姿を見せることのなかった白猫がこのとき、関心の的になったのである。

付近の公園を彼はすでに詳しく観察していた。のんびりとして、気ままで、ゆるやかに流れるようなこの公園が彼にはいちばん合っている。細長い公園はなかほどを路地によって切断され、外周はおもちゃの列車のような楕円の軌道を描き、園内には不規則な小道が数本巡り、水道の蛇口が三つある。夜の祈禱のように半分うつむき加減で歩いても、そばの景物が光と風によって彼の平たい頬にぶつかってくる。彼は真実の幻影をひとつひとつ突き抜けてゆく。最初はハトが描かれている教会の色付きガラスだった。週末の晩に講座が開かれるたそがれのカフェ、講座のひとつはおなかを露出した女性ダンサー。家庭風の客家《ハッカ》[*1]の古びた麺屋。瞑想学会。住民の出入りを目にすることのない二棟の偽豪邸。最後のワンシーンは小学校で、両側の樹木はそろっておらず、公園のなかにもうひとつ公園があるようだ。

ここまで歩くと、大通りの向かいのスーパーマーケットの壁が白く光り、突然壁にぶつかるような動作をして、彼は向きを変えて折り返す。気にも留めずにいつもより多く歩いたことで新しい情報を得られることもあった。壁にかけられたビニールの袋は、市役所の環境保護局が提供する犬の糞を入れるためのものだった。

外側に面した大通りの歩道を、彼はほとんど歩くことがない。沿道には路上駐車の車が並び、その向かいには古いマンションが並ぶ。さらに行くと教育系の大学がある。たまにここを歩くのは、歩道を遮る二株の大樹「エノキの木」を見に来るためのようだ。樹幹は臨月の妊婦のようにはちきれそうで、上の方にはみっしりとコケが寄生している。ぐっと仰ぎ見ると、頭がくらくらし目が回ってしまう。たぶん老眼のせいだろう、てっぺんにはツリーハウスがあるように見える。市役所はこの二株の樹木に番号を振り、保護植物としていた。彼はこんなにも市役所に対して忠誠心が固いとは、自分ではまったくわからなかった。

ここは国家の最高学府[*2]のすぐそばで、近くには最高学府という名の高級マンションも建っている。彼がこんなものに関心を寄せてどうしようというのか。自分は賢いとうぬぼれる不動産屋の女性従業員だけが、スラムドッグ・ミリオネアと書かれた傘を持つ彼に宣伝ビラをつかませようとする。

雨の日には彼は傘で袋を担ぐ。ほとんどの時間、黒くて大きなゴミ袋をしっかり縛って、サンタクロースのように右肩に載せて運ぶのだが、大きな粽《ちまき》を担いでいるようだ。彼は道中、自分の影がますます別人のようになるのを感じた。

すれ違う人の多くが学生や教職員、そしてごみ捨てついでに散歩に出てくる幸せそうな同棲カップルだ。

抱き合いキスする学生や中年のカップルたちは、ダイヤモンドゲームの駒のようにいくつかの公園を跳びこえてここまで来たのである。週末になると往来が絶えない紫の袈裟《けさ》を着た男女の青壮年が互いにすれ違う。彼らの着ているものには「禅」の字が書かれていた。それに白いフライング・ディスクを投げて牧羊犬に追わせている背の低い男も。

広場のコンクリートで舗装されたところには、大きなケーキがおそらく修正液で描かれている。ケーキの上には、「20」の字形のロウソクが挿してある。ケーキがここに置かれてもう二年経つ。三人の若々しい祖母が音楽に従ってそれを踏みつけながら稽古していた。彼が体の右側を大きく揺らし、左側をもたつかせながら歩く様子は、腹を立てているようで、コンクリートのところまで来ると両足は堅い枝のようになってしまった。彼は荷物を、二本の美しいソテツが植わっている花畑に置いて、ズボンのポケットのなかの石鹸と歯ブラシを半円形の手洗器の縁に並べ、身をかがめて水道の蛇口に向かって頭を下げた。

「ホームレスかな?」

「半分ホームレスだな!」

彼は賢いやつがそんなふうにガールフレンドに答えるのを耳にした。

彼は水をズボンの中に受けて、両手は絶えず下着のゴム紐を弾き、渓流遊びをしているような激しい音を立てている。通りがかりの人で、横目で見ない者はいない。彼は、しだいに一段と見苦しく上着を脱ぎ

＊1　戦乱を逃れて華北から福建や広東に移住した漢族で、独自の文化を持つ。台湾へも十七世紀頃から移住が始まり本省人の一部をなす。

＊2　ここでは大学一般ではなく、台湾を代表するトップレベルの台湾大学を指すと思われる。

去った。今めざしているのは、自己中心的な生活を送ることである。「智慧とは、知識でも、経験でも、思弁でもない。それは自己中心的な態度を超越することだ」彼の独身のおばは聖厳《しょうごん》法師〔台湾の仏教団体「法鼓山」の創始者〕のこの言葉で家族内の揉め事を仲裁するのが大好きだった。いま彼の肉体には知らぬ間に放埒《ほうらつ》な脂肪が一層加わった。寒い冬になると、下着のまま身体を洗うが、奮い立たせるようにより力を込めて洗い、まるで蛇口にさかさまにぶら下がる蝙蝠《こうもり》が、自分の身体にはりついたもう一匹の蝙蝠のような下着をあわてて振り払おうとしているようだった。

　ホームレスが身体を洗うのを目にするのは、一部の住民にとってはほっとするようなことだろうが、気持ちの良いものだとは思わない住民もいる。両者の比率がどれほどか彼には知る由《よし》もないが、彼が後者より前者のほうを嫌がっていることだけはわかる。

　公園のもうひとつの景観——白猫には、まったくマイナスの印象はない。その聖霊のような魅力は、生まれつきのものだ。ある夏の夜、それはあずまやの中の石のテーブルのちょうど真ん中に、まるで雪の積もった山が高く切り立っているかのように、あるいは一輪の月下美人がすっくと立っているかのように座ると、四本の石柱に支えられた簡素なあずまやですら、宮殿の建物のように遥か手の届かないものになってしまう。幸運にももう一度白猫を目にした人はすぐさまそろりそろりと跡をつけ、初めての人は夢中になってそれを追いかけて走り回る。白くて美しく不思議なさまは、闇夜の樹林のなかでひときわ見目麗しい。

　公園の中の樹木は、すごく高いかすごく低いかのどちらかだ。猫はいつも低い樹木の一帯をうろついていて、よくあずまやの裏の茂みにすばやく潜り込んでは、シロハツ〔成長すると白く変色するキノコ〕のように縮こまる。冬の夜には、路上に停車している熱がこもった自動車の下に潜り込む。粘り強いまなざしをくるぶしの位置まで低くして、目を合わせれば、たちまち逃げてゆく。子どもを抱えて追いかける両親が校地の側門に入りこみ、園内のセンサーライトはついたまま、白猫の右の下腹に小さな黒い影があるのに気づき、バカみたいに子どものような口ぶりで言う。「あ、間違えちゃった、白猫王子じゃなかった!」

彼が音のする方を眺めると、小学生が出入りする狭い鉄の門扉のそばに、半円形の欄干があって、その中に草の葉と少なくとも二匹の猫のシルエットの一部が見えた。彼の歩き方に驚いた猫は、敏捷に跳びあがり、どこかに潜り込んでしまった。彼がひんやりとする鋼管の欄干に顔をつけると、それらは不遜な態度で息をひそめ彼と対峙する。彼ですらこのように思った。全部がありふれた、汚いモップのような三毛猫ではないか。

視界には、グラウンドを囲むトラックでジョギングしたり速いスピードで走ったりするスポーツシューズがいくつも見える。猫が身を潜める花壇の左後方には高貴でのんびりとした旗の掲揚台があり、白いグランドピアノのようだ。その瞬間彼は必ずうれしそうな表情になり、猫は申し合わせたかのように彼に向かって怪しげな恫喝するような声を発するのである。

身体を洗う以外には、決して長く留まることはなく、彼はもと来た道をたどり公園を通り抜けてゆく。高い樹木の下のむき出しのぬかるみには野草が枯れて倒れ、ほとんど地面を覆ってから黄葉はようやく掃き集められ、犬小屋のような堆肥箱に入れられる。樹木の根はほしいままに伸びているのを隠そうともしない。一羽の尾のない鳥が、しょっちゅうこのあたりをゆっくり歩いており、彼はその白い斑点のあるヒョウ柄の羽毛を一本拾い上げると、ポケットに入れた。彼は猫の獰猛《どうもう》な態度がもたらす不安を振り払いたかった。ある日気持ちのよい水浴びの後、制服を着た二人の高校生がバス停二つ分以上、彼の跡をずっとつけてきた。もともと大通りを正々堂々と歩くつもりだった彼は、あれこれ考えながら迂回したり蛇行したりすることになった。彼は女たちの熱いコテの響きによって裏道から追い出され、汚水をかぶったりもした。喜ぶべきであり悲しむべきことでもあるのは、彼の頭は明晰なままだということだ、地理感覚はしっかりしているし、家族の歴史、国家の大事についてもきちんと覚えている。毎日、新聞を拾っては読み、気がふれてしまったような形跡は微塵もなかった。

彼がガソリンスタンドの電動洗車機のあたりに入り込んだときのことだ。自分が知能障害の洗車工のひとりであるような振りをして。彼らはすぐに部外者だと察して上司に報告したので、彼はガソリンスタンドの脇の小さな公園へと逃げ込んだ。入口のアーチ型の門には青く光る星が装飾され、両側の鉢植えの棚もピカピカと光っており、彼はクリスマスだと思い込んだ。そこには鉄塔が立っていて、公園には誰もいない。彼は突然任務を解かれたように、気持ちが緩んだ。そのとき、あの少女が歩いてくるのを目にしたのである。少女は彼の前を通ったが、目も向けなかった。彼らは至近距離で少なくとも十五分は話したことがあり、彼女の頭髪の夢のようなジャスミンの香りも嗅いだのだった。彼が経営していた表具店は、さまざまな材料で埋まり、玄関を入ったところの作業台と一対一で向き合える空間がわずかに残されているだけだった。二十年来片付けられたことがなく、木材は不断に積み重ねられている。彼のボロボロの木材のような腕をひと振りして、作業台の上の雑物を全部きれいにすると、妻が飼っている二匹のチワワが驚いてテーブルの縁で震える。その少女は注意深く慎重にパズルのピースをひとつずつはめ込み、得意げに言った。「初めて一五〇〇ピースに挑戦するんだ。店員さんにいちばん難しいのを訊いたら、これを教えてくれたの！」桜の舞う風景の大型パズルだ。

二人は楽しそうに、そして慎重にそれに合う質感や色の額縁について話し合った。まるで赤ちゃんのベッドを選ぶみたいに。「パズルを見るといつもドミノを思い出すんだ。触ったら終わりだと思って心配しちゃう！」彼はそっとそれに触れた。「パズルは死んだドミノだよね！」彼女は言った。

電話番号も残さず、予約金の預かりもない。五営業日でこの「芸術品」を「彫琢」するだけだ。妻は絶えずあてこすり、その口調はほとんど棒をもって叩いてきそうな勢いだ。桜のパズルの少女は二度と戻ってはこなかった。妻は他人の災いを喜ぶかのように言った。「あんたに言ったでしょう。物が大きくなりゃその分簡単に逃げていくってさ！」

半年後、彼はそのパズルを玄関に入って右側、ちょうど作業台を寄せている壁の上方に掛けた。朝、日の光が射しこむころ、その鱗のように精密に並んだ表面、ピースが別のピースの間にはまり、暗がりのなかで押し合いへし合いしている様子を見上げる。彼は眼のふちのまつ毛にくっついた目ヤニを手の甲でゆっくりと拭った。一度もきちんと治ったことがない結膜炎がまたひどくなったようだ。

妻は何度もなりゆき任せで客にそのパズルを勧めたが、いかんともしがたいのは苦労して作り上げた実景の図像はかえって喜ばれず、みな写真のほうがいいと言うことだ。いちばん上の娘が欲しがってもあげないばかりか、「死んでいるか生きているかもわかったもんじゃない！」とあの少女に悪態をついた。

ある日彼は足がつって目が覚めた。軽く足をひきずって店に入ると、壁から消えた大きな桜色の頬紅をぽかんと見つめた。妻はぼさぼさ頭で木材を抱えながら出てきて、突然おばけのように笑って言った。「今日は宝くじを買うよ。朝から商売になったからね。前にあのバカは、二五〇〇元でも要らないと言ったんだよ。あたしは言ってやった、この手作りの額縁は材料費だけでも二五〇〇元はくだらないってね！　あんた当ててみてよ、あたしが今日いくらで売ったかをさ。五〇〇〇元だよ！　店を開けたらすぐよ！　あの人は見る目があるね。あ、あんたどうしちまったんだい？」

彼は作業台の上のチワワを激しくつかんでふるい落とし、木枠をつかんで別の木枠にぶつけた。けれども妻が手にしていたものが彼に向かってきて、結局彼はぶたれて木材が散らばるなかにへたりこんだ。彼の愛する木材が氷柱《つらら》のように彼の肋骨を折り、喉を傷つけたのだ。妻は彼をひっぱたき、ぺっと唾を吐いた。「泣くんじゃない！」

退院後、彼は二度と口を開かなくなった。彼らは口が不自由になったと思い込んだが、彼はがまんして真実を証明しようとはしなかった。言いたくないのかあるいは言えないということなのか。たとえ尊厳を失っても、彼は表装の仕事を愛していた。それは魂に窓枠を与え、人々に永遠の喜びをもたらすようなものなのだ。けれども彼はその生活を続けることはどうしてもできなかった。木を削る騒音や塗料の臭気で近所の住民から苦情が出るので、長いこと彼はひとりで夜なべ仕事に勤《いそ》しみ、限界まで続けた。たいてい真夜中の三時四時になってから、ようやく店の前に停めた小型トラックのなかで横になった。店の入り口は閉めず、明かりもつけたまま、それが週に一日か二日だったのが毎日になり、子どもを学校に送り届けた妻が仕事を引き継いで、助手の立場から一人前の職人となった。妻は彼に粗製乱造を迫り、永遠に終わらない表装の仕事に追い立て、順番に従って、子どもに携帯電話、パソコンを買い与え、車をねだり、最終目標はもちろんマイホームだった。

桜のパズルの少女は、公園を歩き回りながら歌をうたっていた。どうやら英語の曲で、子守歌のようだ。彼女は頭を布で覆っていた。頭部の手術でなければ化学療法を受けているのだろう。まもなくひとりの女性が彼女を連れていった。彼はふたりがマンションに入り、鉄の門扉を閉めるまでずっと跡をつけていった。突然、強烈な犯罪衝動が彼の胸を突きあげる。鉄塔によじ登るとかトイレの鏡を割ってしまうとかいうような。けれども彼は公園に戻り哀愁に浸《ひた》るだけだった。

「ミャーオ、ミャーオ！」白い洋装の女性が背の低い樹木に向かって猫のように鳴いている。それは涙声のようだった。

彼らはバカだ。白猫は鳴いたりしない。いつ失踪したのか確かなことは言えないが、そのとき白猫が車の上に立って樹木を眺めていたのは覚えている。白い洋装の女性は口を開くのをいとわずに彼に尋ねた。「あの白猫を見ませんでしたか？」彼は聞こえないふりをして前へと進み、かなり距離が開いたところで彼女が背後から叫んだ。「背負っているのはなんなの？」彼女は突進してきて彼のゴミ袋を奪った。力が入りすぎて転んでしまい、突然また奮い立って両手で彼のゴミ袋を押さえ、心から望むように言った。「もしもあの子を見つけられたら、あなたにお金をあげてもいいわ！」

その日がついに到来した。それは妻のアイディアでなければ、市政府の交通警察の仕業《しわざ》だろう。つい最近、妻が彼を見つめるまなざしは見たことのないような憐みを帯びていた。彼が表装店の入り口の前にずっと駐めていたおんぼろのトラックはなくなった。マジックショーの箱を押し開くように、歩道の脇の街樹は完全に立ち上がり、手足のように枝を揺り動かしていた。彼のトラックのなかには日除け用に黒いスーツが掛けられていた。彼が新郎になったときに着たものだ。ハンドルにはジャージのズボンが干してあった。ある若い女性は冗談めかすこともなくこう言ったものだ。今ならこんな骨董品のようなジャージのズボンは少なくとも三〇〇〇元以上はすると。足マットの下には千元札が二枚も隠れていたのだが。

向きを変えるのは反射的な動きで、サンダルをひどく引きずってしまう。彼は履きなおそうとするが、寛骨が木切れのようにだめになってしまう。彼は歩いて白猫公園に戻ると、さきほど水浴びしたときびしょびしょになった地面はもう半分乾いていた。夏が公園のなかに一歩足を踏み入れたのだ。主よ感謝します、こんな季節をお与えくださいましたことを。

校地の上空では夜のミサゴが鳴いている。さざ波のようにこだまし、まるで拡声器を通しているかのようだ。

彼は、通りに面したここがいちばん明るいからではなく、もともとここにやって来たいと思っていたのだ。それは彼の最近の変化で、わけのわからない意識に引っ張られる時もあった。

あずまやの向かいの建物で、ふたりの痩せこけた若い女性が商品を並べていた。派手な色合いのアクセサリーはとてもきれいだ。葱餅《ツォンピン》〔小麦粉にネギを混ぜて焼いたもの〕の屋台を片付けたばかりの、彼女らに店舗を貸した老婦人が、傍らに立って見つめている。店の右側には直立した繊細なつくりの鳥籠が壁際の椅子に置かれている。白猫は鳥籠の存在を無視するように、そのなかに背筋を伸ばして座っている。みなも見ていないふりをしていた。彼は、あの日猫が仰ぎ見ていた樹木を力いっぱい揺らす。剪定前に比べ、その葉はより生い茂っていた。白猫は動かずにいたが、まなざしはなにかに集中しており、まるで瞑想しているか、あるいはなにかを鑑定しているかのようだ。これはなんという技なのかと彼は心の中で思った。どうりで彼らが白猫をお気に入りのわけだ。

滑り台のそばでイスラム教徒の女性が、子どもがよじ登っては滑り降りるのを見つめながら、彼から身を守ろうとしていた。彼らのことは何度も見かけたことがあった。やっとのことで校地の狭い門を通り抜け、旗の掲揚台に行って座ろうとする前に、彼はとっさに振り向いた。

老婦人は新しい店子《たなこ》を送り出すと、向かいの公園のあずまやに向かって叫んだ。「ミャーオ、ミャーオ」シャッターを半分まで降ろすと、白猫の顔が隠れて見えなくなったしまった。老婦人は新しく架設されたベニヤ板のそばに立ち、土地を譲るのが名残惜しいようだった。

彼はしゃがんだが、バランスを崩し、左の膝を地面につけた。お高くとまった白猫は無頓着のままだ。遠くで誰かがシャッターを下ろすと、鉄板が巻かれる音が彼を緊張させる。彼は飛びかかるように、すばやく手を出して籠をつかむと、シャッターの下に引きずっていった。そして老婦人はようやくわれに返ったのだった。

老婦人は追いかけてはこなかった。彼女が大通りを横切った時、車にぶつけられて泣き出したのである。彼はあずまやを通り過ぎ、滑り台に隠れた。鳥籠に鍵がかかっているのに気づき、ゴミ袋に手を突っ込んでなかのものを取り出して、鳥籠を黒い大きなゴミ袋に詰めるしかなかった。もともと袋に入れていた蚊帳《かや》を袈裟のように身にまとった。

彼は公園のなかをゆっくりとそぞろ歩いた。わざと不安定なタイルを踏みつけ、その刺激に心弾んだ。そうやって教会の前までやってくるとようやく救急車のウーウーという音を耳にした。白猫は少なくとも五キロはあるだろうと彼は推測した。救急車は老婦人が自分で呼んだのだ。彼は葉がすべて同じ方向に生えている樹木の下まで歩いた。公園の蒸し暑さが頂点にまで達したときはいつも、なぜかはわからないが涼しい風がそこにそっと吹くのである。

虎爺《ホーヤー》

呉明益

呉明益（ご・めいえき、ウー・ミンイ）

一九七一年生まれ。長篇小説に『眠りの航路（睡眠的航線）』（邦訳は白水社、二〇二一）、『複眼人』（邦訳はKADOKAWA、二〇二一）、『自転車泥棒（單車失竊記）』（邦訳は文藝春秋、二〇一八／文春文庫、二〇二一）、短篇小説集に『雨の島（苦雨之地）』（邦訳は河出書房新社、二〇二一）、『本日休業（本日公休）』、『歩道橋の魔術師（天橋上的魔術師）』（邦訳は白水社、二〇一五／河出文庫、二〇二一）などがある。また邦訳に「金魚に命を乞う戦争」（『我的日本』白水社、二〇一九）がある。聯合報文学新人賞、台湾文学賞、紅楼夢賞などの受賞歴がある。

「虎爺（虎爺）」◉初出＝『聯合報』文芸欄　二〇〇一年十月十七日〜二十一日　使用テキスト＝『虎爺』（九歌、二〇〇三）所収のものそれは、一九九四年、僕が初めて軍隊で正月を過ごした時のことだ。間違いなく、僕はこの目で見たのだ。おまえが録音ボタンを押して、虫歯のようなマイクの穴を僕に向け、僕の話す声をヒューヒューと吸い込んでいった。研究室は淡い黄緑色で、それを映したおまえの瞳孔がドーランのような青い光でぎらついている。

二十年近くも会わなかったが、おまえはすでに民俗研究というこの分野の新鋭の研究者になり、一日中ゴム草履を履いて、足の甲は足を踏みあう遊びで打撲の痕が累々とした少年ではもはやない。ビジネスマンのような髪型で、某政党のスポークスマンのようにワックスの使い過ぎだ。

そしておまえと一緒につば吐き競争をしていた僕は、いまや文化人を気取って売れない小説を書いている。でも、あの小説がなかったら、おまえは決して僕に電話をかけてこなかっただろう。もしかしたら、おまえは僕の名前を目にして、ずいぶん経ってから僕のことを思い出したんじゃないのか。ああ、公衆トイレで落書きをするのが好きだったやつだって！　僕が知っているのも二十年前のおまえだ。身長一二〇センチで、あのころ僕と一緒に毛穴を広げて風向きを確かめ、その瞬間、向かいの第一デパートの少年に向かってつばを吐きかけたものだ。いま、おまえのアイロンがけをしてぱりっとしたブランド物のグレーのシャツを見ていると、おまえのことを、まるで初めて足を踏み入れる都市のようによそよそしく感じてしまう。

太鼓の音とエンジン音が、車上の人間を、いたるところが引き裂かれているような世界の中に包み込む。車がここまで来ると、街灯はもう消えてしまっている。何度か深呼吸すると、あの夜の匂いが、自分の視覚や聴覚を麻痺させているアルコールをしだいに希釈していき、耳や目の機能をいくらか目覚めさせる。エンジン音にときどきおならのような爆音が交じり、それが爆竹を連想させ、今夜が大晦日だったことを思い出した。

突然、すべての人びとがフライパンのなかの羊肉の炒め物のように、上に向かって跳ね上がり、それで軽トラの縁を摑む姿勢と方向を変えたのだ。チクショウ！　紅亀仔《アンクーア》〔亀の形をした赤いお菓子。ここではあだ名〕が、きっと喉を最大に開いてほとばしらせたチクショウという声が、びゅうびゅうと鳴る風の音とともに力強く届いた。阿偉《アウィ》、阿欽《アキン》、猴仔《カウア》、倪同《ニートン》そして志銘《ジーミン》が太鼓の音に合わせてその短いチクショウという声を上げたのだ。

そしてこの振動によってみんなは、そばの屏仔《ピンナ》が膝を曲げて頭につけ、ももに両手を回し、顔がほとんど性器にあたりそうになっているのに気づいた。

バカ野郎、屏仔、二、三杯の紹興酒でもう酔っぱらっちまったのか？　猴仔は彼を蹴った。

屏仔は頭をあげて、黄色く濁った白目がちの眼で、遠くを眺めた。その瞳はとても小さく、なんらかの形ある画面がそこに収まるとは到底思えないような小ささだ。

太鼓を叩くのはやめろ、屏仔は絶えず後ろへと遠ざかっていく彼方《かなた》に向かって言った。僕たちの何人かは顔を見合わせると、屏仔は言った。叩くのはやめろ、聞こえないのか、叩くんじゃない。

楊志屏《ヤンジーピン》は屏東《へいとう》の出身だ。この02部隊の一般兵のなかで、屏仔はパッとしないほうだった。02部隊の猴仔、紅亀仔、大頭仔《ドアタウア》はみんな娑婆での前科持ちで、こいつらの調書は補導長の部屋の鍵付きの書類箱に入っていた。そして僕は補導長を手伝って、こいつらの補導記録を毎月それぞれ一篇ずつ書いていた。書いていたのはでっちあげの会話である。これらの会話は何度も繰り返され、僕はしょっちゅう紅亀仔の八月分の記録を猴仔の十一月分に書き込んだり、大頭の二月分を二つに分けて、一つは猴仔の三月分に、一つは紅亀仔の三月分に写したりした。猴仔と紅亀仔はマジのヤクザ者だったので、いわゆる「監視対象」となっていたのだ。猴仔の右の太ももには小籠包《しょうろんぽう》の先っちょのようなできものがあったが、その下の深いところにある腱から滾《たぎ》るような熱さの弾頭を取り出したのだと彼は言い、風呂場で僕らに見せたがるのだった。紅亀仔は、猴仔に言わせれば「意気地なし」だ。なぜなら窃盗で懲役を食らったから。紅亀仔は僕らの前で十秒で自動車の鍵を開けるという特技を見せてくれたことがある。実験の餌食になったのは大隊長のクライスラージープだった。クライスラーのドアロックが「スコン」と音を立てて外れたとき、紅亀仔の顔のニキビも同時に充血し、興奮してつやつやと光っていた。

屏仔には前科はなかったが、入れ墨はあった。僕は東港で屏仔といっしょに風呂屋に行ったことがある。何を彫ったんだ？　雷公さ。屏仔は言った。この雷公はな、八家将[*1]の踊りを踊っていた時、ツレが陣ていうやつのところに引っ張っていってな、その有名な彫り師に彫ってもらったんだ。雷公はいつも屏仔とは背中合わせで歩き、筋肉の動きに合わせるように槌を振り回していた。雷の神様なので、じっと見つめていると、どこからか雷が鳴り響いてくるのをぼんやりと感じることができた。

春節の三週前、屏仔は突然寝室の僕を訪ねてきた。そして少し興奮気味に訊いた。獅子を操ってみないか？

＊1　台湾の民間信仰で、冥界における神の護衛と悪霊の駆除を司る八柱の下級神。隈取をして廟会などの祭祀に登場する。

獅子を操る？　操るってどういうことだ？　これのことを言ってるのか？　僕は両手を目の前に出して、獅子舞の姿勢をとった。彼は頷く。なに言ってんだおまえ、できないよ。僕は言った。僕らの会話ではしょちゅう台湾語と標準語がごっちゃになる。

できないなら、教えてやる。簡単だ。ビールの臭いが彼の開いた口から流れてくる。中隊長が言っていたよな。中隊には修理しないといけないものがたくさんある。でも福利金では足りないんだ。大隊本部はカラオケを作ろうって言っているじゃないか。車両共用保管場は自動車修理の工具が必要だろう？　カネがなかったらどうしようもない。だから何人か集めて、正月に獅子舞をして稼いでくるんだよ。中隊長は手当をくれるって言っている。数日間の栄誉休暇は確実だし、正月にも交代で休める。紅包《おひねり》もあるしな。

正直に言うと、僕のような生っ白いやせっぽちには、獅子舞は難しいことではあるが、胸のなかの好奇心がくすぐられて、惹きつけられる新鮮な感じがあった。

他には誰がいるんだ？

新入りの阿偉、おまえと同じ部隊の志大《ジーター》、それに猴仔、紅亀仔、倪同、俺、志銘、阿欽だよ。

それは頭が銀色に塗られ、頬骨がでっぱり、目は落ちこんで、吊りぎみの瞳はドアノブくらいの大きさの獅子だった。獅子頭《ししがしら》のなかには二本のまっすぐな棒が付いていて、それを持って手で操作する仕掛けになっていた。獅子舞は、摑んだまま力まかせにてきとうに左へ右へとやみくもに振り回すもんじゃない。屏仔は言った。簡単な基本動作は横に8の字を書くように。それから、こうするんだ。彼はそう言いながら踊った。獅子頭を左側に捻《ひね》る時、力いっぱい振ってポーズをとる。すると獅子の耳に縛り付けられた鈴がシャンシャンと鳴り響き、首の毛や髭が勢いよく広がる。再び腕を回すと、獅子頭は左右に揺れ動く。左へはすばやく、右へはゆっくりと。この時、獅子頭の動きは非常に緩慢となり、動きが止まろうとする最後の一秒で、また唐突に激しく動き出す。屏仔は言った。獅子舞をする者は背中を低くして、手はよく動かし、足の動きはすばしこく、弱さのなかに強さが混じるように。獅子頭は押さえぎみにして、八卦[*2]が前に向くようにする。彼が獅子の胴の部分を身体に縛り付け、手にした獅子頭が目をかっと見開くと、空気がまるで一瞬のうちに僕の身体にぎゅっと押し付けられるようだった。

屏仔にこんな技があるなんてまったく知らなかった。

前におれに教えてくれたその兄弟子が言ったんだ。北獅は犬に、南獅[*3]は猫に学ぶってな。だから猫の動きや表情を想像するだけで、おおよそだいたいを摑むことができるんだ。屏仔は先週猴仔が林のなかで捕まえたハクビシンを指さして、冗談めかして言った。じゃなければハクビシンの動きを見るのもいいだろう。

ハクビシンは、前の大隊長が飼っていた小黄《シャオホアン》の犬用ゲージに入れられていた。そのゲージは小黄が死んでからずっと空《から》のままでそこに置かれていた。僕たちは、昼に食べきれなかった果物を持っていって食べさせた。ハクビシンは無邪気な大きな目をくりくりさせてはいたが、手を伸ばしてゲージの扉を開け、餌を置いた瞬間に飛びかかってくる。ハクビシンの歯は、コブラの頭骨をひと口で嚙み砕くことができるという。それはたいそう野生的で、鼻をぶつけて出血しながらも、なお獰猛《どうもう》に突進する。そのライチのような大きな瞳を見つめていると、黒々としたそのまなざしが自分の身体を突き抜けていくようで、なにか

＊2　陰陽それぞれの爻（こう）を三つずつ組み合わせて得られる八種類の形。獅子頭の額から頭部に付いていることがある。
＊3　中華圏の獅子舞は、主に長江以北で行われる北獅と華南及び南洋で行われる南獅の二種類に分けられる。

不思議な気持ちになるのだった。霹靂布袋戯《ピリポテヒ》*4を観るのが好きな倪同は、それを七色霹靂チンポ狸と名付けた。この狸という字は、なぜか台湾語で発音すると「麻」に近い音になるのだった。

その獅子頭は、屛仔の手にかかると、しなやかかつなめらかに首が動き出す。しかし阿偉が舞うと、麻痺しているかのように硬くぎこちない動きになってしまう。おまえの舞いはなんなんだ、ロボットみたいじゃないか、バカ野郎、ロボット獅子の阿偉め。手は柔らかく、柔らかく、チクショウ、柔らかくしろっていうのは力を抜けってことじゃないぞ、アホ、おまえ半身不随なのか。屛仔は堪忍袋の緒が切れそうだった。

獅子頭の稽古では、手の動きだけではなく、足の動きも必要だ。阿偉と志大は何度かやってみるが、どうしても手と足の動きが揃わないか、前と後ろで同じ動きをしてしまうかだった。チクショウ、なんでおれがやると足を引きずるようになっちまうんだ。志大もちょっとしょげてしまった。

屛仔は機転をきかせて、赤レンガをいくつか持ってきて地面に置き、番号を振った。そしてこう言った。番号の順に動かすんだぞ、獅子頭が左足を出したら、後ろは右足だ。

ハクビシンは三尺平方のゲージのなかで、不可思議な速度で休むことなく右へ左へと動き続けていた。額から鼻にかけての白い毛はほとんど抜けてつるつるになり、ピンク色の皮膚が露出していた。

それはきっと頭に八卦を載せた開口獅《かいこうし》だろう？ 君らが舞っていたそれは開口獅というんだ。台湾の獅子舞はおよそ四種に分けられる。開口獅、閉口《へいこう》獅、醒《せい》獅、北方《ほっぽう》獅だ。開口獅は兗《えん》獅とも言うんだ。ほとんどに拝神《はいしん》、咬脚《こうきゃく》、睡獅《すいし》、翻背《ほんはい》、過橋《かきょう》、探井《たんせい》、採水果《さいすいか》、七星《しちせい》、八卦などの動きがある。獅子舞団の拝神は、まず石像の獅子を拝するところからだ。まず右、それから左へ、そして中門〔中庭と外庭を繋ぐ門〕へと向かう。中門では門聯〔門口に対になって貼られた縁起のよい文句〕を見ないといけない。おなじように右から左へと。それから敷居を跨《また》いで中に入り、神前で三跪九叩頭《さんききゅうこうとう》をする。獅子頭を神様に向けて、身をかがめて退出するんだ。どうしてかというと獅子の方が神格が低いからなんだ。

そういうことだったのか。僕らは簡単な七星や咬脚、拝神の動きしか学ばなかったんだけど、まだそんなにたくさんあったんだな。神格が低い、そうだ、屛仔も言っていたよ。獅子は騎乗用なのに、廟のなかで頭を上げられるわけがないって。屛仔の咬脚と咬尾はどちらも上手だった。七星にも勢いがあったなあ。ただ後ろ担当の阿偉がどうしても腰を下げられなかったから、ラクダみたいに見えたもんだ。

ああ、確かに、獅子舞は武芸の基礎訓練にもなるな。足の稽古はしっかりと、フットワークは安定感のなかにネコ科動物の魂と敏捷さが必要だ。そして獅子頭を操る手の動きにはしなやかさ（おまえは虚空に手でさかさまの8の字を描く）と、力強さ（おまえは力強いポーズをとる）のふたつを調和させた道理がより求められるんだ。

おまえの青白い手にはちっとも力が入っていない、手本を見せないのであればいいんだが。僕は思った。

ということはさ、屛仔も武芸の熟練者ってことになるんだよな。

実際には、屛仔の体つきは、僕よりもガリガリ、超ガリガリで、肩甲骨は後ろから見ると上のほうに突き出していた。屛仔はもともと僕に後ろをやらせようとしていた。というのは僕は背丈がないので、たや

＊4　布袋戲は伝統的な指人形芝居。霹靂布袋戲は一九八〇年代以降に登場し、特殊効果を用いたテレビ人形劇のシリーズで人気を博している。

すくかがめたからだ。けれども倪同は囃《はや》し方《かた》を学ばせようとした。彼は、僕の面構えは太鼓打ちに向いているとずっと言うのだ。倪同は中隊長にくっついて麻雀をやるだけの男だとずっと思っていたが、太鼓を叩き始めると思いがけず、彼の表情は荘厳になったのだった。トン―ロントントン―トントントントンロントントン、その場に居合わせたら、自分の血管の中の血液が太鼓の音に合わせドクドクドク、ドクドクドクドクと猛スピードで流れるのが聴こえるはずだ。

僕は自分ではリズム感覚が結構いいほうだと思っていたが、毎回「過鼓《たたきすぎ》」てしまう。二本のバチは絡まりあい、心がまったく通じ合わないのだ。倪同は自分には見る目がなかったのかと、傍らに座り込んで憂鬱そうにタバコを咥《くわ》えた。僕は屏仔が阿偉に獅子頭の動きを教えている隙に、退屈しのぎに獅子頭を手に取って一通り舞ってみた。すると思いがけず屏仔の声がかかった。こうやって、こうやるんだ。阿貴《アグイ》のようにこうやればそれでいいんだ。そこで、僕は獅子頭を稽古することにした。

僕らはいくつかの小さな村々で、尋常ではない熱烈な歓迎を受けた。たぶん今は田舎でさえ獅子舞団が年越しに縁起担ぎの獅子舞をすることも少なくなっているのだろう。この何人かの素人《しろうと》の寄せ集めの獅子舞団はぶざまではあったが、村人たちに昔ながらの年越しの雰囲気を提供したのである。ある晩、僕らがある村に四時間近く滞在していたとき、あるお宅ではわざわざご祝儀を門口に貼り付けてくれていた。屏仔は阿偉に乗っかって、獅子の口でご祝儀を咥えた。ご祝儀を地面に置くと、足はまっすぐに、身体のほうは伏せて、そして同時に獅子頭を「死」なせないようにすると、腰が疲れてしまう。ほとんどの家でも爆竹を用意しており、僕と屏仔、志大、阿偉が交替で獅子頭を舞い、志銘が代わってくれることもあった。爆竹を浴びながら舞い踊ったり、爆竹に向かって突進したりして、着ていた服には数十個の焼け焦げた黒い穴ができ、蜂炮《ほうほう》〔巣から蜂が四方に飛び出すように仕掛けられた爆竹〕の音が鼓膜をつんざくように響き、太鼓の音が僕らの四肢を導いて舞い動かす。寒さのなか汗が絞り出され、それが空気を、塩味を帯びた湿気に変えていた。ある種の恍惚状態に入り込んでしまったようで、僕は無意識に目的もなく大声で叫び、七星のかたちに足を運んだ。硝煙のなかで魂がその神獣の軀体に入り込み、自分とその頭を揺さぶっていた。

年越し前に十数万元は稼いだので、大晦日の晩は当然豪勢になった。そして僕は初めて紹興酒とビール、そして大隊長から特別に頂戴した大陸の董公酒《とうこうしゅ》をチャンポンで飲んだのだった。その感覚は、突然誰かにこん棒でぶっ叩かれたようだ。獅子舞の仲間でテーブルを囲み、僕らは焼け焦げて穴だらけのジャージを着て、顔の輪郭が歪《ゆが》んでしまうまで飲んだ。もしも志大に言われなければ、屏仔があまりにも静かなことに僕は気づかなかっただろう。彼は黙って料理を箸でつまんでいた。僕らが彼に酒を勧めると、コップを持って一息に飲み干した。コップを置くとき、なんと絨毯の上に置いたかのようにわずかな衝撃音も出さなかった。

屏仔はそんなにも静かに、黙ったままだった。まるで声帯の電源が切れてしまったかのような静けさだった。

もしかすると屏仔の症状は、つまりその時に始まったんだ。僕は言った。

彼の視線は定まっていたか。吐き気を催したり、体がこわばったり震えたりしていたか。

そんなことはなかった。とにかくただとても静かで、沈黙していたんだ。なにを尋ねても相手にもしない。いつもは、口数が多いほうなんだけど。

大晦日のごちそうを食べ終えてから、獅子舞をやりにいったのか。

ああ、そうだよ。みんなはちょっと酔っぱらっていたし、僕はちょうど吐きたいと思っていたところに、中隊長が酒を勧めに来たんだ。あのブタは、腹いっぱいになったら、もうひとつ工場に行って舞ってくるんだって言う。僕らはびっくりしたよ。

猴仔は言った。中隊長、大晦日なんだから、少しは休まないと。みんな酔っぱらってますし、どうしろって言うんですか。だけどあの木材工場の社長は知り合いなんだ。去年商売がさっぱりでな、朝この友だちが電話をかけてきたときに、中隊に獅子舞団がいると聞いて、邪気を払いに舞いに来てくれないかと思いついたんだ。中隊長は繰り返した。この仕事はでかいぞ、やらないのは惜しい。舞い終わったらすぐに戻ってくるんだ、寄り道しないでな。僕らは中隊長に促されて軽トラに乗ったものの、みなもやもやがたまっていた。このブタは、もともと僕らの正月休みは予定通りだと言っていたのに、この数日間はもっと稼がねばとあとから言い出して、獅子舞の連中の休暇は取り消しになったのだが、まさか大晦日まで駆り出されるとは思いもよらなかった。屏仔は前に大晦日は必ず休むと僕に言ったし、中隊長にも強く言っていた。けれども屏仔がいなければ獅子舞団になにができるというのだろう。ああ、僕らのブタ中隊長は、ふだんは話のわかる人だったが、一旦こうと決めたらなかなか譲らない。いずれにせよあの状況では、舞いに行かないわけにはいかなかった。

お、そうだ。中隊長は獅子舞をそれらしく見せるため、獅子頭と一緒に奉納する頭旗《とうき》〔祭祀に参加する団体の先導をする主神を表す旗〕も借りてくるように阿欽に言いつけた。

頭旗？　おまえの小説には頭旗がお出ましするなんて書いてなかったぞ。

ああ、些末なことだと思って省いたんだ。実際、書き込まなかった細かいことはたくさんある、忘れてしまったものもあるしな。いままた思い出したんだが、当時は小説のリズムに合わないと考えたんだと思う。そうだ、間違いない。あの日僕らは頭旗にお出ましいただいた。出発前には焼香もしたよ。

頭旗には、天兵天将が宿ってるんだよな。何もないのになんで頭旗にお出ましいただくんだ。

お香の煙が、蛇のようにとぐろを巻いて、太鼓の音につれて、ゆっくりと身をくねらせながらのぼっていく。僕らはかわるがわる焼香し、志銘が三拝して頭旗を抜き取った。

「おまえ、獅子の出番には、太鼓は叩き続けないといけないし、香も絶やしてはだめだと言ったよな。ましてや頭旗もお出ましなのに、太鼓を叩かないなんてことがあるのか」志銘は屛仔に反駁する。

「叩かなくていいと言ってるんだからいいんだ。おれは気持ちが悪いんだ」どうやら屛仔はほんとうに気分が悪いらしく、顔はもう酒を飲み終わったときのレアの牛肉から死んだ豚の肉の色になり、さらにマコモダケのような青白さへと変わった。彼が僕を見つめているとき、瞳孔が絶えず上に移動した。空は何層もの浅黒く厚い雲に覆われ、月は発光体でも反射体でもなく、一面潑墨《はつぼく》〔水墨画の画法〕のなかの浅いくぼみだった。雲は奇妙な速さで流れ、巨人の一群が黒みを帯びた鼠色の巨大な旗を振り回しているようだった。バサッ、バサッと。風は、僕らを冷やしたブリキの上に横たわらせるようだ。両側のススキに吹きつけると、錫箔をひいた紙を指ではじいたようなパチパチという音がした。僕と志大は獅子の下に隠れて風をよけていた。

軽トラが車幅とほぼ同じくらいの狭い道に入ると、両側は休耕中の水田で、まるで墨色の海のなかを運転しているようだった。水田は車のヘッドライトの光の一部を反射して、その墨色には青や緑、くすんだダイダイ色が浮かんでおり、まるで筆洗いのなかでさまざまな色が混じってしまった濁り水のようだ。

到着した。それはトタンでできた木材加工場で、そばには一本の巨大なアコウが植わっていた。加工場よりもずっと巨大だった。僕はこんなに大きな樹冠のアコウを見たことがなかった。一生かけてもその枝葉のなかから出てこられそうにない。

コンチクショウ、でけえな。猴仔が文句を言っていたが、彼は焼香と爆竹を担当していただけだ。中隊長は、猴仔が中隊でなにかしでかさないかとても心配していたので、彼をいつも目の届くところに置いていたのである。

倪同は志銘から太鼓のバチを受け取った。トンーロントントンートントントントンロントントンートンーロントントンートントントントンロントントンートンーとわき目もふらずに急き立《せ た》て始める。体格のよい志銘は、頭旗を振るのに向いており、阿偉は後ろだ。では誰が獅子頭をやるのか。こんな重大な場面では、やはり屏仔に任せるのがよい。

屏仔、こっちへ来い。中隊長が口を開く。

嫌だ。屏仔はちょっと嘔吐すると、半円を描くように肩を上げた。だいたい彼の頭を越えるくらいに。

やりたくない。

やりたくないのか。じゃあ誰がやるんだ。

おれは嫌だ。どっちにしたっておれはやりたくない。

全部を信じることはないし、信じないのもだめだ。でたらめだろう、とおまえは言った。だがこんな研究を長く続けていると、多くのことが偶然に符合するように、ほんとうにある種の力が動かしているように感じることがあるんだ。例はやまほどある、やまほどあるさ。鍾馗《しょうき》を舞う者は扮装したらしゃべってはいけないといういう言い伝えがある。しゃべったら、「亡霊」はそれがニセモノで人間が扮した鍾馗だと気づき、隙を見てこのニセ鍾馗の命をさらってしまうからだ。いくつかのケースは、証明することはできない。でもほんとうにあるんだよ、ほんとうなんだ。新竹《しんちく》で鍾馗を舞っていた林《リン》さんが扮装している最中に娘に呼ばれてそれに答えてしまった。その日、舞っていると、足さばきをいくつか間違えて、翌日には突然心臓麻痺で亡くなったんだ。林さんは有名な民俗芸能の担い手で、ちょうど働き盛り、これからという時だった。

神秘的な力？　それとも偶然？　おまえの眼には形容しがたい青い光が現れた。多くのことがらはある種の状況でこそ起こりうるんだ。状況を作り出す元素が知らぬ間に寄せ集まれば、それは起こる。そして我々の研究では、それら起こったことがらの類型や状況を帰納して、他者や自分を納得させるだけの理由や発生の条件を見い出そうとしている。

映画の中で、実験器具を人体に設置して、脳波や呼吸の頻度や血圧、体温といった生理的な変化を計測するようなものだ。だが実際にはそれは通用しないか、あるいは非常に限定的なんだ。計測しているときに神秘的な力が自ら身を隠してしまうのかどうかなんて誰にもわからないんだよ。

この小説を読んだとき、残っていた印象からも（僕が永和《えいわ》に引っ越した十三歳になる前のことに過ぎないけれど）、少なくとも僕は、忠実な傍観者的記述者だと信用したよと、おまえは言った。

この話はほんとうのことなのか？　おまえは尋ねた。

ほんとうだよ、ほんとうのことなんだ。惜しいのは当日カメラを持っていなかったってことだ。ことの委細は執筆時に部分的にカットしたり、調整したところがあるかもしれない。でも発生のプロセスは、僕のこの目で見届けたことなんだ。少しの偽りもない。当時僕らの駐屯地は高雄の岡山《こうざん》にあった。そしてその木材加工場は、弥陀郷《みだきょう》の近くだった。

数百坪はあろうかという加工場には、木材が削られる匂いが至るところに漂っていて、僕はくしゃみをしたくてたまらなかった。獅子の口のなかから志銘が頭旗を振りながら前を歩いているのが見えた。歩数を数えながら、たまに家具や門口を噛むしぐさをする。これはまるまる一年間の厄運を獅子が「噛み」くだくという意味だ。体力を温存するために、僕はできる限りこの動作を減らした。

数斤〔一斤は約五〇〇グラム〕の重さの獅子頭は数分後には数十斤、数百斤になってしまう。汗が、皮膚のあらゆる穴からあふれ出てくる。目はしょっぱい汗のせいで痛み、ぼんやりとしてくる。足の側筋も震え始めた。どうして交代が来ないんだ。どうして交代してくれないんだよ。

僕は、体力がもたず獅子頭が太鼓の音のリズムについていけなくなることを心配し始めた。そう思ったとき、太鼓の音が消えたことに気づき驚いた。間違いない。

太　鼓　の　音　が　消　え　た。

獅子は音のない木材加工場で、息も絶え絶えに前に進んでいた。いや、まったくの無音だったわけではない。頭旗を振るときのバババババという音、阿偉と僕が酸欠であえぐ息遣いの音、足さばきがパーパーパーパーからシャーシャーシャーシャーと地面を引きずる音になり、突然太鼓の音が聞こえなくなった耳はオンオンオンと鳴り響いていた。加工場の社長がそばにいたので、僕はなんとか意志の力で踏ん張り続けるしかなかった。

　加工場のいちばん奥には神棚が備えつけられていた。

神棚には福徳正神《ふくとくせいしん》〔土地の守護神〕が祀られている。前例に従って、志銘が足踏みをして僕に合図をすると、頭旗は微かに傾く。これは礼拝を意味している。僕もそれについて獅子頭を掲げ、身をかがめて礼拝する。そしてこれを機に身体を冷たい地面にくっつけて休息をとった。ちょうど獅子の横に開いた幅のある口から得られる扁平な視野のなかに、一頭の石獣が見えた。

　そのまなざしは、太鼓の音のない加工場で、僕のまなざしとぶつかった。

　その石獣は両耳が前を向いていて、目は細長く、口の周りには髭が描かれていた。足は令旗〔旧時の軍令用の小旗〕をつかみ、後ろ足で体を支え、肩から背中には赤い絹の布がかけられている。体には色は塗られておらず、堆積岩のどす黒い色とつやを保っていた。目の前の小さな香炉には燃え尽きた香の芯がまだいくつか挿したままになっている。地面に貼りついた僕は、その瞬間錯覚に陥ったようで、自分と阿偉の息の音のほかに微かな音の響きが聞こえたような気がした。いや、聞こえたのではない。感じとったというべきだろう。音は地面を突き抜けて僕の皮膚に入り込み、心臓をつかんだ。

下壇《げだん》将軍こと虎爺《ホーヤー》〔土地神を守る虎の神〕だった。その石獣を僕は知っていた。以前、母親と廟に行ったときに目にしたことがある。小さい頃は神棚の神像をはるか遠くにようやく見つけることができた。けれど虎爺は子どもの視界の中にあったので、近寄って見ることができたのだ。子どもよりもまだ小さい虎は、可愛い赤マントをかぶっていた。参拝者の下肢をずっと見つめ続けてきた虎爺は、瞳孔のない眼を持っていた。

　旗を片付けると、志銘は足踏みで合図をし、僕は余力を振り絞って身をかがめて後退した。太鼓の音の手引きを失い、だんだん麻痺してくる両腕は、静脈がまるで力持ちのふたりの男に両端から引っ張られ、ぴんと張って裂けてしまいそうだ。汗はいつのまにか止まり、頭がむくんで熱を帯び、手足がひんやりと感じられるだけだった。

チクショウ、どうして交代に来てくれないんだ。

太鼓の音はなく、交代してくれる者もいない。僕は広々とした加工場のなかで口をゆがめた獅子を手に力なく舞い続けていた。

着いた着いた。僕はまだ後退し続けていたが、誰かが僕の背中を叩き、着いたよと言った。入口まで来たぞ。もういい、だいじょうぶだ。足の力を一気に抜いて、後退が遅れた阿偉にぶつかった。なにしてるんだよ。獅子頭を置くと、僕はわずかな余力で文句を言った。コンチクショウ、どうして交代に来てくれないんだ。太鼓も叩いていないし、なにをしてるんだ。

中隊長、倪同、志大、阿欽、紅亀仔はガジュマルの広い樹冠の周囲を、点々と半円型に囲んでいた。半円のなかでその獣は身をかがめ、瞳孔のない眼を、僕に向けていた。

おまえはつやがありくるくると動く眼で僕を見つめている。僕は訊いてみた。その状況が極めてよく似た模倣だという可能性はあるだろうか。

もちろんあるさ。タンキーの多くは実際には随時神を降ろすなんてことはできないし、時には自分の豊富な経験で神降ろしの状態を模倣することだってある。たとえそれが自分の目で見たことであったり、そのビデオテープを持っていたとしても、実際には目の前の、あるいはビデオテープのなかの映像がほんとうに起きたことだと確定することはできない。経験豊かなタンキーは、自ら催眠状態に入り、他者の声や考え、動作や表情になる能力を持っているようなんだ。その状態では、我々はどんな道具や方法であっても検証することはできないし、直感と少しの手がかりだけで推測するしかない。どうして模倣するのかに至っては、いくつもの可能性があるだろう。

それはなんて夢中にさせることなんだろう。

僕は瞳孔のない、白い眼と向き合った。その白は純白でなく、無色でもない。吐瀉物《としゃぶつ》のように多くの食べ物が混ざって混濁した白だった。

これはなんなんだ。誰も僕にかまってはくれない。それは腕を曲げて手を広げ、後ろ足をカエルのようにして座り、叫び声とともにつばやよだれが顔じゅうに飛び散っている。指を曲げて爪にして、土を掘りまた土を掘り、掘って掘ってさらに深く掘っていた。血が裂けた皮膚からゆっくりと流れ落ち、掘った土と混ざり合っている。その前腕の筋肉はまるで独立した生命を宿しているように勝手に動いている。まるで何かが皮膚から出てきそうだった。地上には青筋があらわになったガジュマルの根が人間の顔のように張り巡らされ、眼窩のあたりは土を掻き出されて指よりも長い深さの、肩幅くらいの土のくぼみができていた。僕は、自分の指先が一千万匹のヒアリの蟻酸で腐っていき、皮膚が力まかせにガラスの破片でなでられたように痛むのを感じた。僕を見るな。頼む、見ないでくれ。

虎爺。僕は猴仔が言うのを耳にした。虎爺だ。

猴仔は獅子舞が始まるとすぐに裏手に行って大便をしていた。それが現れたとき、彼は明らかにその場で唯一、魂が抜けていない状態だった。彼は加工場の社長に言った。ここに生魚か生卵はありますか。卵はある、卵はあるよ。社長は手で拳を握って頷いた。どうしたらいい、どうしたらいいんだ。

阿欽、取りに行ってくれ。

そのとき、僕は心の中で、屏仔が突然飛びかかってきて、その後、傍らの草むらに潜り込んで逃げていくのではないかと考えていた。もしもほんとうにそうなったら、僕らはどうすべきなのか。彼を捕まえるか、それとも逃げるに任せるのか。問題は、もしも僕が彼を遮ったら、彼は僕に飛びかかって噛みつくのではないかということだった。退化した犬歯は、僕ののどを切り裂く能力をまだ持っているだろうか。

このとき、その白い眼にうごめくミジンコが現れ、唇は上にめくれ上がり、黄ばんだ歯をむき出しにした。もう我慢できないのだ。猴仔は僕らに言った。だいじょうぶだ、虎爺は食べるものが欲しいんだ。生卵を食べればだいじょうぶだ。一方で後ろを振り返って眺め、コンチクショウ、あの阿欽は仕事がマジで遅いわ。

虎爺、猴仔は言った。虎爺は食べるものが欲しいんだよ。

屏仔、いや、虎爺の雄叫《おたけ》びは月の光が一秒間消えてしまったように感じさせた。彼は足でガジュマルの老木を支えて、腰は低く、静脈は膨張し、耳と頬は赤くむくんでいた。喉仏はネズミのように、青白い首の中をぐるぐると動き回る。叫び声は大きくはなく、吹き始めた風が紙くずを揺らすように、僕らの影を揺らした。僕の身体は重くなり、頭は軽くなった。まるで手放された風船のように、意識がヒューヒュー

ヒューヒューと音を立て、競って肉体を離れていこうとしているようだった。

他の連中の様子は僕に訊かないでくれ、頼む。

月がむりやりまた輝き始めたころ、阿欽は卵を持ってようやく登場した。卵は浅い皿のなかを無分別に動き回っていた。阿欽の筋肉がどうしてこの小さなものをコントロールできないのか、僕には理解できる。皿の中の卵が転がって丸い形になったその瞬間、虎爺が左の前足を挙げて、卵一つを長年ビンロウを噛んでいたために豚の肝のような色になった口、屏仔の口に放り込んだ。ガツガツ、クシャクシャ、鼻水のようなねばねばした液体が虎爺の頬から、しずくになって地面に垂れた。ボリボリ、虎爺はかっぱえびせんを噛み砕くように、卵の殻を噛み砕いた。ときどきその白い眼で僕らに狙いを定めていた。

舌苔《ぜったい》がびっしり生えた舌は、地面の砕けてとがった石によって裂けて赤褐色のソーセージのように腫れあがった唇の間から伸び、樹木の根の傍の小石にはね飛んだり、土に沁みた残りの卵液を丁寧に舐めとっていた。そして美食を楽しんだ後の猫のように手を舐めていた。赤黒い血がゆっくりと爪の隙間から滲みだして、卵液と混ざって形容しがたい液体となり、また舌を伸ばしてその混合液を丁寧に舐めとったのである。

僕は皮膚がねばつくように感じて堪えられなかった。

しばらくすると、虎爺のまぶたが下がって一本の線を残すのみとなったが、げっぷの音がどんどん、どんどん大きくなった。まるで巨大なウシガエルのようだ。ゲー、ゲー、ゲー、と突然後ろにひっくり返ってしまった。

屏仔は樹木の下に横になり、熟睡した嬰児のように足を抱え込んでいた。

彼は卵の殻を呑み込んでしまった。これは僕がこの目で見たことだ。猴仔はひとしきり阿欽を叱った。彼が言うには、卵は割らなければならなかったのだ。でもあのときそんなことを聞いたってわかる者はいなかったろう。阿欽がしゃがむやいなや、虎爺がすぐさま飛びかかってきたのだ。腰を抜かしてしまっているのに、そんなことに気を配れるわけがない。猴仔はからかうように言った。あんな状況なら、たとえ鉄釘だって呑み込んだろう。じゃあ、いつかまた虎爺が屛仔に乗りうつったら、ほんとうに鉄釘を食わせてみようや。録画してテレビ局に売ってやるんだ。

おまえは丁寧に録音テープをしまい、手書きのメモを革製の四角い書類カバンのなかに挟み込んだ。今日は不思議な経験を話してくれてありがとう。このフィールドワークの記録は一次資料ではないけれど、極めて信頼に足るものだ。きっと論文にするときに重要なケースになると思う。そうおまえは言った。

僕のこの小説がおまえの論文のなかの例として取り上げられるのか。

いや、そうじゃない。今日のインタビューで得た、おまえの口述記録だよ。しばらく黙ってからおまえは言った。それから、屛仔と猴仔にもインタビューしたいと思っているんだが、彼らの連絡先を持っているか。

猴仔？　こいつはずっと逃亡ばかりしていて、僕が退役するときにまだ部隊に残っていた。いま彼がどこにいるのか僕にもわからない。屛仔が退役したときには、彼の電話番号をメモしていた。僕が退役した後、屛東に来ることがあれば声をかけてくれ、そう彼は言った。屛東には何度か行ったが、一度も屛仔を訪ねることはなかった。電話番号も変わってしまったかもしれない。

僕は屛仔の電話番号を、十年も使っている電話帳から探し出したが、この番号で屛仔につながるかどうか、少しの確信もない。

ああ、ありがとう。おまえは電話番号をノートに書き写して言った。小説の中で書いているけど、猴仔は三太子《さんたいし》〔『封神演義』における李哪吒のこと。廟会の祭祀などに登場する〕を踊ったことがあるとか？　タンキーだったの？

ああ、彼は、正式にタンキーになったことはないけど、稽古したことはあるって言ったよ。

うん。じゃあ屛仔のその後の行為でなにかおかしなところはあったかい？

ないよ。小説に書いたように、僕はその後屛仔になにかが憑依した現場を二度と見ることはなかった。彼はずっとまともだったよ。ああ、眩暈《めまい》がするってしょっちゅう言っていたのを除けばね。あの時ぶつけて悪くしてしまったのかもしれない。おまえは知っているだろう。僕は迷信なんて信じないってことを……。人間ていうのは不思議なもんだよな。人生のなかでたったの十分か二十分のことなのに、忘れたくても忘れられない。脱稿後、雑誌に掲載された活字を目にしたら、初めて読むような感覚だったよ。まるで自分の経験ではないみたいだった。

僕らはそれぞれ黙って自分の思考のなかに入り込んでいた。

うん。こんなに久しぶりだったんだ、食事でもしようじゃないか。おまえは言った。

やめておくよ。夜は用事が入っているんだ。

おまえの研究室のドアを閉めたとき、僕らが隣の阿珍《アーチェン》を連れてこっそり新公園[*5]に行って夜まで遊び、最後はけっきょく僕とおまえの父親に連れ戻されたことを突然思い出した。もう遠い昔のことになってし

＊5　台北駅の南側にある日本時代に造成された。現在の二二八和平公園。

まった。でも新公園の前の黄信号は、いまでもまだ僕の眼前できらきら光っている。

地面に這いつくばった屏仔が虎爺になったことを信じるというよりは、記憶の中で僕を見つめていたのは屏仔の眼ではない、と思っていると言うほうがいい。あの、心ここにあらずという翳《かげ》りが浮かんでいるような眼、瞳孔のない眼、屏仔の肉体を借りて僕を見つめていた眼。いったいあれはなんなのだろうか。それは僕の記憶の樹に生えた瘤《こぶ》、切ったらまた生え、生えたらまた切る、というようなものなのだ。時には僕にもよくわからないのだが、この瘤は、自分が作った傷から生えてきたものなのか、それとも生えてきたからそれを切ろうと思い、そこでまた瘤になったということなのか。切って、瘤になり、また切って、切って切って切って。まるでまたそれが生えてくるためのように。

そうだ。屏仔は横たわったまま駐屯地に戻った。そして僕らは、多くの者が正月休みを取っていたので、正月一日の朝の点呼は免除して睡眠時間を確保してもらうことを条件に、小隊長には、比較的新人の多い06部隊も午後十時から十二時の歩哨に就かせてもらうしかなかったのである。それがすなわち僕と志大だ。

志大は歩哨に就く前、またビールを一本飲み、アルコールの力を借りてずっと動き続ける瞳を慰めたのだった。新人の班長の扁頭《ビーンタウ》がしきりに今晩屏仔の身に起きたことについて探りを入れてきたが、僕の心は空っぽで、どう答えればよいのかもわからなかった。駐屯地の側門を通り過ぎた時、習慣的に鉄のゲージに眼をやった。

「七色霹靂チンポ狸は?」

「逃げたよ」

「逃げただと!　どうやって逃げたんだ」

「12部隊の阿発《アーファ》のせいだったかな、クソったれのあのバカが歩哨に就いたとき、オレンジを食べさせようと持ってきたんだ。見るとなぜだかすみっこに横たわってまったく動かない。そばでゲージをゆすっても動かない。クソったれのあのバカはゲージを開けて、いったいどうなってるのかと見てみようと思ったんだ。死んだと思ったんだろう。けっきょくあの七色霹靂チンポ狸は、ヒューっと音を立てて、突然生き返ったと思ったら林の中に駆け込んで行ったのさ。チクショウ！」

「チクショウ、あほめが、あいつはきっと猴仔に殴り殺されるだろうな」

歩哨に立って十分も経たないうちに、僕の眼前にはハクビシンの少しの混じりけもない真っ黒な瞳がずっと現れていた。志大はといえば酒の作用で、フェンスにもたれて眠ってしまった。彼は五七式銃の銃床を、弾倉が下になるように立てかけ、下を向いている銃口は地面を支え、彼の影とともに三角形を形作っている。僕は顔を上げると、金色の十字架のような白鳥座が、しんと静まり返った漆黒の空を背負っているようだった。大晦日は操縦士を訓練する飛行場は夜間飛行が停止され、駐屯地のうち、はるか遠くの営舎のかすかな光を除けば、歩哨所だけが明るく、まるで世界はこの小さな一角しか残されていないかのようだった。

暗闇の中、僕は誰かの息遣いを感じた。まっすぐに歩哨所に向かってくる。

誰だ。

おれだよ。

誰だ。パッ。志大は僕の大声に驚いて目覚め、五七式銃を不注意で落としてしまった。

歩哨所の明るい圏内に入ってきた人影は、屏仔だった。チクショウ。僕と志大はほっとした。

こんなに遅くになにをやっているんだ。少しは良くなったのか。

中隊長は家に帰って休んでいいと言ってくれたよ。彼は手にしていた休暇届を弱々しく持ち上げて、正月二日にまた戻ってくると言った。彼の目は垂れて、夢の中にいるようだった。

あれ、さっき駐屯地の門のところを通り過ぎた時、どう見てもゲージが空だったんだが、霹靂狸はどうしたんだ？

逃げたよ。僕と志大が答える。

逃げた？　屏仔はタバコを取り出して、腫れてソーセージのようになった唇で咥え、火をつけた。煙の向こうの眼は、膨らませた風船の結び目のように瞳孔が小さかった。

ケムリは彼の歯の隙間からとびだして、僕の目の前に届き、ひんやりとした空気のなかに届いた。歩哨所のサーチライトにも届き、熱を帯びたサーチライトによる蒸気と混じりあった。そして白鳥座のデネブの右前方に届き、忘れられ年老いた二高村《アルガオ》〔高雄岡山にある眷村（軍人村）〕に届いた。弥陀というなんとも慈悲深く聞こえる小さな街に届き、海まで届いた。土地公の祀られている台の下にしゃがんでいる虎爺と、それとほぼ同じ高さの子どもたちの視線との間に届いた。病気でぐったりしていた七色霹靂チンポ狸は突然元気を取りもどして、ケムリと同じように扁頭と阿発の前をこっそり走り去っていった。僕は台北のことを思い出した。両親はきっと昔と同じように、店のなかでじかに火鍋を準備し、店員とそれを囲みながら、店番をしているんだろう。火鍋はボーボーボーボーと興奮しながら、みずから蒸発してケムリになっているはずだ。

屏仔はほんの数秒ぼんやりすると、ぶつぶつ独り言を言った。帰るよ。彼はゆっくりと歩哨所の鉄鎖を跨いでいく。突き出た肩甲骨が、歩いている猫のそれのようにリズムよくあがったりさがったりしていた。

暗闇の中、彼が歩きながら石を蹴っているのが聞こえる。石はころころと転がり、溝の中へと落ちていった。はっきりとは見えないけれど、屏仔が静かにゆっくりと遠ざかっていくのを感じることができた。

僕は少し大きめの声で叫んだ。「おーい、屏仔。訊きたいことがあるんだ！　虎爺が乗りうつったときのこと、なにか覚えているか。つまり、おまえはわかってたのか。僕らがそばにいるのがわかっていたか。虎爺だってこと、わかってたか」

屏仔は振り返り、何秒間かためらっていた。

新年おめでとう。その声は二高村に響く爆竹のように高らかに響き渡った。

父

ワリス・ノカン

Walis Nokan（ワリス・ノカン、瓦歴斯・諾幹）

一九六一年生まれ。タイヤル族。現在活躍する台湾原住民族作家の代表的な一人。最初は詩人としてスタートするが、八五年から原住民族に関係する評論や散文を発表するようになった。小説集に『ワリス・ノカンのミクロ小説（瓦歴斯微小說）』、『戦争の残酷（戰爭殘酷）』、散文集に『七日読書（七日讀）』、『サングラスをしたムササビ（戴墨鏡的飛鼠）』、詩集に『伊能忠敬の再踏査（伊能再踏査：記憶部落族群的泰雅詩篇）』、『今の世界が残す二行詩（當世界留下二行詩）』などがある。邦訳には『永遠の山地――ワリス・ノカン集』（草風館、二〇〇三）などがある。二〇〇七年に本作で第九回中県文学賞短篇小説賞を受賞。ほかにも聯合報文学賞、呉濁流文学賞、中国時報文学賞など受賞歴多数。

「父（父）」◉使用テキスト＝短篇集『都市の残酷（城市殘酷）』（南方家園、二〇一三）所収のもの

0

ヤヴァ〔タイヤル語で父親の意〕はどこにいる?

1

ヤヴァはもう七十歳になった。数年前から酒を呑まなくなった腹は、いまではアオガエルのように膨らみ、保健所が配給した入れ歯の手入れも怠り捨ててしまったので、ほっぺたは山間の谷間のようになっている。昔は、入れ歯を外して床を這わせ、孫をおどかしたりしたものだが、そんなブラックユーモアをそなえた父親が、姿を消したのだ。

2

七十歳の父が六十の頃はまだ、酒を呑むほうが命よりもだいじだった。あの頃、私はよく深夜の電話で、都会のアパートから車で二時間ほどの集落へと駆けつけ、米酒《ミーチウ》に酩酊した父親を町の総合病院に連れていき応急処置をしてもらったものだ。ふつう父は酒を一滴口にすれば抑えることができずに数日間呑み続ける。そうして、イエスが苦心して創世した後、休息すべきとした七日目になると、もはや父の体内の酒の虫が五臓六腑を秋の無残な落葉になるまで齧《かじ》ってしまうのだ。そこで、電話がくる。不思議なのは、父のぼんやりとした酔眼が総合病院の看板を目にするだけで、酔いはだいたい半分ほど醒め、そして古くからの友人のような医者が首にぶら下げている銀白色の聴診器がひんやりと胸にあてられると、意識がもう半分回復する。その後、父が医者にこの数日間の放縦《ほうじゅう》な行跡を詳しく語るのを聞くことができる。私は以前医者に、最大級に厳しい言辞（これ以上一滴でも酒を呑んだらもう終わりだ、とか、あなたの肝臓はもう川床の玉石のように硬くなっている、とか……）で父親をおどかしてほしいとこっそり頼んだことがある。けれども父は相変わらず昔のままで、それどころかより一層ひどくなっていった。こんなふうに病院を出たり入ったり、地獄の入り口で七たびとらえられては七たび放たれ、いにしえの漢人孟獲にも劣らないほどだったが、[*1] あるとき胃の中から吐き出された猪血《チューシュエ》〔豚の血を固めた豆腐状の食品〕のような大きさの、湯気が立つほど熱くなまぐさい血の塊が私の手のひらで揺れ動き、父はようやく閻魔様の恐ろしさを思い知り、酒を断って、十年余りが経ったのであった。

しかし父親は姿を消してしまった。

3

「帰ってくるわよ！」

ヤヤ〔タイヤル語で母親の意〕が九二一仮設住宅〔一九九九年九月二十一日台湾中部で発生した大震災後に作られた〕の共同の厨房からそう声を上げたが、緊張しているのか喜んでいるのか聞きとることはできない。声は、鉄製のフライ返しによって油の中でジュージューと音を立てるタケノコの肉炒めのなかに叩き込まれていった。

酒を断ってからの父は、早朝の太陽がまだ森の中の動植物を照らし出す前、時には蛋餅《タンピン》〔小麦粉の生地を薄く焼いて卵などを巻いたもの〕のような月がちょうど海に入って泳ごうとしていることもあったが、果樹園専用の運搬車にもう跨《また》がっていて、プラスチックのスターターロープを引いてエンジンをかけている。運搬車は三十年前の耕作用の牛よりももっと勇ましい雄叫《おたけ》びをあげ――ポンポンポンポン――ゆっくりとしかし力強く果樹園のある山の中腹へと前進する。運搬車の、鉄の牛のような四本足が、一歩一歩ドンドンドンと集落唯一の大通り康荘《こうそう》大道を踏みしめてゆく。吠えるような響きが静まりかえった空気を叩き壊し、振動は地面から集落のベッドの脚まで伝わり、美しい夢の中にいた族人が驚いてベッドから転がり落ち、まだ眠ったままのタイヤル語を口から吐き出す。ノバス　ヴァライ（きっとまたノバスだ、まったく）。こういうときには、父はいちばん意気揚々としていた。正面から見ると、まるで運搬車の大きな牛の頭のようで、とても満足げに、漆黒の闇が戯れる網を突破して、一歩一歩、甘く楽しい果樹園へと邁進した。だいたい、まんまるの太陽が雪山《せつざん》山脈を越えて斜めに光の剣となって射すころには、父は果樹園でのさまざま作業を終えていて、ひっそり静かに片付けて仮設住宅に戻る。このころ、集落全体がようやくほんとうに目覚め始めるのである。中学生はベルトの長いショルダーバッグをずるずると肩にかけて、バスに乗り学校へ向かい、小学生は運動場で青天白日満地紅旗〔中華民国（台湾）の国旗〕に向かって行儀よく敬礼し、公務員は三菱か国産のフォードを運転して近くの町へ出勤する。酔っ払いの若者たちは徳懋商店《ドーマオ》〔集落にある雑貨店〕の前のテーブルに座って米保《ミーパオ》（米酒に栄

＊1　諸葛孔明が敵将の孟獲を七回捕らえては逃がすことで、孟獲を心服させたという故事による。

養ドリンクの保力達《パオリダ》を混ぜたもの）の瓶や缶を手に握手して挨拶を交わす。族人はそれぞれの置かれた立場に満足していた。井戸水が河川を氾濫させないように、クマがイノシシを襲わないように。

けれども父は結局、仮設住宅には帰ってこられなかった。そのことが私に父親の不在を初めて意識させたのだった。だが分校での授業に急いでいたこともあり、そのような意識はまもなく消え失せ、午後の授業が終わり退勤したのだった。

4

果樹園の休憩小屋は竹でできており、その先にあるあずまやにはテーブルがあった。テーブルには簡単な調理器具や食器が置かれ、黄色い地面に三つの石を置いてかまどにしていた。私は、父親が昔、接収を担当する国民政府の官吏が白馬に乗って集落にやってきて、通達を行った様子を話してくれたことを覚えている。白馬の官吏はわが民族の三つの黒ずんだかまどの石を見て、いっとき予想以上に大喜びし、我々の三民主義*2とはつまりみなが飢えずに食べられるということであり、おまえたちが三つの石で作っているかまどのようなものだ、それは三民主義を具現化した象徴なのだとのたまった。白馬が飄然と立ち去ったあと、しばらくの間は、族人が三つの石のかまどを見ながら「三民主義、中国統一」と念じていたという。前の部分はもちろんみながちゃんと食べられるという意味だが、後の部分の意味がわかる族人はいなかった。そこで誰かの一存で、中国統一というのは白飯を握って丸め口の中に放り込むことだということになった。この新しい解釈は非常に現実的でしかも飢えを救うことができる。だから、子どものころの共同炊事で父親が、私たちきょうだいを率いて白飯を丸め口に放り込むとき、——中国統一——と言い、私たちも父について「中国統一」と口にしていた。それから白飯を呑み込み、塩がまぶしてあればなおのこと、悩ましい空腹の状態は不思議と消え去ってしまったのである。

竹小屋は錆《さ》びついた鉄の鎖でつながれ、竹の節で組み立てられた窓枠から覗くと、父は竹製ベッドに横たわっておらず、部屋全体は音もなく静まり返り、人がいた痕跡はない。屋外の食器まですっかりきれいなままで、私はテレビでやっているアメリカ西部劇のレッド・インディアンが目を地面に近づけるのを真似して、耳で遠くから伝わる振動音を聴きとろうとした。そうやって鉄の牛のかすかな手がかりを探そうとしたが果たせず、かえって散歩しているタイワンハブがすぐそばにいるのに驚かされてしまった。

父は果樹園には来ておらず、日中まるまる姿を消してしまった。まるで我々がその後もはや「中国統一」などと叫ばなくなってしまったように、不可解にも、消え去ってしまったのである。

5

果樹園は実際には父が所有しているわけではない。大叔母が亡くなる前に遺言で、父に七年間無償で使用させるとしたのである。

どうして八年や十年や三年や五年ではなく七年なのだろうか。「七」が美しい素数で、キリスト教のイ

＊2　孫文が唱えた民族主義・民権主義・民生主義の三原則からなる政治理論で、国民党の指導理念。

エスが創世を完成した後の休息日までの日数でもあることを私は知っている。けれども大叔母はキリスト教徒でも、高尚な数学者でもない。もっとも可能性のある「推測」は、大叔母が臨終の際に偶然差し出した、力を失った手の親指と人差し指がちょうど「七」の形状になったということである〔中華圏、特に南方や台湾における指数字の「七」を指す〕。そして視線を彼女の異母弟——私の父のあの谷間のような顔——に向けたということではないだろうか。

このような状況は夢か幻のような生死のはざまでよく起きる。空気が固まり動かなくなり、周囲の人間の鼻息もしばらく止まってしまい、ハエや蚊さえもよく理解して遠慮する。とりわけ富豪や政治家が生死の境にある時に発生するもので、このような推測や誤解は、死者の生前のあらゆる姿勢やちょっとした動き、支離滅裂な言葉に従ってまたたくまに劇症肝炎のように世間の庶民の耳のなかに流れ込み、ひとつひとつが伝説や神話となるのである。そのうちでももっとも意味深長なのが、蔣経国《しょうけいこく》が浙江《せっこう》なまりで口にしたという「ちょっと待て」*3だろう。父は大叔母の伸ばした指を目にして、最後はやはり顔に涙があふれ、胸の中は姉弟《きょうだい》の情でいっぱいになった。霊安室を出ると、父は外で見守る人々に昔話を始めた。父が孤児になった十一、二歳のころ、日本統治時代の末期に、駐在所の日本の警官が水田の引水溝建造のための動員をした。一戸につき男ひとりを出すことになったが、父は家で唯一の男であった。動員された者ひとりひとりには一定の仕事の割り当てがあり、大安渓《だいあんけい》の川底からドカン（男性用の担ぎ籠）五つ分の玉石を、山の中腹の迂回路を通って工事現場まで担がねばならない。十一、二歳の父はドカンを担いで二往復すると、太陽はもうまもなく大安渓の谷底へと沈みつつあった。すでに嫁に行っていた大叔母が、綿入れの掛布団ひとつをこっそり成人した男のドカン三つ分の玉石と交換し、弟の不足分を補ってやったのである。

父は族人の前で石を運ぶ姿勢をまねて、腰を川の中のエビのように曲げて、先行きが厳しいなか歴史の階段を前へと進んでいった。そして、現場監督の日本の警官が大声で叱責するのを思い浮かべ、その後、不注意で草むらに転げ落ちるところを芝居がかった演技で再現し族人の笑いを誘ったものだ。まさに大叔母のいる霊安室の外、棺三つ分の距離で父は言った。「マホンはほんとうにいい姉さんだった」見守る人々の笑い声に、大叔母の化粧を施した後のきつく結んだ唇に虹の架け橋のような湾曲——一抹の笑みが浮かんだのである。

　まだら模様の出入り口を開けて、大叔父が年々老け込んでいく唇を開いて言った。ノバスはここには来ていない。

6

　現在のまだら模様の出入り口と庭は、昔ならきっと目を奪うような奥行きのある風景だったろう。私は小学校の二、三年生の頃に初めて自分には大叔母がいることを知った。大叔母はお金持ちに嫁いだが、お金持ちの家は集落ではあまり見かけない石洗い出しのコンクリート建築で、喜びに躍り上がるようなある新年に、父は大叔父の家まで私の小さな手をひいていき、道中耳を引き寄せて脅かすように言い聞かせたものだ。笑顔を絶やさぬように、私にはなじみのない「恭喜発財《コンシーファーツァイ》（商売繁盛おめでとうございます）」や「おばさんは鳥のようにきれいで、おじさんは国民党のようにハンサムです」という言葉を言うように。そう

＊3　リートンフイ、李登輝と音通する。後継者について訊かれた危篤の蔣経国が浙江訛りで「ちょっと待て」と言ったところ、李登輝と聞き間違えられ、次期総統になったという俗伝。

すれば大叔母と大叔父が紅包《おとしだま》をくれるので、それを父に渡すように。そして父は紅包のなかの金を使って徳懋《ドーマオ》商店で米を買うのである。米があれば私たちの家族はみんなひもじい思いをしなくて済む。ひもじい思いをしない族人はつまり三民主義なのだ。しかし実際に大叔父を前にすると、私の口は驚いたアルマジロがまんまるくなるように、もはや一言も発することができなかった。後に町の中学校に通うようになると、言葉が出にくくてほとんど自閉症に近かったが、それが驚いたアルマジロの延長なのかどうか、私じしんにもよくわからなかった。けれども何千人もの客家《ハッカ》の生徒たちに囲まれて勉強するのは、まるで自分がじめじめしたキノコのように太陽の光の陰に身を隠してひっそりと生きているようだった。三年生の時の学校創立記念の大会では、学級委員が教室でさまざまな試合の種目をひとつひとつ割り当てていった。競走、リレー、走り幅跳び、ソフトボール……割り当てが終わると、最後に残ったのは「棒高跳び」という種目だけだった。同級生はみんな自分の本分であるプログラムを割り当てられ、応援団ももう準備できていた。その結果、自分にはひとつの種目も残されていなかった。ないわけではない。だが自分はあるのかないのかわからない泡のように、太陽の光に触れたら破裂してなくなってしまう。結局、自分には陸上種目の棒高跳びが割り当てられた。これは誰にも関心をもたれないような種目で、競技場はグラウンドの端、川床の近くの工芸教室の裏の砂地であった。二メートルから始めて、バーを跳び越えるごとに三〇センチ高くなる。山の上でも竹竿を手にてきとうに跳躍した経験がないわけではないし、こんなものは簡単極まりないと思っていた。試技が始まると、別のクラスの選手たちはイナゴの群れのようにいてもたってもいられないように身長の二、三倍の長さの竹竿を持っており、助走路の前方にはくぼんだ小さな穴があった。最初と二番目に試技をした選手はバーにぶつかって落としてしまい、三番目の選手は美しい姿で旋回する鳥のように跳んだものの、思いがけなくズドンと落ちてしまった。竹竿が二つに折れ、棒高跳びの器材はその折れてしまった竹竿しかなかったので、試合は中止せざるを得なかった。中学での三年間で唯一参加した大会の思い出が、不完全のまま頭の中に残されたのだ。何げない冗談のひとつひとつが影のごとく私の人生につきまったのと同じように。

まさか父も私に、何げない冗談を言っているというのだろうか？

7

私は父のいとこのおじさんを訪ねるべきだと考えた。

おじさんは下《しも》の集落に住んでおり、父が孤児になって以来の遊び友だちで六、七十歳ほどの老人である。私が知り合ったときにはもおじさんはもう六、七十歳だったように思う。おじさんは日本統治時代早期の集落では珍しい警部補だった。現在の言い方なら、派出所の用務員のようなものである。父が言うにはその年駐在所に新しく先進的な交通手段——鉄馬《ティエマー》〔自転車〕が届いた。日本の警察のだんなさまが集落の族人たちに次のように言い渡したのである。この石のように頑丈な鉄馬を乗りこなして駐在所から下の集落の小さな渓流のところまで行き折り返し駐在所に戻ってこれさえすれば、その者を警部補にする、と。警部補になることは天から降ってくる贈り物のようにありがたいことであった。若きおじさんは、他の族人たちが次々と転んでは膝や腕に傷を負った後、勇気を奮って鉄馬を奪い、鶏の足のように開いた足の指でしっかりとペダルをつかみ、両手を広げて鉄馬のハンドルの両側に掛けた。ペダルをひと踏みすれば、鉄馬はでこぼこの砂利道を稲妻のように駆けぬけ――イノシシが人間の汗のにおいを嗅ぎつけたように――チガヤをはねのけて一路まっすぐに突進し、その後顔中汗だらけにして苦しげな表情で駐在所まで登って戻り、ついに警部補の職位を勝ち取ったのだった。そしてその後四、五十年続く鼻息の荒い政治人生が始まったのである。私は後にまちづくりのイベントで開催された古写真展で再びおじさんが日本の警部補の制服に身を包んでいる姿を目にした。腰には地面にすれすれの木刀一振りが象徴的にぶらさがり、唇の上には日本人の太くて黒い整えられた毛虫の棘《とげ》のような髭を真似て生やしている。まるでイノシシの切断された黒い尻尾のようだ。けれども祖父はどの写真の中にも現れず、まるで歴史的映像から散逸してしまったかのようだ。父の言い方なら、歴史を「拒絶」している。祖父は早い時期から日本の警察を襲撃する戦いに参加し、日本の軍と警察が合同で行った「前進北勢番」戦役〔一九一二年一月から二月にかけて起こった台中北勢の原住民族タイヤル族と日本の討伐隊との戦い〕において、族人とともに猟銃で低空飛行していた日本の偵察機を撃破したのだ。雪山のくぼみの上方に墜落した偵察機は、自走砲に砲撃された茅屋《ぼうおく》のように幾筋もの煙をあげていた。おじさんは警部補になると、祖父が集落に住まいを遷《うつ》し、夏坦《かたん》の森のなかで大きな獣を追いかける苦しい生活をやめるようにと望んだが、逆に祖父の叱責を浴びた。「おまえの醜いその髭が、祖先の心臓を遠ざけているぞ」祖父は生涯、夏坦の森で粟を育て野生動物を獲って過ごした。そして米を食べたり、ふたつの太陽〔太陽と日章旗を指している〕の下で生活する族人といっしょに暮らすことを嫌がったのだ。

なぜおじさんと祖父を思い出したのかわからないが、まさか漢人が言う「ネズミは子でも穴を開けるのが得意〔蛙の子は蛙〕」ということわざが的中したということだろうか？　姿を消した父は祖父の足跡を追って夏坦の森へと戻っていくのだろうか？　しかし夏坦の森はもう農業委員会の低海抜固有種研究センターと国有林へと変わってしまった。父が、国が設計した林の中に隠れて見つからないなどということがあるだろうか？

8

「おまえの父親は冗談が大好きだった！」

去年、漢人の新年を過ごした時、私は父親に言いつけられたしきたりに従って、家族の家ごとにひとつずつ豚の頭を送った。おじさんは猪八戒のような豚の頭を見て言った。「これはひと月煮込んでようやく食べ終わる量だな！」どうやらおじさんこそ実に冗談好きな年長者である。

「昔おまえがまだ生まれる前の頃、おまえには兄や姉がいたんだが、妖術の呪いの言葉でふたりとも死んでしまった。だからおまえの父は女の子をひとり養子にしたんだ。ようやく三、四歳になるくらいだった。それは集落の貧しい客家人の子どもでな、おまえの父はあちこちで仕事をして、いちばんいいクリムの粉ミルクと子ども服を買って、一年間育てたが、客家人の気が変わり、娘を連れて帰ろうとした。五十元の賠償をすると言ってな。おまえの父はクマのようにたくましいが、心はキョンのようで、結局はやり女の子を客家人のもとに返したのだ。その客家人は頼という苗字で、頼家は水田を持っていた。おまえの父は養子にしていた女の子が泣いていたのをいつも思い出していた。ある日おれに瓶を集めろと言うんだ。季節は春、頼家は田植えの準備をしていた。おまえの父とおれは夜、瓶を粉々に割り、破片を田植え前の水田いっぱいにばらまいた。翌日、頼家の人間が水田に入って田植えを始めたんだ。なん株かも植えないうちに、みんなの足の裏がガラスの破片で切れて出血した。そして「チクショウ、クソくらえ！」と口々にずっと叫んだもんだ。その日おれたちはチガヤの裏に隠れて、連れ立って屁をこくほど笑ったもんだ！　スズメたちまで遠くに逃げたんだよ。どうだおまえの父親は、冗談が好きだろう！」

「まだもうひとつあるよ。昔大雪山の造林地にあったトロッコ用レールが町から「悪魔の道」（大雪山の稜線）まで敷設されていた。国民党が来てから、おれたちはレールを取って売ることが違法だとは知らなかったんで、こっそり町の客家人に売っていたんだ。後にその客家人は欲をかいて、値段をまけさせようとした。話はまとまらず、客家人はおれたちがレールを盗んでいることを訴えたんだ。おれたちは捕まって台中の裁判所に連れていかれた。おまえの父は自分の演技を見てろよって言ったんだ。裁判官が尋ねた、あなたはレールを盗んだのかと。おまえの父はタイヤル語でてきとうにしゃべりまくった。裁判官にはひとこともわからない。それからこう言ったんだ。この二人の山地人はかわいそうだ、国語〔標準中国語〕すら話せないのに、どうやってレールを盗んで売りつけるなんてことができようか？　そんなふうに、おれたちはその場で無罪放免となったんだ！　言っただろう、おまえの父はほんとうに冗談が好きだってな！」

「きょう父を見かけましたか？　おじさん」

「見てないな。おれはおまえが笑い話を聞きにきたのかと思ったよ！」

9

仮設住宅に戻ると、集落は闇夜のカーテンを垂らし始め、星がいくつか私に瞬きする。星は神話の中では射抜かれて傷ついた太陽によって空に撒かれた血だという。傷ついた太陽はすなわち現在の月だ。しかし私は、瞬く星からいかなる啓示も得ることはできなかった。ただ広場で仮設住宅を建てるために土地を提供した牧師の地主と出会った。

「いったいどうしたらいいんだ、村の役場が仮設住宅を解体するそうだよ！」

地主は長老派教会の牧師で、「九二一大地震」の時には、一緒に新社〔現在の台中市新社区〕の十軍団駐屯地に避難した。二か月後、牧師は惜しみなく土地を供出して仮設住宅を建て被災者の落ち着き先とした。共同の炊事場を作ったのは、伝統的な族人の「食物を共に分け合う」という美しいよしみに学ぶつもりだったのだろう。けれども畢竟《ひっきょう》いまは共産主義の時代ではなく、マルクスは亡くなってもう百年が経ち、資本主義が牛耳る時代だ。族人もほんのわずかな利益にこだわることを学び、三年も経たないうちに、仮設住宅に落ち着いていた族人のほとんどは元の居住地に戻りトタンの住まいを建て、少し余力のある者はローンで鉄筋コンクリートの家を建てた。残り何戸かだけがまだ仮設住宅にいて天命に任せているのだ。

「きょう父を見かけましたか？」

「見てないな」牧師は言った。「だけど数日まえにおまえの父は山に行って住むと言ってたなあ。集落はもう人間の住むところではなくなってしまったとな！」

「父は冗談を言ったんでしょう！」

「そうかもな。しかしもうすっかり年をとってしまったなあ！」

10

ヤヴァはどこにいる？

ヤヤはもう派出所に通報したから、ゆっくりと眠りについただろうか？

闇夜はまもなく目覚めるが、私は寝返りばかりで寝つけないままだ。父の一生や家族の記憶については、父が一日帰ってこなかっただけで、おそらくその真相は失われてしまう。そうなれば、私はそれっきり想像と誤解の落とし穴のなかを途方もなくさまよって、身を落ち着けるところを失うしかないのだろう。

名もなき人物の旅

川貝母

川貝母（せんばいも、チュアンペイム）
一九八三年生まれ。挿絵画家、小説家。二〇〇五ボローニャ挿絵展で入選、『ニューヨークタイムズ』や『ワシントンポスト』に作品を提供。二〇一五年に最初の短篇小説集『パームライン渓谷に屈む男（蹲在掌紋峡谷的男人）』を刊行。絵画と小説を合わせた『洞窟になる（成為洞穴）』が、二〇二一 OPEN BOOK 好書賞を受賞。

「名もなき人物の旅（小人物之旅）」◉初出＝『自由時報』文芸欄二〇一五年四月六日　使用テキスト＝『蹲在掌紋峡谷的男人』（大塊文化、二〇一五）所収のもの

「急いでグーグルマップを見てみて、お父さんが出てくるから」
姉は僕に電話をかけてきてそう言った。そして何度も興奮気味に笑いながら、こんなことめったにないわよねえ、と言った。友人に実家を紹介しているときに意外なことに父を発見したのだという。思いがけず画面に映り込んでいて、見れば見るほどますますうれしくなり、僕に電話しようと決めたそうだ。姉はさらに興味深げに通りに沿って捜索を行った。知り合い、とりわけ僕と母親がいるかどうか見たかったのだ。けれども映っていたのはすべて通りすがりのバイクライダーだけで、ご近所さんすらまったく映っていなかった。

「ただ惜しいのはお父さんの顔がぼやけているのよね」姉は言った。

父は昨年の夏に亡くなった。その日果樹園の農作業を終えた後、少し疲れたから横になると言ったきり、そのまま僕らのもとを去ってしまったのだ。あまりにもたんたんとしていて、泣き方すら忘れてしまうほどだった。何日も経ってようやくこれが確かに起こった出来事なのだとほんとうに理解することができた。姉は、三日目の晩に汁そばをすすっているときに涙があふれたと言った。食べながら、感情がようやく出口を見つけて漏れ出てしまったのだ。口の中にはまだ噛み切れていない麺が残っていたのだけれど。

母が言うには、最初はご近所さんの前で泣いたそうだ。泣いていないのを他人に見られるのはどうしたってよくない。ほんとうにつらくて泣いたのは、写真を整理しているときだったと母は言った。黄ばんだアルバム一冊とクリームサンド・ビスケットの缶ひとつ、それが父の記憶のすべてだった。そしてその写真を見ているときに僕らが気づいたのは、もともと父の写真がとても少ないということだった。家族写真があるのは僕が中学のころまでで、それ以降はほとんどなくなった。

だから、グーグルのストリートビューで父の姿を見つけたときの姉の気持ちはだいたい理解できる。それは父の晩年にもっとも近い姿だったからだ。けれども、このように貴重な画像が、グーグルの機材によって捉えられたことに、僕は恥ずかしさと親不孝を感じた。親不孝者の僕と姉は、カメラを手に身体の成長を自撮りすることばかりに気を取られ、少しずつ老いていく父を記録することは忘れていたのだ。母についても同じだ。よく考えてみると、僕らは両親がいつ、しわや白髪が増え始めたのかなんてことには気に留めたことはなかった。僕らはあまりにも自分勝手ではないだろうか？　僕はベッドに横たわり、絶えずそのことを考えていた。

僕はパソコンを開いて、もう一度父に会いたいと思った。ストリートビューのなかの父は家の玄関に立ち、両手を腰に置いて前方を見つめていた。きっと午後それも夕方に近づく頃だろう。その時分には父はたいてい玄関前をうろうろする。おそらくグーグルの撮影車がちょうど通りかかり父の目を引いたのだろう。それで前方を見つめる父を撮影できたわけだ。それはまるで父が僕のことを見つめているように感じた。父はずっとそこで僕と姉を待っているかのようだ。

そのままグーグルのストリートビューでふるさとをぶらぶらし始めた。一歩一歩かつての道を歩いた。こんなふうに歩かなくなってもうどれくらいになるだろう。どうやらふるさとを後にしてからはもう子どもの頃のように、歩いて自分だけの地図を作ることはしなくなったようだ。いまはただ通り過ぎるだけで、秘密の近道を探すことはなく、秘密基地はとっくに荒れ果てている。道端にも目を引くようなものはない。目を引くものはすべてインターネットのなかにあるのだ。

僕は自分がいま住んでいる住所を打ち込んでみた。考えてみると、住んでいる場所のストリートビューは検索したことがまったくなかった。そして自分が、父と同じように、入口に立っているところを目にした。僕の心臓の動きは速くなり、重い鼓動が身体の中で波のように何度もしっかりと打ち続ける。胸腔から激しく突き出てくるかのように。顔にはぼかしが入っているが、すねと短パン、こぢんまりとした体格から僕だとわかる。バイクがそばにある。そう、これは自分だ、間違いない。僕は意外にも父と同じように、入口に立って前を見つめていた。

僕は自分の生活習慣を考えてみた。特別なことがなければ、朝か昼か晩の外食時だろう。僕はストリートビューを右にスワイプし、その先をクリックする。僕は道路を歩いている自分を目にした。僕はまた地図上に現れたのだ。けれど、いつグーグルの撮影車が現れたのかまったく見当もつかない。しかも、ちょうど撮影車と同じ速度と方向で進み、それが撮影した画面のなかに続けざまに現れたのだ。僕はそのまま前方の道路をクリックしたが、僕は同じようにそこに姿を現す。それから自分は朝食屋で朝食を買った。

そう考えると、撮影時間は朝ということだ。

グーグルの撮影車は同じ速度で僕の後ろにぴったりついている。

朝はいつも、僕は歩いて二〇〇メートルほどの朝食屋で蛋餅《タンピン》と吐司《トースト》を買うことにしている。それからコンビニに寄ってホットコーヒーを買い、そのあたり一帯の家々をめぐってから自宅に戻るのである。そうやって朝の運動をしたことにして、ついでにその日にするべきことをいろいろと考えるのだ。僕はそんなルートに沿って検索するが、グーグルの撮影車はずっと僕を撮り続けている。もしも超強運な偶然でなければ、まさかグーグルの撮影車が僕を尾行していたということだろうか？

ストリートビューで僕の自宅に戻った。僕は依然としてそこに立ち前方を見ている。ふとある考えがひらめいた。もしかしたら部屋の中に入っていけるのではないだろうか。すでにこんなに奇妙なことが起きているのだ。部屋に入っていける可能性は無きにしも非《あら》ずである。けれどももしもそれがほんとうにそうなら、これは非常に恐ろしいことだ。心臓の音はもはや僕の聴覚のすべてを覆いつくしてしまった。身体の音がこんなにも巨大になるなんて思いもよらなかった。おそらく肉眼でも僕の胸腔が激しく脈打っているのを見ることができるだろう。僕はマウスを動かし、ストリートビューのなかの「僕」を迂回して、背後のドアをクリックした。

入った。画面は、捻《ねじ》じれた空間にダイブしていくようにしばらくの間ゆがんだ。僕は一階の階段のところに立ち、カメラに背を向けて、ちょうど階段を昇って三階の自宅に戻ろうとしていた。目の前の画像をどうしても信じることができない。まるで一人称の視点で恐怖のサバイバルゲームをプレイしているようだ。次の画面へと切り替わるごとに、心の中の緊張感と衝撃はますます高まり、まるで変種の吸血生物が突然飛びだしてきそうだった。自宅に着いて玄関をクリックし、リビングに入った。部屋の中にさえグーグルは入ってきたのだ。僕は玄関を背に、テレビとソファの間に立っていた。次の曲がり角は、三つの部屋、寝室と書斎そして物置き部屋へと続く廊下である。僕は部屋の方向をクリックし、入るとベッドとちらかったままの服が積み重なっているだけで、僕はいない。ストリートビューの視線で自分の寝室を見回すのはおかしな感覚だ。僕は、臨終の前に霊魂が穴から出ていくという話を思い出した。死に際の人の魂が空中に漂い、上から自分の姿を俯瞰するのである。

僕は部屋にいなかった。ならば自分がおそらく現れるのは書斎しかない。僕はストリートビューの画面を書斎の方へ向きを変え、クリックして中に入ると、カメラに背を向けた自分がパソコンの前に座っているのが見えた。僕は、今日着ている服がちょうどストリートビューの自分と同じだと気づいた。机のうえに並んでいるものもほぼ同じ、拡大して見てみると、その物体の角度は現実の自分とまったく同じで、パソコンの画面のなかでもちょうどストリートビューを見ているところだった。

まさかこれはいま現在の僕なのか？　僕はとっさに振り向いて後ろを見た。

「父さん?」僕は大声で叫んでしまった。

「水はあるか? 腹は減るし喉もカラカラなんだ」父は言った。

父は普段通りのいでたちで、白いポロシャツに黒いスラックス姿である。背中には重そうな機器を背負っていて、その機器から上の方に一本管が伸びている。いちばん上は球状になっていて、たくさんのカメラがなかに収まっていた。それはおそらくグーグル・ストリートビューの人体用装置で、撮影車が行けない場所を探索するために開発されたんだろう。それにしてもどうして父がこんな装置を身に着けているのだろう。しかも父はもう死んだっていうのに。

父は手渡した水を一息に飲み、喉仏が上下に動いたが、水は父の両足を伝って流れ落ちてしまう。ベッドの下には小さな水たまりができてしまった。けれども僕は父にどういうことなのか尋ねることもなく、ただ驚いて父を見つめていた。彼は父だ。正真正銘の父なのだ。背中にはバカみたいなグーグルの撮影機材を背負ってはいるけれども、それは父だった。

「ああ、やっぱりだめか、わしは腹が減って喉が渇いて、もう一年以上にもなるんだよ」父は言った。父は僕の驚いて怪訝そうな顔を見つめながら付け加える。「おまえに会いたかったよ、心配してたんだ」父は両腕を広げた。まるで子どもが間違いをしでかしてしまったかのように。

「わしは死んだ。幽霊なんだ。いまはグーグルで働いていて、ストリートビューの担当なんだ。グーグルの地図はな、ぜんぶ世界じゅうの幽霊が作ったものなんだ。信じないのか？　でなけれりゃ、どうやればあんなに多くの人間と撮影車が世界各地の大小さまざまな通りを完全に網羅できるというんだ。しかもあんなに速いスピードで完成した。それはすべて幽霊とグーグルの間で合意したことだよ。グーグルはあるルートを通じて、死んだ幽霊たちを募集しこの任務をやり遂げたのさ。条件は自分の家族のそばにしばらく戻ることができること。この条件は亡くなってまだまもないか、不慮の事故で亡くなった者からすれば、当然願ってもないことだ。わしらはみんな家族のもとに戻りたいと願っている、ちょっと会うだけでもいい、そばに寄り添って静かに見守るだけで。だけど自分の家族に会いに来た代償として、その何倍もの時間を使って荒涼とした広野に行って調査しなければならない。機器を背負うか車を運転して、ひとりぼっちで孤独に向かうんだ。ああ、ひとりの幽霊というべきだろうな。都市の大通りは基本だけれど、いちばん重要なのは誰も足を踏み入れたことのないような秘境なんだ。それでグーグルは幽霊の協力が必要なんだよ」父は言った。

「それで、わしはおまえたちに会いに来たんだ」父は申し訳なさそうな様子だ。「だがそれは、わしがほんとうにこの世を去ることも意味している。はるか遠く、未知の世界へ行くんだ。死んだ後もほんとうに長い長い道のりなんだよ」父は苦笑いしながら言った。

「父さんはこの後、どこに行くの？」僕は尋ねた。

「北のシベリアだよ。グーグルはあの広大な荒野を調査しようとしているんだ。辺鄙なところだし、環境もひどい。野生の猛獣が棲息しているところだ。だから幽霊しか任務を果たせないんだ。わしはそこには行ったことがない。だから実はちょっと期待もしてるんだよ。腹は減るし喉も乾くんだが、ただ一応もうどんな被害を被《こうむ》ることもない。わしの人生の最初の大旅行は死んだ後に始まったんだ。その点はグーグルに感謝するべきだと思っている。数年後、グーグルがシベリアのストリートビューのサービス開始を宣言した暁には、わしの任務が完了したということだ。そのときには、ネット上でわしがたどった足跡を見られるようになるよ。ある面においては、わしはおまえのシベリアでの双眼ということになるな」父は自慢げに言った。

「誰でもグーグルマップで僕を見られるっていうことなの？　父さんは、母さんや姉さんに会いたくはないの？」僕は言った。

「いや、わしはわざとおまえに見せたんだ。これは儀式、パソコンの起動条件のようなものでな、こういうふうにおまえに気づいてもらうようなやり方でなければ会えないんだよ。この地図はわしら二人だけの限定版で、わしがいなくなれば消えてしまう。けれどもわしはな、おまえが入口に立っている姿は今後も残してほしいと、グーグルに特別にお願いしたんだ。だって、こんなふうにわしら父子が互いに通じ合っているのはおもしろいじゃないかって思ってな。ハハ、気にしないでくれ。それにおまえにとっての記念にしようと思ったんだ。父親が死んだ後、息子のもとへ帰ってきたという記念になるだろ。母さんと姉さんについては、技術上の問題でルートは一本しか選べないんだ。おまえたち三人は住んでいるところがバラバラだろう、それでおまえを選んだんだよ。わしが元気にしているとおまえに知ってもらえれば、それでいい。もう満足だよ」父は微笑みながら続けた。「わしは若い時にビーグル号についての本を読んだことがある。当時は冒険することを夢見ていたが、ずっと行動に出ようとはしなかった。そしてこんなふうに突然死んでしまったんだ。わしはダーウィンがこんな冒険を経て、多くの未知の生物を観察できたことがとても羨ましい。ルートは違うけれど、シベリアにもまだたくさんの未知の動植物がいるはずだよ。そんなふうに考えたら、小さい頃の遠足に行く前のように興奮しながら期待しているよ」父が言い終えると、背中の機器から音が鳴り、父に残された時間がもう多くないことを知らせた。

父は僕を抱きしめた。僕らは一度も抱き合ったことはないので、自分はなんだかぎこちない。だが父のほうは意外にも熟練と温かさとが込もっていた。死後の父には僕の知らない変化が起こっているようだ。

「ああ、とても懐かしいぬくもりだ」父は言った。

父はひどく冷たかった。まるで冷凍庫から出てきたばかりのようだ。僕らは互いにしばらく見つめ合ったまま、黙っていた。その後、自分がいちばん懐かしいと思ったのはこの時だったと気づいた。

父はまもなく去っていく。僕は書斎のなかの焼物のクマの人形をてきとうに摑み、父がそれをシベリアに持っていってどこかに置いてくれるようにと願った。もしも地図の中にそれを映し込めたならば、僕は自分の力でそれを探し出そう。僕は父親の足跡をたどってシベリアを探検したいのだ。

父は笑って焼物のクマをしまうと、見つけにくいけれど、いちばん美しい場所に隠して、僕がそれを探しに行くのを待っている、と言った。言い終わると父は背を向けて離れていった。背中の人体用撮影装置からかすかに鈴のような音を響かせながら。それからあたりはしんと静まり返った。ベッドの下のあの水たまりを残したまま。

告別式の物語　クリスマスツリーの宇宙豚

甘耀明

甘耀明（かん・ようめい、カン・ヤオミン）
一九七二年生まれ。現在の台湾文学を代表する作家の一人。二〇〇二年に文学賞を次々と受賞、二〇〇三年に初めての短篇小説集『神秘列車』（邦訳は白水社、二〇一五）を刊行。二〇〇九年に、長篇小説『鬼殺し（殺鬼）』（邦訳は白水社、二〇一六）で中国時報年間ベストテン賞などを受賞。そのほか邦訳に『冬将軍が来た夏（冬将軍来的夏天）』（白水社、二〇一八）、「飛驒国分寺で新年の祈り（『我的日本』白水社、二〇一九）がある。
「告別式の物語　クリスマスツリーの宇宙豚（在告別式上的故事　聖誕樹上的外星豬）」◉使用テキスト＝短篇集『葬式物語（喪禮上的故事）』（二〇一〇）所収のもの

あれは一九七〇年代、おれが金門島《きんもん》から退役したときのこと、まず船に乗って高雄に上陸し、列車に乗って苗栗《びょうりつ》に帰り、それからバスに乗り換えた。この時にはもうすっかり暗くなっていたのだが、さらにひとしきり徒歩で歩かなければ三寮坑《さんりょうこう》にはたどり着けない。ちょうどクリスマスイブの夜、憲法記念日の前の晩だった。まっくらな山道を、おれはひとりぼっちで歩き、疲れて汗びっしょりだった。というのは背中に棺ほどの大きさのリュックを背負っていたからだ。

棺ほどの大きさのリュックというのは、大げさではない。なかには死体が入っていて、血もしみ出している。血は太ももをつたい、軍靴のなかからあふれ出て、おれの両ももから下をダメにしてしまっている。生臭くてねばつくのだ。でも、おれはこのバラバラになった死体に途方に暮れるとともに、興奮してもいた。

その時、山道の向こうに明かりが灯り、はっきりと明るい光が曲がりながらやってくる。全部で七、八つ、轟く響きを伴っていた。おれは力を振り絞った。ヘッドライトに照らされてよく見えないが、轟くようなエンジン音は、電動ノコギリのようにおれを震わせてへなへなにする。そして、いちばん流行っていた野狼《イエラン》バイクがやってきたのだとわかった。しかも単独ではなく、群れを成してやってきたのだ。おれは急いで道端に立って群れ成す狼たちに目をやった。

野狼たちは傲慢に、塵を巻き上げ猛スピードで走り去っていく。突然、ライダーたちが生臭い血の匂いを嗅ぎ取ると、ブレーキを踏み、ひそひそ話を始めた。それから無理やりバイクの向きを変え、おれの目の前に停まった。そのうちのひとりはやけに攻撃的に言った。「てめえ何を見てやがる?」

「ああ、てめえになにができんのか見てやるわ」おれは罵声で返してやった。

何人かがおれを何度も言葉で責め立て、偉そうで苦々しい言葉を投げかけてきた。それから連中は足を翻《ひるがえ》してバイクを降り、邪気を帯びた目で近づいてきた。控えめに言っても、おれの顔面に二十発の鉄拳をお見舞いして、ようやく鬱憤を晴らせるとでも言いたげだ。おれも頭にきて、両足を広げ、靴をバタバタと踏みしめて血をまき散らし、大きなリュックを下に置いた。リュックは地面で音を立てると、青白い腸がむき出しになる。

「なにが入ってるんだ？」

「死体さ！」

ライダーたちは信じない。おれは大笑いして、リュックを蹴って立たせ、底のほうを摑んで引っ張り、さらに振ると、大きなゼムクリップのようなぐにゃぐにゃの生臭い腸が飛び出して、ぶくぶくと泡をたてている。続いて、肝臓や胃袋といった内臓が飛び出し、恐ろしい切断された手足も遠くへ跳ねていく。けれども頭部がいちばん遠くまで転がり、ボウリングの球のように彼らにぶつかった。彼らはものすごい大声で叫んだ。まるでミニスカートの女性が風を避けるみたいで、楽しくておれも大笑いしてしまった。すぐに、若者たちはわれに返ると、それが人間の死体ではなく、解体された豚であることに気づいた。

この死んだ肉塊の由来はこうだ。おれが除隊したとき、豚を買って家に帰ろうと考えていた。列車の中でも考えたし、バスに乗って三寮坑に帰るときにも考えていた。ふと道端の豚小屋に豚がいるのを見かけたのである。買ってもすぐに食べつくしてしまうのだが、豚肉で楽しく旧暦の年越しまで過ごすに越したことはないと、バスを降りて品定めをしに行ったのだ。おれは何軒かの養豚農家に飛び込んで選び、愚鈍そうなやつに絞り込んで、カネを台の上に置いて主人に渡し、取引成立で、豚を引きずって歩き出した。

それが苦難の始まりだった。その豚はしつけがなっておらず、道すがら女性を見かければ鼻をヒクヒクさせ、本性をあらわにして、よだれを垂れ流す。この去勢豚はどうしてこんなに色情狂なのかとおれは思った。言うのも変で、気を回し過ぎなのかもしれないが、やはり通行人の怪訝なまなざしは、おれが盛りのついたオス豚を交配させる商売をしているように感じさせ、退役金の多くをつぎこんで、豚を買って自分の首を絞めてしまったことを後悔した。そう考えていると、足取りが重くなる。人間が豚をひいていたはずが、豚のほうが逆に人間を引っ張っていて、道行く人からさらに陰口をたたかれるようになったのだ。おれは悩んだ。このスケベ豚を川まで引きずって、藤つるで縛り上げ、拾った石を割って石刀にした。これでいい。豚籠を水に沈めるあのやり方でオス豚を川に沈め、石刀で突き刺して、息の根を止めた。それから岸に引っ張り上げ解体したが、石刀の切れが悪く、ずたずたになってしまう。さらに大きな石を使って骨を砕いた。

さっきまで増長の極みだったあいつは、いまは地面に這いつくばって人間に自らの肉体をいじらせるがままにしている。けれども、これはまったくの凶悪な殺戮だ。そのとき、おれはその場で茫然として、とめどもない思いに駆られた。「おれは一匹の豚ともうまくやっていけないばかりか、どうしてこいつを殺してしまったんだろう」おれは自分がとことん愚かだと感じたのだ。

夕陽が西に沈むと、おれはため息をついた。なんとか折り曲げるように押し込んで死骸を大きなリュックに詰めると、また帰路につき、三寮坑への歩みを進めた。

話を戻そう。あのライダーたちは死骸に驚愕しつつ、じっくり見るとそれが豚の肉塊だと気づき、最初はあっけにとられ、それから笑い出した。それが火薬を互いに踏みつけあうような修羅場の火を消して、双方が互いへの敬意のように肩や胸を叩いて、どうやら友情が芽生えたらしい。

それから彼らはバイクに乗って去っていったが、おれは手を振って別れを告げ、恋人にするような熱い投げキッスを贈った。しばらくの間、おれは自分もなかなかやるなあと思った。誇らしげにぶつぶつつぶやき、意気揚々と頭を振り、そして思い切り笑った。それからまた歩き出した時、思いがけず「王手飛車取り」にされてしまったことに気づいた。まずい、死骸を詰めた大きなリュックがなくなっている。あのライダーたちが持ち去ったのだ。しばらく、おれはその場に立ちすくんでいた。風を冷たく感じ、真っ暗闇で、道のりはまだずいぶんと長い。おれは、夢のなかで自ら吐き出したかのような内臓や手足がちらばっているのを見つめていた。どうすればよいのだろうか。

「いちどに持って帰ろう！　ひとつも残さずにな」おれは思った。だが、どうやって？　大きな袋はどこにあるのか。

おや。おれは道端の木の方を見やった。そこには袋はないが、天然の「物置棚」がある。間違いない、それは地面に倒れ、枯れて乾燥した大樹だ。おれは時間をかけて木の幹を引きずり出し、それに巻き付けるか引っかけるやり方で、豚の内臓と死骸をすべて木に載せた。もちろん、おれも服をぜんぶ脱いで、木の枝に引っかけて、滴《したた》り落ちる血で汚れないようにした。どのみち真っ暗闇で、街灯も火もなく人もいない。裸だってかまわないのだ。おれは疲れ、喉の渇きを感じながら、木を担いで家へと向かった。世界には豚の血の雨が降り、おれの髪の毛はぺちゃんこになってしまい、瞼は血の粘りけで開けない。

もうだめだ。ちょうどその時、山道の向こうからまた明かりがいくつかこちらに向かってくるのが見えた。冷たい風が身に沁みるなか、その明かりはひどく胸に突き刺さり、飛んでいって抱きしめたいとさえ思った。しかし、おれは困り果ててしまった。裸のうえに、血に汚れた屠殺業者のようで、誰が見ても震えあがってしまうだろう。おれは慌てて道端の側溝に身を隠し、異臭を放つ枯れ木だけをあらわにした。やってきたのは児童養護施設の子どもたちで、手には牛乳の缶か竹筒に穴をあけてロウソクを入れたものを提げていた。風はひどく冷たく、彼らは目を細くして、足も縮め、影さえも縮んで靴の縫い目にもぐりこんでしまうようだ。引率の修道女は彼らに、胸を張って吉報を届けるように、いびつな歩き方はさせないようにした。

「おい、すっげえよ！　みちばたに「おばけの木」がある」子どものひとりが目を大きく見開いて叫ぶ。

「へんなものがいっぱいにさいているよ」

「バカ、おまえきょうはもうすっげえが十かいめだぞ。いうなら「おー、まいがっ」じゃなきゃ」もうひとりの子どもが指摘する。

彼らの目の前で、木の上に満開なのは花ではなく、怪しげな頭部、肺、内臓である。蔓のように巻き付いているのは豚の大腸と小腸だ。木全体から絶えず血が滴り落ち、風に震えている。子どもたちも震え、手に提げた牛乳缶の灯りが揺れ動く。彼らは自分たちが聖書から落ちるしおりのように、煉獄に落ちてしまうのではと疑った。

「すっげえよ。みろよ」その子は暗がりの中のおれを指さして叫んだ。「怪樹《へんてこな木》は怪胎《ばけもの》からはえてたんだ」

「十一かいめのまちがいよ、ていせいしてちょうだい」別の女の子が言う。

「「おー、まいがっ」っていうほどすっげえよ。はやく怪胎をみろよ」

お手上げだ。側溝にうずくまっていた「怪胎」――おれは頭を出して、ひたすら目配せして、子どもたちに早く立ち去るよう哀願するしかない。

「あいつはサタンだ」ある子どもが鋭く叫び、おれを告発した。

修道女は大声でそれを阻止する。「おお、あれはサタンではありません。今夜はイエスさまがかいば桶でお生まれになったクリスマスイブなのです。ぜったいにサタンはいません」

「あいつはサタンだよ」子どもたちは修道女に向かって興奮して叫んだ。食うか食われるかの神の敵のためだけに。

「サタンではありません」修道女は大声で返す。

「あいつはぜったいそう、きっとそうだよ」子どもたちは大声で返し、恐怖の感情が興奮へと変わっていった。おれは思った。この子たちは聖書に触れてから、おそらく今まで神を夢で見たこともないのだろう。それなのにサタンに初めて出会ったのだ。おもしろくてたまらない。

「みなさん、よくごらんなさい。あれは人間です。サタンではありません」

「間違いない。おれは「撒蛋《サタン》〔卵をまき散らすの意。悪魔は「撒旦」〕」だ」おれの舌はこわばっていた。もしも夜中に怪樹を持っていて、悪魔でなければ、笨蛋《バカ》だ。けれども寒すぎて、舌が麻痺してしまい、「傻蛋《シャアタン》〔バカ者の意〕」を「撒蛋」と言ってしまった。慌てて言い訳した結果がやはり最悪だった。「おれがさっき言おうとしたのは、おれは純粋な「啥旦《シャアタン》〔「なんの卵」から転じて「何様」の意〕」だってことなんだ」

「あいつはじゅんすいなサタンだっていったよ。ぼくらのかちだね」

子どもたちは勝利し、やかましく騒ぐ。彼らの目の前のサタンは、奇怪な内臓が満開で、おぞましいプレゼントがいっぱい掛かったクリスマスツリーを抱え、背を丸め、鳥肌が立つほど震えながら、側溝に身を隠し、子どもたちの歓声を受け入れた。

修道女はぷんぷん怒りながら、明かりを前にやって、目の前のおれを照らす。彼女は激怒して言った。「これは人間です。ごらんなさい、目だってあるし、鼻も、口も……」明かりがさらに下に移動して、おれのへそを照らす。もっと下に行けば男のだいじなところだ。これは修道女の想像を超えていた。彼女は目の前の男が少なくとも下着一枚ははいていると思い込んでいたのだ。けれどもおれははいていなかった。彼女は腰を抜かした。

修道女は甲高く叫んだ。その叫びは命令のようで、すべての子どもたちも甲高く叫んだ。というのは、彼らはおれの「でかいあそこ」を目にしたからなんだ。いや、それは寒風に縮こまり、ほとんど蛋《たま》が見えないちっぽけなあそこで、それこそがほんもののサタンだったからだ。現場は統制がとれなくなり、修道女がまず逃げ出し、少し行ったところで振り返り、子どもたちもいっしょに逃げていった。

一団が狂ったように逃げていくと、その場にただひとり残った子どもが感心して言った。「サタンのおじいさん、すっげえよ！　もうおれのアイドルだよ。おれとあくしゅしてもらってもいいですか？」男の子はおれと握手した後、興奮して走っていった、叫び声をあげながら。「めっちゃきもちいい！　おー、まいがっ……」

みんないなくなり、周囲にはびゅーびゅーという風の音だけが残された。

おれは地面に落ちていたロウソクを木に付けて明かりにし、くねくねとした道を家へと向かった。山道のカーブのところで、殴りかかってくる突風に何度かふらつきながらも、なんとか木を支えた。そのとき、遥か遠くの山間《やまあい》のくぼ地に人家があり、うっすらとした明かりが窓から漏れているのが見えた。

このとき、その明かりはおれよりもずっと弱々しく、ずっとみじめに感じられた。おれはその家の主人のことをいくらかは知っていた。彼はいまは墓場に眠っているが、三人の子どもが残され、母親はこの時間はまだよその土地で残業しているはずだった。

おれは向きを変えてそちらの方へと歩いた。三人の子どもたちに豚肉をいくらかあげて、ぬくもりをさざようと思ったのだ。玄関にたどり着くと、竹でできた家は北風に揺れていて、おれよりもずっと寒そうだった。しかも、窓の隙間から明かりが漏れ、人影が見える。この寒い夜に、彼らをどんなふうに助けてあげられるのか、おれにもわからない。

おれは木を地面に据え置き、豚肉を外そうとしたが、手が届かない。木を地面に横にすればやりやすいのだが、木を立たせるのが難しい。おれは木を家の壁に立てかけて、家の隅から乾いた薪を一本選んだ。これを踏み台にジャンプすれば、いい肉塊をいくつかつかめるだろう。ふいに、的を外してしまい、屋根の一部を叩いて崩してしまった。おれがそのまま作業を続けていると、ドアが開き、明かりが漏れ出す。三人の子どものうちの姉が顔を出して叫んだ。「おかあちゃん、ようやく帰ってきたのね」けれども彼女が目にしたのはこの世でいちばん恐ろしい景色だった。

皮の剝がれたおばけが目の前にいる。おばけはおれのことで、身体じゅうが豚の血にまみれ、それはヒキガエルのイボのようで、まるで皮剝ぎおばけみたいに、全身に赤い染みがついている。それから、二人の男の子も顔を覗かせ、手には短すぎて竹管をかぶせて使う必要のある鉛筆を持ち、表情はこわばっていた。彼らの恐れおののいた反応から、おれは人間として見られていないとわかった。

「きみ、こっちへおいで」おれは末っ子を指さして言った。

小さな男の子は驚いて泣き出し、門柱によりかかって、完全に動けなくなってしまった。

「じゃあきみ、おいで」おれは真ん中の子に言った。

真ん中の子は敷居につまずいて座り込み、末っ子の足をしっかりつかんで、息をするのも忘れていた。

「おいで、なにぐずぐずしてるんだ」おれはちょっと怒ったように真ん中の子に言った。

「あたしがいくよ」姉は口を開いたが、壁にくっついたまま動けない。ほとんど息絶えるような声で言った。「虎姑婆《フークーポ》〔言うことを聞かない子どもを食べてしまう老婆姿の妖怪〕、食べるならまずあたしからにして！」

「誰が虎姑婆だ。おれは男だよ。サンタクロースなんだよ」おれは大笑いした。

この吉報にも三人の子どもたちは喜んで小躍りすることもない。おばけのようなこいつは、体格は丸々として、真っ赤なマントを羽織り、雪のように白いヒゲで、コロンだってつけているサンタクロースとは、永遠に似ても似つかない。おれの笑い声がさらに子どもたちの悪魔に対する印象を深くしたようだ。

「おれが持っているのはクリスマスツリーだ。おねえちゃん、登ってプレゼントをとっておいで」おれは言った。

もしかすると彼女は、おばけを怒らせたら自分たちを食べてしまうかと思ったのかもしれない。あるいは、木に掛かっている内臓は悪魔の体内から取り出したもので、悪魔は皮だけで体内はからっぽだから、きょうだい三人を食べるのに何の問題もないと思ったのかもしれない。そこで彼女はおれの言う通りに、それほどためらいもせずに木に登っていったのだった。

姉が木に登っている時間はたいそう長かった。あれやこれや選びながら、どんどん高く登っていった。

おれは十歳の女の子が木の上であちこち揺れ動くのに任せていたので、手でしっかりと木を支えておかなければならない。気力はまもなく尽きるだろう。クリスマスツリーからプレゼントをとるゲームを早く終わらせないと、おれはアイスキャンディーになってしまう。ちょうど三度目におれが催促し、口調は怒気を抑えられなかったが、そのとき木の上から突然服が一着落ちてきた。

「プレゼントを早く取ってくれ。おれの服は落とさなくていいから」おれは言った。

続いて、ズボンが落ちてきた。

「また間違えたよ」おれは言った。

それから、木の枝から続けざまに黒い影が落ちてくる。見てみるとそれは、コートに、上下の肌着だ。ぜんぶおれの財産じゃないか。

「きみは目が見えないのか?」おれは客家語《ハッカ》で大声をだす。「プレゼントを選んでって言ったのは、いい肉を取ってねっていうことなんだ。そんなに難しいかな? さあ、そのもも肉を取りなさい。そうそれだよ、その通り」

最後にパンという音とともに落ちてきたのは、一足の軍靴だった。それは血があふれるままに履いて、ひどく気持ちが悪かったので、木のてっぺんに掛けるしかなかったのだ。

「サンタクロースのおじいさん、寒いから服を着てください」姉が木の上で言う。

「ありがとう。おれは寒くないよ」この言葉は嘘ではないが、彼女の優しさがおれの心を温めてくれた。それから、おれは姉に降りてくるように言った。おれは服を着て軍靴を履いたので、身体はさらに温まり、いくらか気力も持ち直したようだ。そして、おれは木の端を持ち上げて、容赦なく地面に十回ほど叩きつけ、豚の頭や心臓、ももなどの上等な肉を落として彼らへのプレゼントにした。この十回は、姉が木の上から十回に分けて寒さをしのぐ衣類をおれに落としてくれたことへのお返しである。

いまや、クリスマスツリーはすっからかんだ。おれが出発する時にはずっと軽くなった。「あんたはきっとおとうちゃんだ」追いかけてきた姉が豚の頭を抱え、震えながら叫ぶ。「あたしたちを心配したからこそ地獄からこっそり戻ってきたんだよね。頭を持っていくのを忘れているよ」

おれは黙ったまま、足を止めた。おれは三人の子どもの父親がトラクターを運転していたのを思い出した。荷台の後ろから先っぽを出した台湾マダケをいっぱいに載せ、山の上から下へ降り、蚊取り線香のようなぐるぐると回る山道をめぐっていたものだ。そのトラクターの豪放不羈《ふき》の音は、ドンドンドン、ドンドンドンと、なんとも立派な田舎の重金属交響楽《カントリー・ヘヴィメタ・シンフォニー》を奏で、この山からあの山へと経めぐって、高々と聳えるすべての山が聴き入った。その男はとても明るく笑い、ひとみは輝き、ハンドルはしっかり握り、ブレーキもちゃんと踏んだが、それでも故障してしまったトラクターは残酷にも男を乗せたまま谷間に落下し、男をバラバラに押しつぶしてしまったのである。

「おとうちゃん、肺も忘れてるよ。どうやって息するんだよ?」真ん中が豚の肺を高々と掲げる。それから振り返って弟が持っている豚の心臓を見つめながらまた言った。「心臓も忘れてるよ」

弟は激しく泣いて大声で叫ぶ。「いかないで、おとうちゃん」

「泣いたらだめ。涙をおとうちゃんの心臓に落としたらだめだよ。おとうちゃんが安心して行けないからね」姉は言い終わると、顔じゅうが涙にまみれていた。

これより悲惨なことなどない。泣いている三人の子どもではなく、プレゼントを返品されたサンタクロースのことだ。おれはふりかえり、豚の頭と心臓、そして肺を持って木に戻して言った。「おまえたち、しっかり勉強して、おかあちゃんに親孝行するんだよ。そうすればおとうちゃんはもう地獄へは戻らず、天国に行って、おまえたちを永遠に見守ってあげる。おとうちゃんがおまえたちに会いに来たことは誰にも言ってはいけないよ。おかあちゃんにもね。これはおとうちゃんとおまえたちの永遠の秘密だ」言い終わると、おれは帰路についた。

寒い夜、三人の子どもたちはおれが離れていくのを目で見送った。彼らの心を込めて振る手はなんて力強いんだろう。この世にはもう二度と彼らを引き倒す北風はないだろう。まして悪運はなおさらである。

とうとうおれは三寮坑にたどり着いた。家はもうすぐそこだ。三寮坑の人口密集区域は三十戸ほどの家が並ぶ山道の両側だ。恐ろしいのは、挙動を暴くことができる三つの街灯でも、警官でもなく、飛び出してきて吠える犬だった。もしも犬たちが現れたら、ふだんはこの何匹かの移動式警報器に頼っているだけの警官が籐椅子から跳びあがって捜査する。警官から逃げるのは、あの頃豚を屠殺するのにも税金がかかり、支払えば役所が処理済みの肉に紫色の税章を押したからだ。税章がないものはヤミだと見なされ、捕まれば重罰が科されたのである。

よし、この道すがらほぼ関門は突破した。もうこれ以上の難所はない。おれは木を倒して、死骸の一部をひとつずつ取り、身体に引っかけた。頭には豚の頭をかぶせ、腋には豚の足を挟み、他の部位は腸で体に巻き付けた。それでおれは恐怖のクリスマスツリーとあいなって、一〇〇メートル走のスピードで村を駆け抜けた。二つ目の街灯に差しかかった時、おれは、外に出てきたオバサンにびっくりさせられ、両手を高く上げると、その瞬間、豚の死骸が破裂して散らばり、人間のほうは橋のたもとから翻って水底へと落ち、身を隠した。

駆けつけた警官は度肝を抜かれた。心臓を除いて豚の部位はすべて揃っており、爛《ただ》れた傷口や砕けた骨を見て、彼は言った。「これはきっと一生懸命走ったあげくに爆発してしまった怪物豚だ」警官は豚の死骸を持ち帰り、捜査案件をもみ消すように食べてしまったのである。

第一発見者のオバサンの説明はもっとすばらしく、三十年来いつもこの物語を話してくれた。宇宙からやってきた豚が三寮坑に侵攻し、彼女を目にするやびっくりして肛門が緩んで開き、内臓は爆竹の火花のようにぶくぶくと噴き出し、最後には橋のたもとにぶつかって爆発したのだと。

ああ神様、このオバサンはほかでもない、おれの母親であり、いま納棺したあと火葬される人です。おれは彼女の二番目の息子で、告別式の場でこの物語を話したことを、彼女が喜んでくれることを願っています。実際、この宇宙豚は三寮坑の恐怖の伝説となりましたが、いまようやくその秘密を明らかにします。もちろん、母があの日「二本足の宇宙豚が橋にぶつかって自殺する」のを目撃したというのは偶然ではなく、退役したばかりのおれの帰宅を待ちきれず、何度も村の入口まで足を運んでいたからなんです。母は現場で豚の心臓をこっそりくすねて家に戻り、長いことひとりで得意げにしていました。

ご友人と親せきのみなさま、もう少し話すのをお許しください。実際、ここ数日斎場でお話をする方々は、お歳には関係なく、お運びいただいたのは決して偶然ではなく、母が生前に来ていただくよう準備をしていたのです。物語を語るほうには勇気が必要ですし、聞くほうも同じでしょう。生きるということはすばらしいことですし、物語はその最良の証しとなるからです。われわれはそれによって他者の存在を尊重することができます。

母が三年前、大病を患ったときのことを今でも覚えています。母はおれに言ったんです。自分は幸せだったと。母の言う幸せというのは、たとえ一本のナイフが足に刺さったとしても、それ以上のものを失うことはないとわかっていて、しかも未来に対して大いに楽観しているということ。進んで耳を傾ける価値があるような、もっと多くの物語が生まれるということなんだと思います。

みなさん、これがおれの母親です。母の一生は心動かされる物語なんです。

解説

三須祐介

「台湾文学ブックカフェ」シリーズの第三巻は、近年の佳品である十一篇の短篇小説を集めたアンソロジーである。すべて二十一世紀以降の創作であり、うち八篇は二〇一〇年以降のものである。作家の世代は、一九六〇年代から七〇年代生まれが七名、八〇年代から九〇年代生まれが四名とベテラン、中堅、そして若手がそろった。また、ワリス・ノカン、呉明益、甘耀明、黄麗群など、すでに邦訳のある作家も含まれるが、まだ日本で紹介されていない作家の作品が大半である。

どれもが新鮮な輝きを放つ作品であり、繰り広げられる作品世界もさまざまだ。そして、そのひとつひとつから、台湾という場所の色や匂い、そして温度や音を感じ取ることができる。緑濃い山並みや豊かな田園風景、そして碧い海と空。海風のしょっぱい匂いや、荒々しく照りつける大きな太陽、廟にたちこめる焼香の匂いや、屋台の鉄鍋のなかで滾る油の音。それらすべてが、台湾という場所の、リアルな生活のひとコマであり、台湾に住む人々の心の声なのである。

これら十一篇は、台湾の人々の生活のさまざまなシーンを、多様な角度から描いているが、一見、関連性がないようなそれぞれの作品は、いくつかのキーワードによって繋いでいくと、違う景色を見せてくれるのである。

ここでとりあげてみたいキーワードは、「動物」「父」「性」である。

動物が描く人間、人間が描く動物

十一篇のうち、「動物」が登場したり、テーマに大きく関わる作品が少なくないことに気づく。陳淑瑤「白猫公園」は、誰が飼っているわけでもない公園の猫の失踪をめぐる作品であり、李桐豪「犬の飼い方」は、ゲイカップルの飼う犬の存在感が際立つ。この二篇には実在の動物が登場する。陳柏言「わしらのところでもクジラをとっていた」では、虚実不明のクジラのエピソードが過去の記憶として登場し、鍾旻瑞「プールサイド」では、ネス湖の伝説ネッシーが子どもを食べてしまうグロテスクな描写が印象的である。クジラもネッシーも、イメージの中に存在する動物である。

陳淑瑤「白猫公園」は、表具店を営む男が、失踪した猫を追いかけて浮浪者のように公園や街なかをさまよう作品である。物語が語られるというよりは、男の目を通した風景が淡々と描かれていく。なんらかの事故や事件が起こるわけでもない、つまり中心のない、意味も拒絶するようなその語り口は、ひょっとすると失踪した猫の代わりに、猫のようにさまよう男の、猫と一体化した視点で描かれているからなのかもしれない。あるときは幻想的に、あるときは残酷に切り取られるのは、不可視化されがちな台湾の現実である。陳淑瑤は、本作品が初邦訳となる。

実在の動物、イメージのなかの動物とは別に、動物が人間に憑依する、人間と動物が一体になってしまうという作品もある。しかもその動物は、実在の動物というより、土着の信仰や文化に根差した想像上の存在というべきかもしれない。呉明益「虎爺《ホーヤー》」に登場する〝虎爺〟は虎の姿をした道教の神である。兵役に就いていた語り手の「僕」が、獅子舞の最中に〝虎爺〟が憑依した同僚のことを、民俗学者になった幼馴染に語るという筋立てである。『複眼人』（邦訳は小栗山智訳、KADOKAWA、二〇二一）で語られる霊的な存在としての自然と繋がるようでもあり、台湾の土着の信仰を背景にした魔術的リアリズムとも読むこともできよう。

方清純「鶏婆《ゲエポオ》の嫁入り」の主人公である阿良《アーリャン》は〝鶏婆《ゲエポオ》〟と呼ばれている。〝鶏婆〟は台湾語で「おせっかいな人」という意味だが、鶏が擬人化したような阿良の存在により、「動物」小説と呼ぶにふさわしい作品へと仕上げられている。阿良がセクシュアル・マイノリティ（トランスジェンダーとも同性愛者とも解釈できる）として描かれているのも特徴的であり、動物の擬人化というよりは性的少数者の動物化とさえ読めるのではないだろうか。ここでいう動物化は、〝鶏婆〟が実在の動物でない以上、怪物化と置き換えることもでき、そこで思い出すのは、女性同性愛者を「鰐」と例える邱妙津の『ある鰐の手記』（邦訳は垂水千恵訳、作品社、二〇〇八）である。周囲に嘲笑されても誇り高く生きようとする阿良の、自己の怪物化を受け入れ、それでも生きていく健気な姿は、滑稽ではあるが、それは愛すべき滑稽さなのであり、クィアネスのしなやかさとも言えるだろう。この作品の、語り物のような文体や漢字の偏や旁《つくり》を解体し再構築する描写にみられる実験性も非常に興味深いが、日本語の訳文に的確に反映できたかは読者諸賢のご批正を乞いたい。農業に従事しながら創作を続ける方清純は一九八四年生まれとまだ若く、本作品が初邦訳となる。

動物や自然へのまなざしのなかに人間を描く彼の語り口は魅力的であり、ストーリーテラーとしての才能のさらなる開花に期待したい。

動物化＝怪物化を考えるとき、甘耀明「告別式の物語　クリスマスツリーの宇宙豚」は外すことのできない作品である。この作品は性的少数者を扱っているわけではなく、作家もセクシュアル・マイノリティを描く「同志文学」の書き手として広く認識されているわけでもない。しかし、ここに登場する〝宇宙豚〟には、単純な怪物化ではない、クィアな含意が込められているようにも読める。兵役を終えた若者が実家に帰る道中で、みやげに豚を買うことから始まり、背負っていた豚を解体し、ついには解体した豚と一体化して、道行く人々を怖がらせたり、逆に笑われたりする。豚そのものが具える性的なメタファーに、地獄のサタンや、あるいは子どもを食べてしまうという〝虎姑婆（虎おばさん）〟のイメージが重なり、性の転倒や悪魔化を経たマージナルな主人公の姿が浮かび上がる。だが、血なまぐさく恐ろしげな姿とは裏腹に、この滑稽味も具えた怪物としてのキャラクターが、性暴力との繋がりがほとんどない点は重要である。周縁的なキャラクターと子どもたちとの心温まる交流は、台湾におけるクィアネスと多元社会の結びつきを象徴しているようにも思える。また、「母親の告別式における挨拶」という形式が、独特な語り口を特徴とするそのほかの甘耀明作品とも繋がっている。なお、原作が収録されている小説集『葬礼上的故事』の別の二篇のエピソードは、すでに邦訳がある（白水紀子訳『神秘列車』白水社、二〇一五）。

父の不在とグロテスクな「義父／偽父」のイメージ

「父親」というキーワードも、この作品集を読むうえで重要であろう。しかも、その「父親」の姿は、影のようにおぼろげかあるいは不在であり、むしろグロテスクな「義父／偽父」のイメージが際立っている。

ワリス・ノカン「父」においては、小説の現在に父は存在しない。父の失踪が、原住民族であるタイヤル族の家族の壮大な歴史と記憶のなかを彷徨しつつ叙述される。そのような叙述構造によって「父」の存在を浮かび上がらせようとするが、しかしそれらは記憶の断片の集積にすぎず、父親の像をはっきりと結ぶことはない。父親に対する焦点がそのように絶えず移動して、具体的であるはずの父親像の抽象性が増していくが、その抽象性ゆえに、日本統治期から戦後の国民党政権時代、そして現在へとつながる断片的な記憶の集積が、原住民族の歴史叙事詩のような趣きを湛えてもいる。作品の最初と最後に登場する、父親を意味する「ヤヴァ」というタイヤル語の響きは、語りの音でしか表現できない民族の歴史叙事詩のプロローグとエピローグにふさわしい。息子である叙述者は、父親の不在によって記憶（歴史）の喪失を恐れる焦燥感あるいは切迫感にかられるが、この感覚も「ヤヴァ」の響きと相俟《あいま》って、個人的なものから集団的民族的なものへと昇華していくような余韻の響く作品となっている。

実の父親は登場するが、死後の父親と出会うという奇想天外な一篇が、川貝母「名もなき人物の旅」である。グーグルマップのストリートビューのなかに父親の姿を発見したと姉に教えられた弟が、ストリートビューのための撮影をグーグルから請け負った〝死後の父〟と出会う。荒唐無稽なプロットではあるが、そこにあぶりだされるのは、当たり前のように考えていた生前の親子関係に対する内省である。このような内省そのものは、それほど特別なことではなく、むしろ普遍的なものだろう。だが、じゅうぶんではなかった関係性をITファンタジーによって補おうとするアイディアは斬新である。川貝母は、挿絵画家としても活躍する気鋭のアーティストであり、その独特のセンスが小説に不思議な味わいをもたらしているといえよう。本作は、自らの挿絵を添えたアンソロジー『蹲在掌紋峡谷的男人』（大塊文化、二〇一五）に収められている。本作品が初邦訳となる。

「動物」のキーワードでも取り上げた陳柏言「わしらのところでもクジラをとっていた」は、この「父親」というキーワードにも深く関わる作品である。川貝母の作品と同じように、グーグルマップから始まり、SNSでの写真のアップなど、ITの日常化が叙述にも反映されている。この作品は、「偽家族」のイメージが何層にも重なり、そこにさらに「父の不在」がブラックホールのような欠落感を加えている。祖父と二人暮らしで育った主人公（語り手）は、夏休みの宿題には、空想した偽りの家族の絵日記を書いてきた。そして最も現実的で身近な存在である祖父は、戦後大陸からやってきた外省人であり、主人公との血縁はない。主人公の父親は、祖父が別の夫婦から譲り受けた養子であり、母親を殺害した容疑で収監され、その存在感は希薄である。祖父は大陸の家族の話をしようとはせず、その記憶も宙づりのままだ。現実の家族の複雑さが、偽家族の絵日記のファンタジーとも響き合い、何が真実なのかがあいまいになってゆく。物語の終盤、空き家のはずの住まいの部屋に、父親らしき人間の気配が残されていることが明らかになるが、むろん父親は不在のままである。台湾における歴史の複雑さ、すなわちそれを紡ぐ主体が都合よく構築してきた歴史の虚偽性をも、この作品の「偽家族」のファンタジーは告発しているように思える。陳柏言は二〇二〇年に『聯合文学』誌上で最も期待される作家二十名のひとりに数えられた。二〇二一年現在、台湾大学大学院に在学中であり、本作品が初邦訳となる。

黄麗群「海辺の部屋」は、「継父」と娘の物語である。父親が出てゆき、母親と「継父」が結婚した後、母親も出てゆき、「継父」と娘だけの生活となる。ふたりの異常なほどに濃密な関係性は、性的な侵犯や身体的な暴力こそないものの、抑圧的で精神的な支配という形で顕現する。「継父」の娘に対する異様な執着と支配欲は、成長した娘が若い青年と恋に落ち、アメリカへ留学する青年に娘がついていくことが明かされることによって、ピークに達する。漢方医としての「継父」の手技が、娘の身体感覚を魔法のように奪ってゆく描写は、阿鼻叫喚のない〝静かな恐怖〟とでもいうべきもので、それゆえにこの作品集においてもっとも恐ろしい小説であることは間違いない。興味深いのは、「継父」は自らを父親ではなく「阿叔（おじさん）」と呼ばせている点である。「父」ではなくいわば「偽父」という立場を自ら引き受けることで、ゆがんだ支配欲を全うしようとしているようにも見える。中華文化の象徴ともいえる漢方医の「偽父」が娘を支配しようとする構図は、戦後の国民党政府と台湾との関係、さらには現在あるいは近未来の中国と台湾の関係のアレゴリーだと読むのは、あまりにも単純に過ぎるかもしれない。ただ、現実におけるなんらかの不安の一端が、息も止まるような恐怖の描写に反映されているのではないだろうか（この小説は、『植民地文化研究』一六号（植民地文化学会、二〇一七）に津守陽氏による翻訳と解説が掲載されていることを記しておきたい）。また、エッセイ「いつかあなたが金沢に行くとき」についてもすでに邦訳がある（『我的日本』白水社、二〇一九）。

陳思宏「ぺちゃんこないびつなまっすぐな」は、勉強ができバスケットボールチームのキャプテンでもある男子中学生が突然、立体的な視界を失ってしまうことから語り起こされる。スターだった彼はその座から転落し、いじめや嘲笑の対象だった生徒たちと交流するようになる。視界がゆがみ始めることで、彼の複雑な家庭状況も徐々に明るみに出される。父親は監獄におり、ベトナム人の母親は生活のために南部に働きに出てふだんは不在である。物語の終盤、ひさしぶりに同級生が再会したのは、優秀だが禿げ頭であることで嘲笑されていた女子生徒の葬儀だった。彼女の頭が禿げていたのは、父親からの性暴力によるストレスで、自ら無意識に髪をむしり取っていたからなのである。後に実父を訴えた彼女は、居場所を突き止められたうえに殺されてしまった。性暴力をはじめとする女性への加害を告発する文学は、近年韓国でも多くの話題作があるが、台湾でもたとえば二〇一七年の林奕含『房思琪の初恋の楽園』(邦訳は泉京鹿訳、白水社、二〇一九)などの佳作が刊行されていることにも注目したい。

この作品のなかの父親たちは、監獄のなかにおり、また娘に性暴力をふるう。経済的に豊かであるとはいえない台湾の片田舎の閉塞感や息苦しさ、またどこに投げつければよいのかがわからない鬱屈した感情が、この作品には瀰漫《びまん》している。あまりにも美しい自然の豊かさや登場人物のコミカルな描写が、かえってこの作品の提示する重苦しい問題を際立たせているようにも感じられる。この作品が提示するのは、学校におけるいじめ、性暴力、セクシュアル・マイノリティ(主人公の男子生徒にラブレターを書く男子が登場する)、外国人妻、経済的貧困や格差といったさまざまな問題であるが、そのどれもが、現在の台湾との関わりが深く、現在の台湾のすべてが詰まっているともいってよい作品である。もちろんそれらの問題の多くが広い普遍性をもっている。タイトルも印象的で、「いびつな(歪的)」はクィア、すなわち性的マイノリティの、「まっすぐな(直的)」は多数派であるヘテロセクシュアルのそれぞれ隠語でもある。視界が「ぺちゃんこ」になることで、周縁に転落したスター生徒が「いびつな」同級生との交流を通して、「まっすぐ」であることの意味を問い直すプロセスだといえるのかもしれない。そこには「父なるもの」の暴力や不在はあっても、介添えや援助はない。それは、新しい世代の「父なるもの」に対する決別であり、模索を通じての再生なのだろう。現在ドイツで執筆活動を続ける陳思宏はセクシュアル・マイノリティを描く「同志文学」

の書き手としても知られているが、本作は多様なマイノリティの視点から台湾の現在を描いた力作と言えよう。本作が初邦訳である。

性的なるものと「同志文学」

すでに「鶏婆の嫁入り」や「ぺちゃんこないびつなまっすぐな」におけるセクシュアル・マイノリティの表象の存在について指摘したが、台湾では一九九〇年代以降に、政治的志を同じくする者同士の呼称である「同志」という語にセクシュアル・マイノリティという新義が付与され、文学においても「同志文学」というジャンルがすでに定着している。二〇一一年に刊行された陳芳明『台湾新文学史』（邦訳は東方書店、二〇一五）に「同志文学」についての節が登場したこと、クィアSF作家でもある紀大偉『同志文学史：台湾的発明』（二〇一七）の刊行も記憶に新しい。「同志文学」という語が流通する前から、男性同性愛者などを描く作品を手がけてきた白先勇は、いまや台湾文学を語るうえで欠くべからざる存在である。

鍾旻瑞「プールサイド」は、高校生から大学生へと成長する少年のひと夏の経験が語られる。夏休みにプールの監視員のバイトを始めた少年は、ある男から小学生の息子に水泳を教えてほしいと頼まれ、監視員の仕事の合間に小学生との水泳レッスンを始める。ある日熱を出した息子の代わりに現れた男は、自宅マンションに少年を誘い、夕食をふるまう。そしてマリファナかもしれないタバコを吸わせながら、男は少年に長い口づけをする。そのように少年の性の啓蒙が男によってなされるが、その関係は夏の終わりとともにあっけなく途切れることになる。成長期の性の探索は、セクシュアリティを確定させるためというよりは、それによって世界が広がるということであろう。興味深いのは、少年のセクシュアリティが明示されているわけではないものの、混乱や戸惑いはあってもホモフォビア（同性愛嫌悪）の感情が生起しないようにみえる点だ。ここには、二〇〇〇年、中学校の校舎で発生した葉永鋕少年の変死事件をきっかけとして制定されたジェンダー平等教育法など、セクシュアル・マイノリティへの差別や偏見の解消につながる台湾の社会的背景を見出すこともできるだろう。少年の成長には、大人の男が必要であると同時に、自らが「大人」というロールモデルを学ぶことも必要である。この小説が、年上の男からの性の啓蒙だけにとどまらず、その息子を保護し導く「大人」の役割を少年に負わせているのは、そのためである。一方、九歳の息子、十八歳の少年、三十六歳の男（＝父）の奇妙なトライアングルは、果たしてクィア・ファミリーを形成しうるだろうか。父親の男に歳の離れたふたりの息子か、父親とその恋人（少年）というカップルに息子ひとりという形か。そのどちらの関係性も安定しそうにはない。九歳、十八歳、三十六歳という絶妙なタイミングが実現したのが、この作品が描いたひと夏だったということなのだろう。鍾旻瑞は本書で取り上げた作家のなかで最年少の一九九三年生まれ、本作で、歴代最年少となる林栄三文学賞を受賞した期待の新人である。もちろん本作が初邦訳となる。

李桐豪「犬の飼い方」は、同居するゲイカップルとふたりの仲介者のように存在する犬の物語である。「プールサイド」が青春期の性の探索であるのに対し、ゲイというセクシュアリティにはもはやほとんど苦悩することのない大人が登場する。ただ、家父長制の権化のような父親との対話においては、カミングアウトができていないことが窺え、マイノリティとして生きるしこりのような痛みは消えていない。ふたりだけの時間が順調かと言えばそうでもなく、生活をともにすることによって発生するさまざまな諍《いさか》いや衝突は絶えることはない。そこに犬や、自分の家のようにときどき訪れる母親が登場して、クィア・ファミリーを形成している。セクシュアル・マイノリティを描く小説が、恋愛の段階から前に進まないまま何らかの原因で関係が途切れるものがこれまで多かったのは、未来を描けるロールモデルやライフコースが具体的になく、示すことが難しかったためともいえる。この小説は、台湾で同性婚が合法化した二〇一九年より前の作品ではあるが、セクシュアル・マイノリティのカップルの「生活」を美化せずに描こうとしたひとつの試みといえる。犬の飼い方を指南しているようだが、じっさいにはクィア・カップルの「生活」をどのように飼いならしてゆくか、ということなのかもしれない。飼い犬の名前である「加油《チアヨウ》」は「がんばれ」という意味だが、それはマイノリティへの応援の声としても響いている。本作品は、陳柏言の「わしらのところでもクジラをとっていた」とともに紀大偉編『九歌一〇二年小説選』(二〇一四)に収録されており、年度小説賞を受賞している。本作品が初邦訳である。

なお、作家のプロフィールは各作品の冒頭を参照いただきたい。

＊

本アンソロジーは、上述したように、台湾のさまざまな側面を「いま」という切り口で瑞々しく描いた作品群である。台湾の自然、宗教、軍隊の生活、セクシュアル・マイノリティ、東南アジアなどからの新住民、性暴力、原住民族……。これらの作品を通じて、そこに見え隠れする、台湾の文化や歴史にも関心を持っていただければ幸いである。

作品の選択は、編者である国立政治大学台湾文学研究所の呉佩珍所長、日本大学の山口守先生、横浜国立大学の白水紀子先生の慧眼によるところが大きい。翻訳が、それに見合うものになるように努めたが、各作品の魅力を伝えつくすことができたか、読者諸賢の御批正を乞いたい。

翻訳にあたっては、呉佩珍所長、そして国立中山大学の呉亦昕先生の懇切なご教示を、また愛知県立大学の張文菁先生からの有益なご助言をいただいた。ここに記して感謝申し上げたい。

また遅れがちな翻訳作業をつねにあたたかく見守ってくださった作品社の倉畑雄太氏にも厚くお礼申し上げたい。

本選集は、国立台湾文学館の「台湾文学進日本」翻訳出版計画の助成金を得、出版されたものです。

［第3巻訳者］三須祐介（みす・ゆうすけ）

1970年生まれ。立命館大学文学部教員。専門は近現代中国語圏演劇・文学。翻訳に、棉棉『上海キャンディ』（徳間書店）、胡淑雯『太陽の血は黒い』（あるむ）、徐嘉澤『次の夜明けに』（書肆侃侃房）、論文に「林懐民「逝者」論――「同志文学史」の可能性と不可能性をめぐって」（『ことばとそのひろがり』6、2018）、「『秋海棠』から『紅伶涙』へ――近現代中国文芸作品における男旦と“男性性”をめぐって」（『立命館文学』667、2020）などがある。

［編者］呉佩珍（ご・はいちん）

1967年生まれ。国立政治大学台湾文学研究所准教授。日本筑波大学文芸言語研究科博士（学術）。専門は日本近代文学、日本統治期日台比較文学、比較文化。東呉大学日本語文学系助教授の教歴がある。現在、国立政治大学台湾文学研究所所長。著書に、『真杉静枝與殖民地台灣』（聯經出版）、訳書に、Faye Yuan Kleeman『帝國的太陽下』（Under an Imperial Sun: Japanese Colonial Literature of Taiwan and the South, University of Hawaii Press, 麥田出版）、津島佑子『太過野蠻的』（原題：あまりに野蛮な、印刻出版）、丸谷才一『假聲低唱君之代』（原題：裏声で歌へ君が代、聯經出版）、柄谷行人『日本近代文學的起源』（原題：日本近代文学の起源、麥田出版）、『我的日本』（共編、白水社）などがある。

［編者］白水紀子（しろうず・のりこ）

1953年、福岡生まれ。東京大学大学院人文科学研究科中国文学専攻修了。専門は中国近現代文学、台湾現代文学、ジェンダー研究。横浜国立大学教授を経て、現在は横浜国立大学名誉教授、放送大学客員教授。この間に北京日本学研究センター主任教授（2006）、台湾大学客員教授（2010）を歴任した。台湾文学の翻訳に、陳玉慧『女神の島』（人文書院）、陳雪『橋の上の子ども』（現代企画室）、紀大偉『紀大偉作品集「膜」』（作品社）、『新郎新「夫」』（主編、作品社）、甘耀明『神秘列車』、『鬼殺し　上・下』、『冬将軍が来た夏』（以上、白水社）、『我的日本』（共訳、白水社）などがある。

［編者］山口守（やまぐち・まもる）

1953年生まれ。東京都立大学大学院人文科学研究科中国文学専攻修了。専門は中国現代文学、台湾文学及び華語圏文学。現在、日本大学文理学部特任教授、日本台湾学会名誉理事長。著書に、『黒暗之光——巴金的世紀守望』（復旦大学出版社）、『巴金とアナキズム——理想主義の光と影』（中国文庫）など、編著書に、『講座 台湾文学』（共著、国書刊行会）など、訳書に、『リラの花散る頃——巴金短篇集』（JICC）、史鉄生『遥かなる大地』（宝島社）、張系国『星雲組曲』（国書刊行会）、白先勇『台北人』（国書刊行会）、鍾文音『短歌行』（共訳、作品社）、阿来『空山』（勉誠出版）、『我的日本』（共訳、白水社）などがある。

台湾文学ブックカフェ〈3〉

短篇小説集 プールサイド

二〇二二年二月二〇日　初版第一刷印刷
二〇二二年二月二五日　初版第一刷発行

著者　陳思宏　鍾旻瑞　陳柏言　黃麗群　李桐豪　方清純
　　　陳淑瑤　呉明益　ワリス・ノカン　川貝母　甘耀明
訳者　三須祐介
編者　呉佩珍　白水紀子　山口守
顧問　柯裕棻　黃麗群

発行者　青木誠也
発行所　株式会社作品社
〒一〇二-〇〇七二　東京都千代田区飯田橋二-七-四
電話　〇三-三二六二-九七五三
ファクス　〇三-三二六二-九七五七
振替口座　00160-3-27183
ウェブサイト　https://www.sakuhinsha.com

装幀・本文レイアウト　山田和寛（nipponia）
カヴァー作品　王妤璇
本文組版　米山雄基
編集担当　倉畑雄太
印刷・製本　シナノ印刷株式会社
Printed in Japan
ISBN978-4-86182-879-9　C0097